远行柯伊伯

TRAVELING KUIPER

周群　马传思◎主编
闫欣　任秋菊◎编著

北京理工大学出版社
BEIJING INSTITUTE OF TECHNOLOGY PRESS

图书在版编目（ＣＩＰ）数据

远行柯伊伯 / 周群，马传思主编；闫欣，任秋菊编著.
-- 北京：北京理工大学出版社，2024.4
（中国青少年科幻分级读物. 中学卷）
ISBN 978-7-5763-3763-1

Ⅰ.①远… Ⅱ.①周… ②马… ③闫… Ⅲ.①幻想小说—小说集—中国—当代 Ⅳ.①I247.7

中国国家版本馆CIP数据核字（2024）第064873号

责任编辑：李慧智　　　文案编辑：李慧智
责任校对：刘亚男　　　责任印制：施胜娟

出版发行 / 北京理工大学出版社有限责任公司
社　　址 / 北京市丰台区四合庄路 6 号
邮　　编 / 100070
电　　话 /（010）68944451（大众售后服务热线）
　　　　　　 （010）68912824（大众售后服务热线）
网　　址 / http：//www.bitpress.com.cn

版 印 次 / 2024 年 4 月第 1 版第 1 次印刷
印　　刷 / 河北盛世彩捷印刷有限公司
开　　本 / 880 mm×1230 mm　1/32
印　　张 / 9.375
字　　数 / 197 千字
定　　价 / 39.80 元

亲爱的中学生朋友：

你们好！欢迎来到充满未知和神奇想象力的科幻世界！

本丛书共四册，每一册分别聚焦一个主题——

《远行柯伊伯》的主题为"探索与热爱"。科幻是关于探索的文学，这一册中的作品充分体现了人类对科学和新技术的无限热爱和不懈追求；

《重启地球》的主题为"警示与担当"。收录的作品不仅提供了对未来可能风险的预见，还强调了我们作为地球公民的责任与担当；

《多维接触》的主题为"多元与理解"。这一册中的作品呈现了不同的文化甚至宇宙文明之间的碰撞与融合。同学们不仅能从中感受到多样性文化的魅力，还将学习如何在差异中找到共通，从而培养更为开放和包容的心态。

《镜像中国》的主题为"国风与传承"。中国传统文化为科幻作家们的创作提供了丰富的素材和灵感。这一册中的作品不仅能引领同学们对现代化进程中的机遇与挑战进行深入思考，还能帮助你们坚定文化自信与自我认同。

在翻阅过程中，细心的同学会发现，在每一篇作品前都有编者精心撰写的导读文章，正文后还设有"思想实验室"栏目。可能有的同学要问：什么是"思想实验"？丛书中为什么要设置这样一个版块？

先说什么是"思想实验"。

"思想实验"是科学探索中一种强大的认知工具，指科学家在没有实际实验条件的情况下，通过构想出特定的情境和条件，推理和分析可能出现的结果或行为的反应，从而对一个想法或理论进行验证，进而探索和发现规律。科幻作品通过构建极致化的情节和充满惊奇感的场景，将复杂的科学哲学与技术伦理等重要问题呈现给读者，为读者提供既安全又充满想象空间的环境来探索各种"如果"，这样的阅读和思考的过程实际上就是在进行一种探索性的"思想实验"。基于编者对科幻作品"思想实验"这一价值的认识，中学卷中特别设置了"思想实验室"栏目。期待同学们借助栏目中问题的引导，打开思维边界，激发出自己对未知事物的好奇心和求知欲，并且在逻辑思维、辩证思维和创造思维方面得到长足的发展，最终获得深刻的洞察力和宝贵的智慧。

希望这套丛书能够成为同学们认识世界、了解自我、探索未知的伙伴。相信在这套丛书中，你们能发现启迪思想的光芒，感受到探索未知的激情，滋生出面对现实世界挑战的勇气。

祝同学们阅读愉快！

编者

2024 年 4 月

目录

故乡明

王诺诺

"露从今夜白，月是故乡明。"长久以来，人类守护着地球家园，传承着地球文明。《故乡明》讲述了这样一个故事：月球矿产勘探队成员杨庆海从月球雨海带回一块石牌，原以为自己成为第一个找到地外智慧生命的人，会光荣地写入初中课本，不料却被冠以"报丧者"的丧气名号。石牌上有先代文明留下来的预警信息：地球文明将被来自宇宙的伽马射线毁灭。为了避免这次毁灭，人类展开了一项大工程——月球抛光。杨庆海作为项目组指挥官带领组员给月球抛光，工程结束后他选择独自留在月球，进入月壳休眠舱休眠。杨庆海在休眠舱中一梦一醒竟过去了 1500 万年，獭狸文明的四个重要历史节点被植入了杨庆海的梦境。同时，地球已经历过两个文明的更迭，被獭狸文明科技武装的"报丧者"杨庆海又要回到地球把坏消息带给下一个文明。如果地球经历周期性的伽马射线暴，地球文明还能延续吗？月球抛光计划又是如何推进的？这个计划与獭狸文明有什么关系呢？阅读《故乡明》，你会找到这些问题的答案。

"时间"在科幻小说中是一个很复杂的因素。一般科幻小说将时间表现为空间的广延，向前是探索未来，向后是追溯历史，偏离原来的时间轨迹就进入或然历史。《故乡明》有着很大的时间跨度：由先代文明留下来的石牌预警信息，到当下人们为保护地球文明而进行的月球抛光计划，再到未来的"不老不死，至高至明"的杨庆海带给下一个文明的警告。纵使时间变幻，代际守护文明、传承文明的初衷没有一丝改变。

灾难、世界末日是科幻小说中的核心主题。《故乡明》中的灾难是地球经历周期性的伽马射线暴，一方面提出对灾难导致的地球文明毁灭的推想；另一方面又暗示着生命、文明将继续存在，所以世界末日永远都不是世界末日。早已消亡的地球先代文明通过石牌留下预警信息，促使人们启动"月球抛光计划"将月亮改造成镜子，镜面让獭狸文明认识地球并开启了星际移民时代。"报丧者"杨庆海又在獭狸文明的帮助下，充分利用现有科技保存文明，作为文明的传承载体带给地球的下一个文明。文明生生不息，代代相传。

从《故乡明》中我们还能读出"看清自己"的重要性。正如柳林说的："如果文明在镜中看到了自己，会更早明白地球、太阳和星空之间的关系，不再把时间浪费在'过去是谁创造了自己'这种问题上，而开始思考'未来应当走向哪里'！我们要造一面地球文明的镜子！""以铜为鉴，可以正衣冠"，我们也需要看清自己，思考自己的"未来应当走向哪里"！

值得一提的是《故乡明》的创作幻想灵感来源于读者的留言："有没有可能给月球表面都打上蜡，使月球变成一个光溜溜的圆球？"于是，王诺诺征得读者的授权后完成了这样一篇小说的构架："假如人类文明即将被不可抗拒力摧毁，我们有没有可能在已有的科技水平和有限的时间内，为千万年后的下一代文明留下信息？"阅读《故乡明》时，请你注意作者是如何将漫长的时间跨度与短暂的生命形成对比的。此外，小说中数次写"星空是有代价的"，这句话同样值得我们思考。[*]

---

[*] 《故乡明》，作者王诺诺，选自 2019 年 4 月《科幻世界》。

· 正文

一

"见过紫外线消毒灯吗？"柳林问我。

"嗯，见过，我家碗柜里就有一个。"我回答道。

"对，就是那种灯。在餐具上照一小会儿，细菌的 DNA 被破坏了，然后成片死亡。当伽马射线暴来的时候，我们就会跟你家盘子上的脏东西一样，脏器停工，皮肤大面积脱落，甚至整个儿被烤焦！这样解释，你懂了吗？"

柳林转过身，将眼镜取下，缓缓说道："我宁可你没把石牌带回来——那样的话，我们至少现在不会恐慌。细菌被消毒灯杀死前就不会恐慌。"

说句良心话，这锅真不该让我来背，因为我不过是一个月球矿产勘探队的成员。去年，我带队前往月球雨海勘察，在雨海的质量瘤（一块引力大于周边的月表区域）中央发现了那块石牌。

这石牌一米见方，通体暗红，像一块烧红的烙铁，也像一个凸起的肚脐，表面布满规律的圆点，预示着与高等文明的关联。我还记得，那时头顶的地球散发着淡淡的辉光，映照得这块不大的石牌晶莹透亮。它一动不动，似乎在这儿等候已久。

我心中狂喜——自己成了第一个找到地外智慧生命的人！以后我的名字能写在初中课本上吧？

在那之后，从危海到东方海，类似的石牌在质量瘤中央被一一发现。我们至今没弄清它们是如何被运送到月球的，倒是上面的信息先被破解了。

那是一条语意模糊的警告：

我们是地球上的先代文明，早已消亡。我们无能为力，只能为未来的地球文明留下预警：

1000 光年外存在一个恒星密度极高的球状星团，这是一个行将就木的古老星团，那里的恒星大多已经死亡。

而在球状星团的外侧，有一个大型黑洞围绕其公转，公转周期是 1500 万年。黑洞具有极高的轨道离心率，和星团之间的距离变化很大。在靠近星团时，强大的引力会导致星团中的中子星、黑洞合并，特别是距离本来就不远的中子双星。这时大量伽马射线暴就会被引发，像节日烟花一样射向宇宙。

由于星团内复杂的引力扰动，其中一束射线会直指地球，我们的文明因此毁灭。

下一个黑洞公转周期里，你们也会遇到同样的灾难。我们无力改变一切，希望你们可以幸免。

根据石牌上的数字和公式，我们找到了那个球状星团。

如果用光学望远镜观察，那儿就是一片模糊的暗红色，和大多数年老星团一样，它是球状的，内部塞满了白矮星、中子星和恒星级黑洞，仅剩一些质量不大的红矮星苟延残喘。同时，我们也通过追溯大量 X 射线的源头，找到了那个围绕该星团公转的致命大型黑洞。

更加可怕的是，根据石牌信息，早在 900 多年前，黑洞已经走过了距离该星团最近的轨道顶点。星团内部中子星碰撞合并已经启动，相当于几个太阳的物质消失殆尽，被转化为能量。其能量之大，等于银河系所有恒星数百年来释放的光和热的总和。

在其中的一场碰撞里，一束伽马射线从星体磁场两极发出，大约 40 年后，这束光将到达地球，它将成为地球人看到的最明亮的，也是最后的景象。

我随柳林走进一扇门，会议室除了大屏幕外空无一物，这是一场高度机密的远程会议，与会执委彼此不知道姓甚名谁，却共同掌握人类的存亡命门。

"柳林，这次你不是一个人参会？"数字在屏幕上跳闪，代表16 号执委正在发言。

"我把杨庆海带来了。"柳林说道。

"杨庆海？是'报丧者'杨庆海吗？"

"报丧者"？这个代号我始料未及，没想到啊，我经历重重考验成为一名宇航员，就是为了留下这么个丧气的名号？

"是我。"我极不情愿地说。

"我带杨庆海来，是因为他需要知情。"柳林顿了顿，"这是石牌危机的唯一转折，而杨庆海，他是第一个接触石牌的人，又接受过完整探月训练，会在未来的任务里成为关键角色。"

关键角色？这绝不是好事，电影里的关键角色通常都落得个舍己度人的下场，于是我连忙摇头，说道："先别急啊，为了避免民众恐慌，石牌危机可是 S+ 的加密等级，我就这样走进来旁听是不是有点儿……不如你们先聊，我去外面等？"

柳林无视我的抗议，清了清嗓子，说道："现在，我宣布特别应急委员会根据投票达成的一致共识——经过严密论证，人类已无存续可能，文明即将终结。从今天开始，我们将彻底放弃求生计划，转而将资源放在更有意义的事情上。"

什么？！真要放弃了？

黑暗中的空气似乎凝固了。我愣住了，胸口像被狠捶了一下，头皮一阵发炸！我喘了几下粗气，犹豫了片刻，终于开口说道："还、还有 40 年，对吧？不是还有 40 年伽马射线才会到地球吗？从现在开始，将全球一切一切资源都投入星际飞船的研制，也不行吗？拼命努力一下，至少能够让一部分人逃生吧？"

屏幕上跳闪起一个数字，8 号发言："你真觉得射线暴是一束细光吗？它的横截面直径接近 100 光年！而我们应用可控核聚变才不到 50 年。以现在的技术，你想研制出怎样的逃生飞船？曲率引擎，还是黑洞引擎？"

"逃不走还不会躲吗？地球只有一面会承受打击，对吧？可以将人集中送往另一面躲起来嘛……"我追问。

屏幕上几个数字共同闪耀了一下，这代表几个参会人同时发声："地球无时无刻不在自转，你知道受灾的是哪半球？"

我看向柳林求助，他却只是摇了摇头，说道："无法预测死亡射线到达地球的精确时间，即使派出探测器，也不能将任何消息提前传回，我们的死神跑起来可是光速！"

我反驳道:"就算不做任何预警,也总有某个半球的人能躲过去。管他是谁呢,只要有人活下来……"

16号发声打断我:"是的,伽马暴只会杀死半个地球上的人,但活下来的另一半才是真正的不幸。辐射随水和空气进入体内,死刑只是变得漫长了一些。更糟糕的是,伽马射线接触的臭氧层会在瞬间分解,而另一半球完好的臭氧会随着大气向受灾面流动。很快,全球臭氧层密度会被稀释到过去的40%。地面接收到的紫外线将是原来的十倍以上,大量植物和动物将因此死去,随之而来的是饥荒和瘟疫,人口会在短时间下降到不足目前的万分之一。"

我没死心,争辩道:"我们可以造生态循环仓来隔绝紫外线啊!再不行就去地下,用人造光源培育植物,本世纪初的技术就能实现这些了。等到地球自我调节后——也许几十年臭氧层就能慢慢恢复——幸存者们再从避难所里出来,虽然人不多,但那就是文明的火种啊!"

"你以为我们想不到这种方案?可惜啊!中子星碰撞时,和伽马射线同时喷射出的,还有一束高能带电粒子。只不过它的速度略小于光速,会在地球遭受第一波辐射后的几十年内抵达。"对方顿了一顿,"还是和上次一样,我们无法预计它来的时间,以及它会打击地球的哪一面。"

6号说:"被它横扫的半球,没人能够幸存。"

4号说:"臭氧层再次遭到破坏,地面又暴露在过量紫外线下。"

16号说:"刚开始恢复的脆弱生态系统会再次崩溃,而这一次，它面临更大的考验，需要数倍的时间来自我修复。"

"而在修复完成之前，地表所有大型动物，包括人类在内，早就灭绝了。"柳林补充道。

"什么？！居然辐射打击还能……买一送一？"我喃喃自语，绝望如同冰凉的巨石压在背脊上。

"'报丧者'杨庆海，你能想象吗？幸存者们从臭气熏天的生态仓出来，满心希望开始改造盐碱地，可新播下去的种子还没来得及发芽，又一波致命辐射袭来，用同样的方式把他们消灭干净。就像神手里拿着一盏细菌消毒灯，轻轻按两次开关，这对神来说只是动动手指，而对于我们……就是希望彻底覆灭的代价！"

我感到喉咙发涩，勉强咽下一口唾沫，润了润嗓子，开口道："所以……你们叫我来，需要我做些什么？"

"我们需要你给月球抛个光。"

"嗯？什么意思？你说什么？这、这是要做啥？"我大惑不解。

柳林挥挥手，显然已经很疲惫了，他说："不多解释了，先进行表决吧。同意放弃逃生计划，将所有资源投入月球抛光计划的执委，请亮灯表决。"

话音落下的一刹那，原本漆黑的大屏幕上亮起了几十个数字。

昏暗的会议室里，这些光芒显得十分明亮，我的眼睛被突如其来的光明刺激得流出了眼泪。

——几十年后，当夺走全人类生命的那道光线亮起时，我是不是也会像现在一样，泪流满面？

二

古人怎么定义夜晚？

看到天黑，他们便觉得这是夜晚；如果能看到月亮，夜晚就是良夜；如果当时的月亮还恰好符合他的心境，这良夜便值得为之赋诗一首了：

> 床前明月光，
>
> 疑是地上霜。
>
> 举头望明月，
>
> 低头思故乡。

我吟着诗低下头，可是脚底下却是灰褐色的月亮，悬在我头顶的，精美、复杂、炫目，包裹一层薄薄大气的大蓝球，那才是故乡。

月球抛光工程的 13 000 名组员，分九批次来到月球。作为项目组指挥官，我是其中的第一批。

和一年多前来月球勘探的情况截然不同，上次，发射发布会聚集了大批媒体记者和要员，他们像欢送英雄一样为我献花、祝酒。而这次，我们只能灰溜溜地动身。

"月球氦 -3 的开采工程延长了。"这是月球抛光计划的对外说辞。

抛光计划需动用的资源是天文数字级的，即使有世界上前十大经济体的全力支持，如此大的支出也违背了经济学规律。大萧条当前，当局"举地球之力去月球开采氦-3"很快就引起了众怒。

知情层只能不停向外界宣传"核聚变发电需要氦-3，能源革命带领社会走向未来"之类的屁话。这纯属无奈之举，因为说出真相只会引起巨大的混乱。所幸在危机面前各国高层出奇地团结，竟没走漏半点儿风声。

这些战略层面的困扰倒没给我带来影响，因为从登陆月球的那一刻起，这项人类史上最大的工程就占据了我所有的时间。

在给月球抛光前，需要先做一些准备工作。就像不管是汽车还是地板，上蜡之前都要把表面清理干净。对月球也是如此。

月球表面有一层很细的尘埃，这是在长达几十亿年的陨石撞击中逐渐形成的。这一层月壤实际上数量不小，在多数地区厚度达到10米以上。我们不能一劳永逸地把它堆到月球背面去，因为如果这样做，月球背面会变得比较重，在潮汐力作用下，它就会慢慢转过来。这等于是我们好不容易把它正面收拾干净，它又把屁股转过来了。

月球上没有空气，所以要对付灰尘，再强大的吸尘器也不行。只能用铲车把月壤集中起来，全部打包，然后送到太空……实在都是笨办法。

我们选择了成本较低的运输方法——太阳能电磁投射器。这和高斯炮是同一个原理，以前在地球上曾被用作发射洲际导弹。我们在月球表面铺设了长达数百米的轨道，用通电线圈给塞满月壤的"胶囊"一个洛伦兹力，为其加速。好在月球引力很小，又没有空气阻力，速度达到 2.4 千米 / 秒就可以把打包的灰尘送走了。

一时间，数十条电磁投射器沿着月球表面蜿蜒铺设，不断地向外发射"胶囊"，同时有上千台大型铲车穿梭不断地收集月壤……原本冷清的月上世界显得热闹而繁忙。

灰尘终于扫干净了，月球表面还有一层数千米厚的碎石。同时，月表也不平整，有山丘、高地、月海，所以还得接着干，把这些碎石填到月海里面去，山丘则全部铲平，剩余的废料就全部如法炮制，仍然用电磁投射器扔到太空。

在工程实施的过程中，我听说人类社会的恐慌此时达到了巅峰——地球上能够看见月海逐渐变浅。如果用望远镜看，还会发现月海的边缘变得平滑了，蔓延到高光地区的深色玄武岩成了浅灰色。

阴谋论、质疑声甚嚣尘上，街道上聚满了肇事者和标语，恐慌的人开始去超市抢购盐和米（我不懂了，盐和米可以防辐射吗？）。玛雅人的预言、法老的诅咒……这些早在百年前就过时的套路又卷土重来。

人类从来没有像现在这样，急切需要别人为他们撒一个谎。

最高应急执委会找到了世界首富王先生。于是，首富先生成了除军政学界外，第一个接触危机内幕的人。

首富旗下的传媒公司立即对外宣布，启动月球投屏广告业务，发射 84 颗月球同步轨道子卫星，将月球作为一块幕布，在上面投射客户广告，供全球潜在消费者观看。

从那以后，人们在新月前后的夜晚抬起头，可以在月亮上看见不同图像——如果是巨大的红底黄字"M"，就是麦当劳广告；如果是四个白色圆环相连，便是奥迪广告。

王先生进一步宣布，为了更好地拓展业务，在未来，他的企业将联合军方，把月球改造成一块平滑的幕布，供客户投射更高像素的复杂广告。

出人意料，这种奇葩商业逻辑竟没遭到什么质疑，还被誉为"大众传播的又一次革新"。据说，当王先生接受媒体采访，被问到是怎么想到这种天才传播方式时，他曾一度哽咽："人类的每一次创新，背后都有不为人知的苦涩……"

这句含泪而下的话，感动了在场所有记者，被《福布斯》杂志评为本年度最具商业价值箴言。可世界上只有极少数人真正知道，王先生当时到底为什么而哭。

无论如何，有了这层商业伪装，我的工作是得以顺利进行了。

20年之后，所有山丘被铲平，任何高于平面的凸起都被刨去，月海变成了平原，碎石填上的坑也已经用混凝土盖好。

满月时，月亮就像一个洁白的橡皮球，再没有了过去的坑坑洼洼，反射着一层均匀细腻的白光。

这时，准备工作就此完成，可以开始正式的抛光打蜡工作了。

关于抛光的原料，当然不能用普通的地板蜡，这东西的熔点是80摄氏度左右，而月球表面白天最高温度可达127摄氏度。虽然打上蜡以后，月面反射率提高，月球温度应该会下降一些，但还是靠不住。到时候融化的蜡会四处流动，还会在地球潮汐力作用下聚到一起去，那可真的是一团糟了。

相比之下刷一层高分子反光涂料（熔点在300摄氏度以上），要比直接打蜡高明得多。

100 平方米如果刷两遍的话，要用 3.5 千克高分子反光涂料，月球的表面积是 3.8×10^7 平方千米。这是一个简单的数学题，涂满整个月亮，需要高分子反光涂料大约 1.3×10^9 吨，也就是 13 亿吨。

不过事实上，根本用不到那么多。由于潮汐锁定，月球自转一圈花的时间和它绕地球公转一圈相同，它永远用固定的一半脸对着地面，只考虑视觉效果的话，把这一半看得见的脸处理好就行了。

当然，也不能忽视月球天平动。对地面上的人来说，月球可见面会有上下左右小幅的摆动，实际上地球上能观测到月球表面的 59%。所以，真正等待抛光的部分，实际上就是月球 59% 的面积，算下来需要 7.7 亿吨涂料。

上漆的过程持续了 17 年。无论是白天还是黑夜，月亮上都往来着扁平的喷涂车，它们先将高分子涂料喷涂均匀，再在表面加热一遍，使月球一寸寸变得光亮起来。

等漫长的工程结束，我已经长出一些白发了。

"你说，这个光滑的月亮能保持多久？"我站在工程总基地门口，望着明亮如镜的月表，问道。

"应该挺久的吧……还好现在已经过了太阳系的大轰炸期，遇到的陨石不多，而且基本上都很小。"柳森说道，他是柳林的儿子，也是我的副手。

"是啊，不然月球没有大气层保护，什么陨石都能长驱直入。我们又不能永远在这儿驻扎一支维修队，撞一次修一次。"

隔着厚重的航天服，我还是感到了柳森言语中透出的无奈："唉，费那么大劲儿，以后……他们真能明白我们的苦心吗？"

"我也不知道。"我实话实说。

抛光完毕的月球反射率超过 90%，我们如同踏在湖面上，低头能看到脚边有一个地球的镜像，和天上那个地球交相辉映。银河也有两条，一条游走在头顶，另一条从脚下穿过，我们被星空温暖地包裹住。

可是，星空是有代价的。

在那些星星里，无数超新星爆发和星体合并正在发生，发射出的伽马射线暴如同孩子们手中持着的一支支激光枪，随机向四面八方射去死亡之光。这不是第一次了……1 500 万年前，上一个地球文明也是如此被毁灭的。

三

"他们为什么不把石牌留在地球上？要是我们早点儿读到预警，早点儿准备，说不定就能逃过这一劫了！"

我曾这样问过柳林。那时我还在地球上，刚接受抛光月球计划的指挥官职位，柳林私人办了个欢送酒局，就我和他，地点在发射中心行政楼的顶楼，那里可以模糊地望见远处的发射塔，除此之外，四周都是荒漠。

柳林抿了一口酒，缓缓开口说道："你忘了，信息也要依托物质才能存在，而物质不是永恒的。人类消失的 200 年后，人造的摩天建筑缺少维护，就会在地质活动和雨水侵蚀下倒塌；最大的拱桥也会在 1 000 年内坍塌；5 万年后，玻璃和塑料这种人造材料也全部消解，所有遗迹都将变得难以追溯。"

"你的意思是，无论之前的文明把预警以何种形式留在地球上，等我们出现了，也早就无迹可寻了？"我问道。

"是的，文明演化需要几百万、上千万年，在这个时间尺度上，完全留不下任何信息！一块刻着文字的石牌在地球上会被风化侵蚀，被地质运动挤入地下重新变成岩浆。即使自然没有把它消灭干净，被蒙昧时期的人类找到了，估计也会被当作巫蛊一类的东西毁掉。"

"所以，上一个文明才选择了月亮！"我恍然大悟，"月球少有地质活动，真空更是良好的保存环境。等文明掌握了登月技术，也差不多具备解读能力了，这时人们找到石牌，就不会闹出什么笑话来。他们倒是考虑周到！"

柳林点了点头，然后点上一支烟，说道："我猜，留下文字时的他们，跟我们今天的科技水平不会相差太远，甚至还略弱一些。谁知道呢……也可能是留在月球的考察队目睹地球灾难后，死前留下石牌作为警示。"

"但……那又怎么样呢？到了这个节骨眼儿上才搞清状况，我们不是一样逃不走？看来，被周期性伽马射线暴一次次摧毁，就是这颗星球上文明的命运啊……"我丧气极了。

柳林向烟灰缸里弹了弹烟灰，说："还有 40 年！既然逃不走了，或许可以做些什么。给地球的下一个文明留下更多的信号，说不定他们就能在下一个周期的伽马暴到来前，逃离太阳系，奔向深空。"

"这恐怕很难。"我说，"在同样的伽马暴间隔期里，人类文明的发展水平和先代文明差不多，足以说明地球文明的发展是线性的。如果说，月亮是唯一适合的信息存储点，等下一代文明有能力登月获取信息时，射线暴就又快要来了！他们还是什么都来不及做啊。"

"所以啊，这一次我们得试试新法子……"柳林将烟熄灭，面对窗外黄色的戈壁滩。一阵风吹过，从远到近地卷起灰黄的扬尘。

"你知道'镜面自身识别测试'吗？也叫作 MSR。"柳林缓缓说着。

我有些摸不着头脑，问道："你是说，进化心理学家盖洛普的那个镜子实验吗？让动物照镜子，看它们明不明白镜子里头的就是自己……我记得除了人类以外，只有海豚、虎鲸和一些灵长类动物能够认出镜子里的自己。"

"是的，动物能通过镜面测试，就说明拥有了自我意识。另外，盖洛普还给婴儿做过这个测试。"柳林说。

"他可真闲……"我插嘴道，"但我有个问题，婴儿照不照镜子，跟我要去执行的月球任务有什么关系？"

柳林没有理会我，继续说道："实验发现，6个月大的婴儿看到自己在镜里的像，会把他当成另一个婴儿。但到 24 个月时，他就知道那是自己了。在这个时间点后，他开始理解自我和外界的关系。比如说，6个月的婴儿听见别的孩子哭，他的反应是跟着哭，但有了'自我'的概念后，他会去寻找其他孩子哭的原因，甚至安慰那些哭的孩子。"

"所以呢？"

"你还没懂吗？只要人有了自我意识，就能利用自己的经历判断周遭情况，也开始思考自己与过去、现在和未来之间的关系，甚至体会自己将会死亡的必然性；然后他们就会开始团队协作，开始观察世界。人之所以为人，就是因为有'自我'啊！"

我非常困惑："就算你说得对。但自我意识这种东西，恐怕南方古猿看见水中倒影时就有了，可那又怎样？还不是茹毛饮血了400万年？"

"古代中国人用紫微斗数解释一切星相，视它们为政治经济活动的启示；希腊神话里，夜空88个星座对应神的88个故事，于是希腊人把祭祀诸神视为头等要事；基督教会焚烧一切有悖神创论的学说，有关日心说和地心说的争论在欧洲持续了几百年……人类不理解星空，也不理解自己，结果在弯路上实在浪费了太多时间。当我们被科学开蒙，尝试用理性探索世界时，已经太晚了！"柳林变得激动起来，他一下子站起身，"一个人需要一面镜子才能看清自己，地球文明又何尝不需要一面镜子呢？"

"你的意思是……文明也需要有自我意识？也需要看清自己？"我并不愚钝，渐渐明白了他在说什么。

"是的，如果文明在镜中看到了自己，会更早明白地球、太阳和星空之间的关系，不再把时间浪费在'过去是谁创造了自己'这种问题上，而开始思考'未来应当走向哪里'！我们要造一面地球文明的镜子！"

"所以……抛光月球？把月亮改造成镜子！一面抬头可见的镜子！"我兴奋地说。

"是的，我们要将月亮变成一个直径3 500千米的球面镜！满月的夜晚，月球正对着太阳，从地球看月亮不会看到轮廓，看到的是镜子上太阳的像。由于球面镜发散光线，它看上去比真正的太阳小，亮度也低得多，不过那也远远超过了过去的月亮，在夜里看个书不成问题。"

"也就是说……太阳的像就是一颗极亮的星星啊！"我说道。

"没错。那时，因为强烈的'月'光照着地球的夜半球，所以地球还能反射给月球一些光，月球镜子上就映出一个暗淡的地球影像。"

"你说，会有人意识到，那就是地球的像吗？会有人明白旁边那颗明亮的星星，就是白天的太阳吗？"我在脑海中画出那样的星空，兴奋地说道。

"换一个时间，一切又会截然不同。比如原本能看到半个月亮的农历初八，月球和黄道面交叉，通过月亮镜子，可以看见阳光照亮的半个地球，太阳从球面的边缘反射过来，亮度很弱，而且变形严重。虽然看不见抛光后的月球轮廓，但是凭着这些月相变化的信息，就可以估计它的大小。相信我，一定会有聪明人这么干！"

"对！知道了月球的大小形状，就能知道地球、太阳的大小和形状。"我接口说道。

"在农历初一前后，月亮在白天出现，抛光后的月球就会反射地球的白昼地区。这时，人们会在白天看见蓝天上出现了一个地球的像。就算在发明望远镜之前，观测者也应该能模模糊糊看到，天空中有一个圆形物体，每天慢慢自转。这个物体上的图案表现出奇特的变形效果，我想一定有人会把这个现象和球面镜联系起来，推断出这是地球的像，进而认识到地球是球形的，并且在自转。而且，无论什么时候，地球的像总是在球面镜子正中，也会有人能因此推断出月亮、地球和太阳的关系。"

"还有！发明望远镜以后，观察空中的像，也能帮助他们认识地球。读懂了这面月亮镜子，天文、地理、物理学都会……哦！还有哲学，一上来就对着一面镜子，天知道新文明会弄出什么新哲学体系！"

柳林拿起桌上的一杯酒，示意我共同举杯。今天桌上的菜本不丰盛，酒也比较寡淡，但此刻我看着手中的酒，仿佛这一杯里，就是地球历史上所有文人写过的诗，所有画匠绘过的图。

窗外还是风沙连天，我开口问道："说了这么多……你觉得，未来地球上的智慧生命，真会明白我们的苦心吗？"

"说实话，这我也不知道。"柳林举杯一饮而尽。

四

柳森的声音把我从40年前的回忆里拉出来，"趁今天是初一，地球上不方便观察月亮，我们把最后一个太阳能电磁投射器拆除了。"

"嗯，月球抛光工程已收尾完毕，接下来，执行全员地球返程任务，这就要辛苦你了。切记，继续向公众保密，真相只能带给他们恐慌。"我说道。

"我明白。只是……杨指挥官，你确定不回地球了？虽然月壳下面放了几个休眠舱，但那只是应急用的，就算能源全续上，最多只能维持50 000年。"

"我知道，就是把它当成棺材来用的。我问你，回地球我们又有几年好活？不到一年了，对吧？我从小想到月亮上来，又为抛光工程耗去了快40年，如今我想在这里永远待着了……这儿也挺好，成天绕着地球转，离家不远，也不孤独。"我说。

柳森笑起来特别像他爸，"好的，生死面前，我们能选择的东西确实也不多。那么，祝你好运。"

我也笑了笑。

但就在这时，原本黯淡的月表毫无征兆地蒙上一层粉红色的光。我突然警觉，连忙问道："怎么回事？"

柳森与耳边的无线电交流了几句，答复道："没什么大事，地球方面知晓我们拆完了电磁投射器，王先生的公司就又开始在月球上打广告了。"

"原来如此，他倒是兢兢业业。不过现在反射率那么高，广告效果肯定差了好多，也不知道他又找了什么借口继续糊弄人。"说到这里，我停顿了一下，"记得这个季度广告订单……是苹果公司吧？logo 不是银白色吗？怎么是粉红色的光？"

"回复指挥官，情况是这样的：今天是王先生的结婚纪念日，他事先赔付了苹果一笔巨额资金，把今天的月球广告位要回来了，给他夫人爱的表白。"

"嘿，难怪是粉红色的，有钱真好啊，一把年纪了还能玩这么一出……"我戏谑道，"他在月亮上写了些啥？我们也跟着学学。"

"唔，爱……爱你直到世界末日。"

"……"

直到世界末日啊……我和柳森都陷入了沉默。

在漫天粉红色的光芒里，我们两个大男人杵着特别尴尬。但我也知道，如果在地球上看，此刻的月亮变成了一颗粉红色的心脏，世界上所有女孩都会觉得这浪漫极了，纷纷憧憬着未来某个小伙子也能送自己一颗这样的心脏。

然而唯有王先生清楚，这颗心脏最多还能跳动一年，等到它停跳的那一天，自己仍然会牵着心爱女人的手。

爱你直到世界末日……有钱真好，混蛋啊……

"杨总指挥官，那我们就在此告别吧。明天我将与大部队返回地球。我会给父亲带去你的问候。"柳森在那颗心下说。

"谁要问候他？给我派的……都是什么鬼差事！"

送走了柳森，我转身沿漫长的阶梯往月壳深处走去。

这阶梯真的很长，长到我有足够时间去回忆一生，长到我有冗余的思维去羡慕地球上的人，他们上班下班，他们笑了又哭，他们的一天过去后又是充满希望的一天，直到……

在"嘀"一声后，休眠舱打开，我横躺进去，混合着麻醉物的气体开始释放，意识越来越缥缈……可能死亡就是一个永恒的梦境吧。

早知道这就和做梦一样，我还怕什么呢？

五

1

我梦见一个异常明亮的夜晚，亮得如同一个长达 12 个小时的黎明。

　　簌簌声响后，灌木丛一阵颤抖，钻出一只河狸，现在，它是现存的数一数二的大型哺乳动物了。这多亏了它是顽强的啮齿类，其家园又临近水源，水和自己搭建的巢穴都成了它的庇护所。

　　河狸纵身跃进河中，朝下游游去，泳姿类似狗刨，厚而致密的皮毛在水中油光发亮。

　　河狸不能理解为什么这些年里，比它高大、凶猛、强壮的生物都逐一死去了，但它能隐隐察觉，日子正一点儿一点儿变好。雷暴在全球范围内造成一场场酸雨，这是好信号，氮氧化物随雨水渗进贫瘠的土地，充当肥料；氧分子在高能放电中进一步氧化——臭氧层也在恢复。

　　入海口很近了，河狸扎进水面，许久搜寻后，却没找到可以吃的水草和嫩枝，只在淤泥里捡到了几个甲壳类动物。

　　这时，一个灰色的影子闪过，河狸一惊，把泥蟹一扔，迅速摆尾逃走了。

　　影子是一只海獭，它抢走了被河狸扔下的泥蟹。如今地面上都是死去的动物，但在过量紫外线的照射下，它们的尸体早就革化，难以下咽，眼前这泥蟹是不可多得的美食。

　　和所有鼬科动物一样，海獭拥有可提供强大保护的毛发和锐利的牙齿，可这牙不适合做开罐器。它抱着战利品，仰面浮在水中，以肚子为臼，找了块石头做杵，节律清晰地敲着泥蟹的壳——

　　"咚，咚，咚……"

　　海獭毛茸茸的脑袋仰着，豆子一般的眼睛对视夜空。海獭的目光聚焦在夜空中一个特别明亮的小点上，正是它发出的光芒让夜晚如此明亮。

似乎……这个小亮点旁还有个圆圆的影子?

"咔嚓"一声传来,泥蟹的厚壳终于被石头砸烂。海獭将它送到嘴边,愉快地吮吸起内脏来。

2

口耳相传的历史能追溯到 5 000 年前,一切都从石头开始。

咸水文明的先民捕食鱼类和虾,对于海胆一类外壳坚硬的生物,就找一块石头将其敲碎。

如果遇见用得顺手的石头,就把它藏起来反复使用。慢慢地,先民们也在石头的用途上做了一些区分——用锋利的石头撬开贝类,用厚重的石头碾碎螃蟹的钳脚。

那为什么不自己造一块得心应手的石头呢?

第一个这么想的人,被后世称为"碎人氏",他带领咸水文明走入石器时代。石器的制造从一开始的摔制,变为精细的磨制。碎人氏发现,石头经过加工不仅可以捕食,还可以做更巧的事,比如用石针缝制树皮衣服。

对于咸水文明来说,世界被包裹在一个巨大的贻贝里。贻贝吃饭,张开两瓣外壳儿,太阳光就透进来,那是白天。贻贝要睡觉了,合上壳挡住光,天就黑了。壳上的孔眼会零零散散透进光来,便是放眼望去的满天星星。每隔二十多天,这只大贻贝会产出一颗大珍珠,那是奉献给神的礼物——亮星。

因为亮星周期性出现,每隔二十多天,会有五六个夜晚比其他夜晚更亮。在这些被眷顾的夜晚里,咸水文明的女人们做衣服、磨制石器，男人们则教幼子入海捕鱼的要领。

但也有极少数时候，他们需要和来自甜水文明的敌人作战——那群河狸！

河狸们总是在河道上用木枝筑坝修屋，举着木制的矛和弓冲进咸水文明的部落。有巢氏就是这一群怪胎的头子，据说是他第一个想出了盖楼房和修磨坊的点子。

有巢氏用嘴把大坝啃开了一个口子（多么野蛮啊！），在开口的阀门上装了个舂子，水流过阀门，带动舂一下一下砸进地基，有了更深的地基，河狸就能住在安全的高楼上。但讽刺的是，它们天生没有一双灵巧的手，光会啃木头筑楼又有什么作用呢？要知道，石头代表文明，木头象征落后！

亮星在上，请给予那些蠢河狸应得的惩罚！

3

"为什么我们的夜晚是这样的？"

河狸可以活 20 岁，从 3 岁成年开始，伽狸略就开始思考这个问题，已经思考了 17 年。

伽狸略是一名优秀的筑坝师。甜水国居民善于计算，会测量地形数据，根据地貌修出用途不同的建筑：有的拦截河流；有的提供动力；有的一半没在水中，可以养殖水草；有的内部画满了星图，用来观测天象。这些屋子在河湾里连成一大片。河流就像它们的血液，带动研磨机房的齿轮运转，带动锯条锯开树木的底部，也流进锅炉为新生儿的房间加热。

最大的水中之城就是伽狸略设计的。可他现在不务正业了，只想弄清为什么天上总隐约有个蓝球。不同时间里，这个蓝球的样子也不大一样，有时是完整的，有时候只能看到一部分，甚至有时它会在白天出现。

他知道光凭眼睛去看是不行的，需要更好的观测器具。但河狸造不出精密仪器，能做到这一点的只有海獭。

虽然持续数千年的狸獭之战在上个世纪告终，但两族间的隔阂丝毫未减。幸亏獭勒密不信奉唯獭主义，作为海獭中首屈一指的能工巧匠，他欣然接受委托，按伽狸略计算的模型造出了一架桶状机器，它的前后各有一个磨制出的镜片，可将远处景象放大。

伽狸略用这机器观测天空，逐渐得出一个结论，蓝绿色圆球的变化和亮星的出现，有一定的关联。

"世界或许不是一个大贻贝。"伽狸略说，他的大牙在桌上蹭来蹭去。

"嘘，亮星在上，这可不能乱说。神会降下海啸……"獭勒密连忙用手捂住伽狸略的嘴，可还是捂不住他的大牙。

"亮星就是太阳。"

"瞎说什么呢！太阳是一个火球，亮星是一颗珍珠……"

伽狸略面前放着一张草稿纸，在一堆公式和数字旁，画着大小不一的三个圆球，它们连成一条线。

"如果天上有一面球形的镜子，而世界就处在镜子和太阳中间，那会怎么样？"伽狸略问道。

"哦，不！亮星会生气的！"

4

发射仪式的现场，狸獭联盟的主席正在发表演说，他身后是象征甜咸联盟和平发展的徽章——代表海獭的石头与代表河狸的木桩绕成一个圈，环抱着地球。

"镜球之谜是世界七大谜团之一。曾经，镜球帮助我们了解了太阳系，也给我们留下了无尽疑惑——是谁将那面镜子放在地球旁边？他们有何目的？是为了帮助我们，威慑我们，还只是单纯的一个恶作剧？

"在獭狸文明的历史上，无数假说和理论因此提出。今天，凝结着河狸的科学与海獭的技术的航天器，将前往镜球，揭开这一谜底！

"让我们共同期待着，宇航员登上镜球，为獭狸文明的发展谱写充满希望的新篇章！"

台下掌声雷动，但如果仔细听，会发现掌声分成两部分：分别是水獭手肘碰撞发出的砰砰声，以及河狸用尾巴击打地面发出的啪啪声。

六

"我们在你意识中植入了四个梦境，分别对应了獭狸文明的四个重要历史节点。希望能够帮助你了解我们的过去。"

休眠舱启动了复苏程序。

刚刚说话的……是谁?

等等等等,什么情况?

我没死?

难道是冬眠装置失灵了?我艰难地抬起手操作屏幕,想弄明白自己究竟睡了多久。

这时,一种我能够听懂的语言传来:"1 500万年。'报丧者'杨庆海,你好。你在休眠状态里度过了1 500万年。"

"怎么可能?要真是这样,休眠系统早就坏掉了!"我喊道。

"你再仔细看看周围的装置。"

我意识到这声音是电子合成的,难怪它显得生硬而死板。

由于身体机能尚未恢复,我拼尽全力才坐了起来,环顾周遭,发问:"啊?!所有机器我都不认识了,怎么回事?!"

"休眠舱深处月表以下,伽马射线暴没有对你造成致命打击。但5万年后电源耗尽,你还是难逃一死。所幸月球环境和废旧的休眠舱对于保存肉体来说非常理想。等到1 000万年后我们找到你的遗体时,还能勉强读取你大脑存储的信息。"

"你是说我死了?但我现在不是好好的吗?"我惊讶万分。

"用你那个时代的话来说,我们克隆了你。但这也不准确,实操中,我们是将你身上每一个细胞重新独立培养,然后再进行组合。这比克隆好,不需要花力气把你从单个细胞养大。我们还将你大脑的物理状态复刻为休眠前一秒的样子,可以理解成你的记忆被移植了。还有一个好消息,现在的你,就是你21岁时的样子。恭喜你了。"

我来不及消化这些信息，急忙问道："你究竟是谁？"

"我们是人类之后的地球文明。我们来到镜球——也就是你概念里的月球，发现了你，就给你留下了这一段语音。现在我们也不在这颗星球上。"

"那这段语音留言倒是挺智能的。"我说。

"首先，要感谢你和你的同僚，月球抛光计划为我们留下了至关重要的信息。明亮的夜晚给了我们更多学习的时间，镜面给了我们审视自己的机会。你休眠1000万年后，我们就有了登月的能力，从而发现了你，也收到了你们留下的警告。在那之后，我们用1000年时间研发出了近光速飞船，并用了大约1万年时间转移全体地球居民。大批飞船分别向银河中三个不同的恒星系进发，开启了星际移民时代。我们不再会被任何灾难一次性消灭，这多亏了你们的镜子！"

"所以你们已经全都跑光了？还有，你刚刚说我睡了1500万年？为什么500万年前你们就发现了我，却直到现在才把我叫起来？"我大声问道。

"咦？你不是曾经说，想在月亮上长眠吗？"

"这是海獭的幽默感吗？我都睡1000万年了，还不算长眠啊？！"

"刚刚是玩笑，请不要介意。"他似乎想要模仿人类的语气，却显得笨拙而尴尬，"虽然我们已经离开地球，但伽马射线暴还是会如期而至，地球生态又将经历一次涅槃。新的文明轮回又要开始，曾经，人类送给我们一个光滑如镜的月球；而现在，我们想留给下一个文明的礼物，就是你——'报丧者'杨庆海。"

"啊？什么意思？"

"我们改造了你的休眠装置，能够让你在新一轮伽马暴到来后醒来——是的，你在睡梦中经历了两次伽马射线暴。并且你的身体也跟过去不同了，你不会衰老，也不会因外力打击而死亡——其中的科技对我们来说并不复杂，已经储存在我们留下的资料中，你可以慢慢学习。反正你也不会死，时间有的是。"

"我要学这些干什么啊？"

"我们还给你留下了去往地球的穿梭装置，以及充足的物资与设备，从武器到休闲娱乐设施都有。这些东西，连同我们文明的所有科技成果一起，都向你开放了使用权限。带着这些回到地球，在那里可以建造任何你想要的东西。"

"可我为什么要回地球？我去那儿一个人做什么呀！"

"伽马射线暴的打击刚刚过去，新周期里一切还将继续。经历过两个文明的更迭，你难道没有什么想对未来的孩子们说吗？"

听到这里，我心中一紧。

电子合成音继续说道："你可以亲口说给他们听，关于黑洞和中子星的危机，关于地球的过去和未来，告诉他们每一个为文明传承牺牲的人的名字，也能教给他们每一首你小时候唱过的儿歌。你将不老不死，至高至明。你将作为唯一的神，引导生灵从蒙昧走出，直到走向星空深处。"

"星空深处……星空是有代价的。"我突然想起许多年前，面对星空之中无处不在的危机时，自己曾这样感叹过。

"对了，离开之前，还要告诉你一件事：你曾在月球雨海里发现一块石牌，那也不是地球的第一个文明。远在那之前，地球上的智慧生命就尝试用各种方式，在文明代际传递危机的警告，有的成功了，下一个文明飞速发展；有的失败了，下一个文明没有接收到信息就被射线暴杀死。这颗蓝色星球一次又一次孕育出文明，正是因为星空是有代价的，星空里的危机是文明进发的动力，星空深处又是文明最后的归宿。星空有代价，但那是星空啊……"

那个声音说完这些，便不再吱声了。

我从月壳深处的休眠舱内踉踉跄跄地走出来。他们的科技水平令我无法理解，居然能把我的身体改造成不要隔离装备也可以在月表自如行走。在真空中，我没有痛苦的感觉，也不能体会欢乐。看着陌生又熟悉的身体，巨大的空虚感袭来，我竟一时不知该如何是好。

这时，我抬起头，看见地球正散发出淡淡辉光。

星空掩映下，它还是淡蓝色的，像宝石，像一滴眼泪，像所有故事的起点。

哦，对了，刚才他们叫我什么来着？报丧者？

我流下眼泪，但真空中没有气压，液滴瞬间在我脸上沸腾，放热结束后，又凝结成极细小的冰晶。

报丧者杨庆海……哈……看来，又得是我来把坏消息带给下一个文明了，这都给我布置了些什么差事啊！

第一次，我带回一块石牌。

第二次，我抛光了月亮。

第三次，我将亲口对孩子们讲述一个故事，一个关于这颗星球上文明生与灭的传说。

·思想实验室

1. 当月球抛光工程收尾完毕全员返回地球，杨庆海却选择留在月球。你如何评价他的选择？为什么？

2. 杨庆海从休眠中醒来后，听到电子合成音说要让他回到地球。如果你是杨庆海，当你回到地球后，会对未来的孩子们讲述什么呢？而且此时的杨庆海已是被科技武装的不老不死之人了，作为文明的传承者，你会喜欢这样的自己吗？请你发挥想象，写一写你想讲给孩子们的故事。

3. 王诺诺的《故乡明》中蓝色星球一次又一次孕育出文明，"报丧者"杨庆海经历两个文明的更迭，又要将消息带给下一个文明。刘慈欣的《微纪元》讲述了在未来，人类发现自己即将面临一场来自太阳的灾难，于是派出十几艘宇宙飞船进行可生活行星的搜索，结果都无功而返。这些人被称作"先行者"，先行者最后驾驶飞船回归地球，以为是宇宙的最后一个人，但他惊讶地发现，人类没有灭绝，而是以另一种方式继续生活，人类文明得以延续。你喜欢哪种文明的延续方式呢？人类文明延续的意义又是什么呢？请说说你的思考。

南岛的星空

赵海虹

你有没有在宁静的夏夜仰望过星空？或与家人漫步，又或在窗边独坐，偶一抬头就看见繁星点点静穆、亲切地缀在深邃的夜空里。可随着空气污染和光污染的日益严重，对生活在城市的人而言，"七八个星天外，两三点雨山前"渐渐成了文字中才有的惬意和美好。在《南岛的星空》中，作者更是描述了一个灰霾压顶、不见群星的未来。那时人们的理想不再是星辰大海，而是一座座隔绝灰霾的避难所——珍珠城。对城内的人而言，同灰霾一道被隔绝的还有没资格进城的亲人。在人们争先恐后涌入热门行业以求进入珍珠城生活的时候，主人公启明却偏偏固守着观星这个"既没前途又没意义"的职业，此时轰轰烈烈的"星际移民计划"早已被"珍珠城计划"所取代，而启明女儿的健康状况也到了必须进入珍珠城的地步。究竟是同妻女进城，还是与妻子离婚，留在城外继续观星？在家庭与梦想之间，启明会做出怎样的选择？这个选择又会带来哪些意料之中的代价和意想不到的温暖？启明用尽三年积蓄为女儿策划的跨越大洋的观星之旅能否如愿？女儿能否理解这个孤独的父亲和他献身的事业？相信故事的结尾一定会让你久久难以平静。

小说最动人之处在于它的真切和深刻。不少作家喜欢用宏大的视角描绘未来世界，将人类命运作为整体来审视。而赵海虹则用细腻、温情的目光关注着每一个个体的生命在未来世界的处境和感受。故事将当下的雾霾天气作为想象的起点，既新奇又真实。未来的人们也如你我一般，要面对生活中的种种压力和大大小小的选择。读他们的故事就像读我们的未来，读我们可能做出的某种人生选择。

主人公启明就是这样一个有血有肉、真实复杂的人。他身上既有对现实的无奈、对家人的愧疚、对未来的迷茫，又有深入灵魂的热爱和孤勇。在他的身上，我们或多或少都能看到自己的影子。然而启明虽然卑微却并不平庸，在人们争取个人利益的时候，他选择为人类的梦想而坚守。你也许会好奇，观星仅仅是他难以割舍的情怀，还是包含着某种超越时代的远见？小说中有这样一段动人的情节，也许能帮你找到答案：启明梦见自己躺在群山环抱之中的一座500米口径的望远镜的中央，就那样聆听着宇宙的召唤穿过无数的星际文明抵达这里，他热泪盈眶地向宇宙深处回应："我在，我在这里。"在无数冷寂的夜晚，他凭着这个不被世人理解的信念，实现了对孤独和个体生命的超越。他是这漫长灰暗时代里的追光者和先行者，就如他的名字"启明"一样——实际上，故事中每个人物的名字都有各自的象征意义，蕴藏着作者的情怀。

回溯历史，当人类的祖先第一次凝望星空时，人类文明便拉开了帷幕：几千年前，在爱琴海蜿蜒的岸边，希腊先民编织出宏伟的星空神话；在古老的黄河流域，华夏先民通过星象感悟时间和万物的法则；在地中海的波涛之上，腓尼基先民在繁星的指引之下扬帆远航……是星空照亮了人类最初的蒙昧。今天，我们中最勇敢的人乘着航天器代表人类去拥抱星空，甚至永远地葬身其间。星空对我们而言有着太多的意义。在科学家眼中，每颗星都是一个未知的世界。在科幻作家眼中，星空"是未知，是探索，是想象，是对真理的追求"。在艺术家、诗人、哲人眼中，星空滋养着人类的精神。他们说"仰望，是一种精神姿势"，说"一个民族，有一群仰望星空的人，才有希望"。也许未来你也不得不面对生活和工作的压力，被迫关心的事情离星空很远，但别忘了，在我们的头顶之上，始终有一片浩瀚的星海。*

---

* 《南岛的星空》刊载于《科幻世界》（2017 年 5 月）。作者赵海虹，屡获科幻小说银河奖。南岛指新西兰南岛，全球最大的暗夜保护区——奥拉基麦肯奇国际暗夜保护区（Aoraki Mackenzie International Dark Sky Reserve）就位于南岛，该区域内的特卡波湖（Lake Tekapo）区域是享誉世界的观星胜地。

·正文

　　那一天大风来袭，狂风将浓重的灰霾席卷而去，天突然亮了。路人纷纷抬头，对着依稀展现的那片蓝天发出由衷的惊叹。它远不算澄澈，但即使是浅浅的灰蓝色中透出的几丝天蓝，已足够让人感动。在这样的天空下，珍珠城展现出尤其动人的美。

　　倘使从高空俯瞰平安市，20座半球形、被珍珠膜覆盖的城市综合体是城中最傲人的存在。8年前，当一座又一座珍珠城在平安市最重要的路段拔地而起，整个城市却越来越重地陷入了日益严重的灰霾之中。于是珍珠城同样光彩不再，都变成了灰色的半球。每天凌晨5点钟，珍珠城自我清洁的那个瞬间，一种低沉的嗡嗡声回荡全市。然后是一声"嘭"的闷响，沉积一日的灰霾从珍珠城的外膜上被弹开，瀑布般倾泻到外膜的底层。在周围的街道上激起一阵小小的尘暴。那时，街上少有行人，凌晨就开始工作的清洁工则会尽量避开周边的区域，并在尘暴消歇之后开始清扫。

　　仅仅一层膜，就将平安市分成了两部分——珍珠城里的人和珍珠城外的人。进入珍珠城是每一个"外人"的梦想。尤其是在这样的傍晚时分，落日刚刚下沉，难得一见的蓝天上霞光涌动。绵延铺开的亮橘色的云锦将一排排半圆形的珍珠膜罩也映成了浅橘色。启明止步抬头，望着这一幕，莫名地吐出四个字："天上人间。"

　　天人两隔恰是他的家庭境况。妻子天琴从事环保材料推广，得以入选时代精英保护计划，带着 10 岁的女儿小鸽进入珍珠城生活，而他被社会视为非急需人才，无权享受这一宝贵配额，被留在城外与霾为伴。当然还有口罩。平安城中已经产生了无数个这样的家庭，亦因此多出了许多破碎的婚姻，甚至成为社会关注的热点问题。

其实分离的主因并非外力。妻子在争取进城的那几年，日日焦心，夜夜加班，希望能在综合排名表上不断提升，争取到入城资格。但启明的专业在新时代不受重视，同行中仅有极少数站在国际前沿的科学家获得了资格，却又因为专业特性，只能在城外工作。

启明是一位观星者。为避免光污染，全世界所有的天文台都远离城市中心区。但日益严重的雾霾遮蔽了观测设备的视野，影响了观测的精度。在一个白天难见太阳、夜晚一片混沌的世界，他简直羞于提起自己的工作。偶尔必须作答时，他总会看见听者略带诧异乃至讥诮的眼神。人们甚至忘记了星星的存在，那么观星在这个时代还有什么意义呢？

曾几何时，人们对星星发生过浓厚的兴趣，尝试探讨在无法解决地球的环境危机时移民到月球或者火星的可能性。但当珍珠城计划启动，第一座实验性的综合体成功运行之后，人们欣喜若狂，将热火朝天的星际移民计划抛诸脑后。比起在外太空建立可循环的人类生态体系这样复杂艰难的设想，珍珠城的成功是可见的，也能够迅速复制推广，惠及主要的精英人士。

那时小鸽刚出生不久，天琴怀抱着那个温暖的婴孩，望着窗外日益严重的雾霾，咬牙切齿地说："我要改行。"

天琴和启明是同校同届的大学生，她学中文，启明念天体物理学。两人在一次学校活动上相识，听说启明的工作理想是观星，天琴青春的脸庞激动得光彩四射。中文系的浪漫使她将宇宙星空的浩大与神秘，同眼前这个讷言的高个子男生联系在一起。

> 星空如棋，记录一切的轨迹
> 从大爆炸的那一刻起
> 物质无限充盈，
> 然后冷却成
> 苍白凌厉的光点

这是她为他写的《观星》。于是他迅速沦陷，爱上了这个同样向往星空的女生。毕业后两人就结了婚，她开始为网媒撰稿，他则一路读研读博，终于进入天文台工作。

可是时移世变，珍珠城的出现改变了人们的理想。一切无益于提升入城考核指标的工作都不再受重视。妻子在小鸽出生后开始紧锣密鼓地准备改行。她决定以文科生背景自学相关理科知识，然后进入环保材料的推销和采购行业。"我做不了研发，但做营销和推广还是有可能的，不管怎样都要搭上环保行业，争取20%的考核加分。"

启明犹豫了一下，他觉得自己也需要表个态，但他不知该说什么，生硬地蹦出来一句："我不想改行。"

天琴搂紧了怀中的小鸽，感受着女儿柔软的生命与温度。她沉吟许久，轻轻叹了口气，"我没有这个意思，我们各自努力吧。"

开始工作后，启明失望地发现，这家离城市不够遥远、海拔也不够高的天文台受长期雾霾天气的影响，已很难用光学望远镜进行观测，连射电望远镜的观测都大受影响。粥少僧多，观测申请许久无法获批，去国外天文台的申请成功率更低。于是，他只能从网上已经公开的数据中寻找合适的研究来源。其实天文台的观测任务虽然受到影响，但有赖于世界共享的公开数据，工作依然在正常进行，可是社会对他们的眼光与看法却在悄然改变。

进城的积分排名办法决定了各种职业的重要程度。为了新城市的顺利运行，高级公务员再度成为全社会趋之若鹜的职业，环保、医疗、能源行业的附加分也遥遥领先。而对于能够进入珍珠城的人们来说，在他们封闭的世界里，一样需要衣食、娱乐，于是服装、餐饮、食品生产、服务业、影视业的所有相关人员，只要在行业中能成为佼佼者，也就自然获得了进入珍珠城的通行证。

"我这个职业的希望在哪里？"启明问自己。看着妻子日日挑灯夜战，以充足的热情投入一个全新的"有前途的"行业中，他感到由衷的敬佩，但又有深深的苦涩。作为重新开始的外行人，妻子不论有多么努力，能获得一个入城名额已是千难万难。而未成年人只有在父母两人皆有资格，或者父母离异并且监护人拥有资格时，才能一起进城。于是妻子的努力终将把二人的婚姻逐向尽头。

他觉得，周围的一切都在嘲讽他。灰霾沉重的大幕深刻地改变了世界的面貌，当望远镜另一端的星空都日益黯淡，那自己的职业，不，自己的事业还有什么意义呢？

他投出了去 FAST*工作的申请，与来自全世界的无数同行一起，等待被选中的那一日。FAST 位于贵州，是世界最大的 500 米口径球面射电望远镜。那个陷在群山之间的巨大的耳朵，倾听着来自遥远宇宙中的各种声音与信号，能够有效地探索地外理性生命。有时他会做一个梦，梦见自己躺在那个深山中巨大的碗形巨耳中间，绵绵不绝的射线、电波，带着来自深邃而广袤的外部世界的信息，向他涌来。他仿佛就躺在宇宙的中心。在那里，一声召唤似乎会像涟漪一般，一层层地扩大，延展到宇宙的每一个角落。而那遥远的光，穿越漫长的光年，一路照亮了无数个世界和无数个活着与死去的文明，终于来到这里。星光抵达的瞬间，梦中的他一怔，猛然睁开眼，那一瞬，他看到了宇宙中个人的存在，看到了一个渺如尘埃的生命与整个宇宙的关系。

我在，我在这里。不知不觉间，他热泪盈眶。

这个世界又下起了黑色的雨。雨水洗刷了空气中的污浊，透出一丝清新。天琴望着窗外的雨，嘴角抽动了一下。5 年的拼搏，让她原本红润饱满的面颊变得枯干失色。她憔悴得那么厉害。启明心中一颤。他的理想，他不顾世俗生活的追求，放在这个充满人间烟火气的女人面前，并没有那么高尚。坐在两人之间的小人儿仿佛已经明白了将要发生的不幸。她抬头看看爸爸，又看看妈妈，圆圆的

---

* "FAST" 位于中国贵州，被誉为"中国天眼"。它是一座 500 米口径球面射电望远镜，是目前世界最大单口径、最灵敏的射电望远镜。"FAST" 在 2021 年 1 月正式投入使用，其主要目标是探索宇宙起源和演化，研究极端状态下的物质结构与物理规律，获得天体超精细结构，研究恒星形成与演化、星系核心黑洞以及探索太空生命起源，搜索可能的星际通信信号，搜寻外星文明。

黑眼睛里透着紧张、不安与恐惧，连咳嗽都轻轻的，小心翼翼。

"我是一个自私的人。"启明沉重地想，"我放弃了婚姻的承诺与对女儿的责任。我没有为让她们过上更好的生活而奋斗。我选择了不被这个世界理解的事业。"

"启明，"妻子轻轻地说，"请你理解。我必须把小鸽带进城，她的哮喘已经很严重。在城外多留一天，就多一天伤害。"

"我明白。"启明垂下头，脑袋很沉，几乎抬不起来。昨天已经办了离婚手续，今天这一顿，就算是散伙饭了。小鸽伸手牵住他，5岁的女孩柔软的小手盖在他骨节粗大的右手上，轻轻地拉，轻轻地扯，让他的手发痒，让他的心一阵阵地疼。

"爸爸……"她红润饱满的嘴唇轻轻吐出这两个字。那一瞬间他真想拔腿逃跑。他觉得自己在这个人类社会中是多么的失败、自私和不负责任。他不知道小鸽长大之后，是否也会用和别人一样的眼光来看待自己，然后认同他是一个失败者，一个差劲的父亲，一个对世界毫无用处的人。

"妈妈要带你搬到一个新城市去住。那是一个漂亮又干净的地方，你一定会喜欢那里的。"他尽量用平静的语气对女儿说。

"爸爸，你不去吗？"小鸽的眼神里流露出惶恐和不安。

"爸爸要出差，爸爸要去一个很远很远的观测站。不过我一回来，就会去看你的。"他勉强笑着对她说。他抬起头，面对自己的前妻，问："我想每年带小鸽去旅行一趟，可以吗？"

天琴点点头，她望着启明，嘴唇轻轻嚅动，却说不出话来，然后飞快扭转头，擦掉顺着鼻翼流下来的眼泪。

约定的父女亲子游时间到了，这一次，启明决定带女儿去见识一下南岛的星空……

客车沿着漫长的湖岸线前行，望着布满天幕的阴云，启明的心情也越来越沉重。

"爸爸，快来！"小鸽踮着脚尖，在湖岸边的碎石上雀跃地跑跳。阴云铺满了天空，雪山静穆，环绕着蓝得透亮的冰湖。空气清爽，几乎带着甜味，启明深吸了一口气，享受这难得的自然馈赠。这一刻他放下了对天气的担忧，把山水之美深深记在了心头。

他们就住在湖边的一家青年旅社，离小镇中心只有 200 多米，湖水几乎漫到了楼下，窗户对着湖面的一角，可以望见不远处的雪山。

天快黑了，启明和小鸽手拉着手，在镇中心唯一的大道上散步，路边有比萨店、啤酒屋、日本料理屋和一家中餐馆。这几天父女俩已经吃腻了薯条汉堡，他们决定去吃中餐，叫了麻婆豆腐和虾仁炒饭，一份饭居然有满满一小盆，足够两个人分食。启明看女儿吃得那么香，心里又惦记起那件事了。

吃完饭他们继续散步，到旅游中心打听了一下，店员告知，当晚的观星活动不开放预订。

"今天确定看不到星星吗？"

店员摇摇头表示同情。

店外停着一辆喷绘着库克山天文台外景和"星空探索"字样的大巴车，车上还画着星轨和星图，令人浮想联翩，却更加深了他的失落。那是湖畔库克山顶上的天文台专车，用来接载参加观星活动的游客，无法观星时就停运了。

"爸爸，给我拍个照吧！"小鸽靠在大巴车上，张开双臂，做出种种热烈的姿势。启明一遍遍为她拍照，心头却泛起阵阵苦涩。女儿一点儿也没有露出失望的样子。她真那么高兴，还仅仅是为了安慰自己呢？

夜幕降临，父亲和女儿并肩走到一片最开阔的湖面前方，成片紫色的鲁冰花汇成了夜色中暗青色的锦帐。湖边一座简朴的坡顶石头小屋是镇上的教堂。

"牧羊人教堂。"他轻轻叫出声来。多少幅绝美的观星照片都是在这里取景的。可是今天……

"爸爸，我们坐下来等等吧。"女儿乖觉地说。他们在湖边找了两块并排的石头坐下来。他抬头望着厚厚的阴云占据的天幕，那是沉沉压在他心头的分量啊。3年，他整整攒了3年，凑足了这次国外旅行的费用，作为他送给小鸽小学毕业的大礼。旅行中的各个站点他都反复设计，想让她满意。小鸽喜欢《指环王》中霍比特人的矮人国，北岛上的玛塔玛塔小镇是她最想去的地方。当然其他取景地如南岛的峡湾、箭镇也都在名单上。但在影片的取景地之外，他专门加上的这一站，其实才是他旅行的真正目的。是的，他带着女儿，远赴万里，是想到南半球这个迷人的小岛上，来看世界上第一个国际星空保护区。他想对着这片星空，向女儿解释，自己的工作在今天的世界有什么用处。

他不知道那群星灿烂、河汉昭昭的视觉冲击是否能让她明白自己的人生选择。

可是今夜，没有星星。

什么都没有。

　　入夜了，黑沉沉的天空下，一切都那么静寂。只有拍岸的湖水，发出往复的潮汐之声。鲁冰花都沉入了夜色，雪山深色的剪影在黑夜中影影绰绰。他冷得发颤。这个季节，镇上的早晚温差有16摄氏度，穿着冲锋衣都顶不住一阵阵的寒意。他忽然觉得自己很可笑，为何直到现在还不能接受看不到星空的事实。小鸽打了个喷嚏，从背包里摸出一块大披巾把肩膀裹了起来。

　　此刻，他想起女儿的哮喘，刹那间又是难过又是自责，连忙说："小鸽，我们回去吧。"

　　"不等星星了吗？"小鸽有点失望。

　　"恐怕等不到了。"他苦涩地摇摇头，伸手搀住女儿，想扶着她一起站起来。

　　"等一下。"女儿推开他，又伸手到背包里去掏出一件东西，随手打开，用拇指按亮了，那是一台生物电能的平板电脑。

　　启明不明所以，有些傻呆呆地望着小鸽打开一个写着"观星"的 App，然后将平板举了起来，举向天空。一块晶莹的屏幕上亮起了一片小小的星空。这是软件根据他们的实时位置，为他们推送的星空图景。

　　"爸爸，你来讲给我听听吧。"

　　"你也喜欢观星吗？"他的声音有些颤抖。

　　"是妈妈教我的。"女儿说，"她总是说，虽然现在看不到星星了，其实它们一直在那里。"

　　启明努力眨了眨眼睛，挤走热泪带来的重影。他想象着天琴平日是如何带着女儿在这块屏幕里认识星空、认识父亲，了解他们当年的爱情。

今夜，倘使父女俩可以头挨着头，在一个小小屏幕的指引下，对着灿烂的星河，辨认一颗颗或明或暗的星和它们可能蕴藏的亿万世界，那会是多么美好的一幕啊。

"爸爸！"女儿温柔地催促他，那声音真像天琴。

启明笑了。头顶黑暗的天空仿佛被这小小屏幕揭开了一角，那里有无数放射着奇光异彩的行星与恒星，喷吐着物质的瑰丽星云，吞噬一切的幽深黑洞，传说中的诸神之星星罗棋布。它们在宇宙被造的那一瞬间，就躺在遥远的星空彼岸。一切生命，所有存在，被这群星的网络牢牢牵系在一起，从时间的起点，直到时间的尽头。

他帮着小鸽把平板举得更高一些，屏幕上，在南天极的上方，半人马座的 α 星和 β 星附近，三颗亮蓝色的星与顶端一颗黄色的光点形成一组十字形光簇。"看，那就是南十字星！"

在小鸽的欢呼声中，整个星空亮了。

·思想实验室

1. 在群星黯淡的时代，启明也曾迷茫和动摇，最终他还是选择了坚守观星的梦想。在你看来，启明找到观星在那个时代的意义了吗？

2. 在不远的未来，你也会面临人生道路的选择，每个选择会通向截然不同的人生。如果你的热爱也不被世人所理解，你是倾向于像启明一样坚定信念，踏上这条坎坷的路，哪怕有生之年看不到成效；还是倾向于选择一条康庄大道，去赢得实实在在的成功和认可？说说你的理由。

3. 一直以来，人类对深空和地外生命的探索从未止步，并且为此付出了巨大的艰辛和代价。可是至今我们仍未发现任何外星生命，更没找到宜居星球。事实上，已探测到的太阳系行星大多环境恶劣：水星大气极稀薄，昼夜温差可达600摄氏度左右；木星上有永不停歇的巨大风暴，动辄卷起高达8000米的云塔；更有甚者，金星的大气压力是地球的92倍，整个星球都覆盖着可怕的硫酸云，不仅人类无法靠近，就连探测器都接连被摧毁……于是有人质疑深空探索的意义，认为我们也许应该把这些巨额资金投入教育、医疗等领域，实实在在提升当下生活的质量。未来，如果你是人类发展决策层的一员，你会赞同用类似"珍珠城计划"这样"性价比"高的方案来取代复杂艰难的深空探索吗？为什么？

星　路

迟　卉

对外星文明的想象是科幻作品中常见的主题。说起外星人，你头脑中会浮现出怎样的形象？是友善的 E.T.，是《黑衣人》中奇奇怪怪的生物，还是《三体》里强悍的侵略者？这些都是人类对地外生命天马行空的幻想。从迈向星空之日起，人类就在好奇心的驱动下兴致勃勃地搜寻着地外文明，人们往往认为随着探索范围的扩展，与异星文明相遇只是时间问题。然而《星路》却提出了另一种可能：也许智慧文明的孤独不仅是空间上的，更是时间上的。试想一下，与银河系 138 亿年的历史相比，人类区区几千年的文明史几乎可以忽略不计。同样道理，在宇宙近乎永恒的时间尺度下，所有的智慧文明都转瞬即逝，如无边暗夜中孤零零的萤火，短暂地亮起，旋即归于沉寂。这样看来，两个智慧文明能够恰好共存于这短暂一瞬的可能性微乎其微。

那么，智慧文明就只能是孤独地诞生、孤独地死亡吗？《星路》告诉我们也许文明之间存在着我们尚未发现的默契……小说的主人公张漩和张凯是一对姐弟，他们从小就对神秘的星际探险十分着迷。长大后，张漩笃定地认为文明都是孤独的，而张凯则坚信宇宙中一定有跟人类共存的智慧文明。二人因理念不同而分道扬镳，但却因为一片神秘的星域又再度走到了一起。这片银河系所有文明都曾到访过的星域究竟藏着怎样的奥秘？不同时代的智慧文明之间又会有何联系？让我们共同踏上这条遥遥的星路，跟随小说中的人物，一起揭开这些秘密。

这是一篇风格独特的小说，既轻灵又深刻，既宏伟又浪漫。小说探讨了"文明的目的"这一话题。在作者看来，每个智慧文明都是孤独的、弱小的，它们遵循着宇宙的法则而生，是必然与偶然的交叠。然而，文明要去向何处，它的目的是什么，却是每个智慧文明都必须郑重给出答案的。小说中的智慧文明虽然形态各异，但它们有着共有的执着和尊严。数千个无缘相遇的文明，在数十亿年间默契地为同一个理想前仆后继，这个认知本身就非常令人震撼。而更让人肃然起敬的是，它们明知这个理想不可能在自己的时代实现，却仍义无反顾地接力前行。于是，当先行者的理想被后来者继承，无数弱小、孤立的智慧文明便串联成了生生不息的整体。在人类之前，有数千个文明担起了这个责任；在人类之后，也必将有数千的继承者纷至沓来，把文明的历史继续书写下去。

除了独特的构思，小说诗意的写作风格也是一大看点。作者用诗的语言营造出神秘空灵的场景，使小说带上浓重的抒情色彩。比如姐姐独自驾驶飞船，如银梭子鱼一般在寂静而璀璨的群星间穿行，只为寻找在黑暗中摇曳的文明的火光；再如小小的飞船勇敢地从太阳表面那翻涌不休的炽热烈焰中间掠过，再轻巧地从日珥旁的星门中跃入跃出；又如姐弟二人抵达神秘区域，目睹成千上万颗"画"着密密麻麻图案的小行星在星云中静静地运行……这些场景或悠远，或壮阔，或神秘。作者笔下的星际旅行也不再是生存所迫

下的艰苦跋涉，而是以探索智慧文明为目的的时空穿行，一切都闪
耀着理想和浪漫的光彩。

　　地外文明似乎离我们的生活很远，但文明要回答的那个终极问
题，何尝不是摆在我们每个人面前的问题？在我们短暂的一生中，
生命的目的是什么？每个人都必须用一生的时间，郑重地给出自己
的答案。*

---

* 　《星路》选自《她科幻·星辰的眼睛》，航空工业出版社。迟卉，女，原《科
幻世界》编辑，科幻作者。

·正文

当我们望向天空，我们看到的正如同在大地上所见的那样。群星璀璨，而文明的火光在黑暗中摇曳。

一

她偷到"低语号"的时候，警笛长鸣，整个月城都像是发了疯一样，所有的太空港都已封闭，警察们荷枪实弹，扛着火箭筒在他们觉得她能起飞的地方转悠。

一秒钟也没浪费，她发动引擎，打开智能控制面板，飞船从环形山底部一跃而起，张漩当初看上它就是为了这极佳的机动性能。"低语号"如同银梭子鱼一般滑溜地穿过防空火网，直奔群星深处。主控屏幕上闪烁不停——全是对她的通缉令，沿着亚空间通信网数据流，一路从水星散播到奥尔特云殖民地。

"你这是打算去哪儿啊？"主控智能问。

她打开星图，输入路径。那是一条很长很长的星路，跨越两条旋臂，一路直奔银河系那光芒璀璨的核心。

"去找我弟弟。"她说。

二

她和弟弟出生在地球上。

他们是异卵双胞胎。父母早就起好了名字，张凯和张漩，取"凯旋"之意。但她硬是抢了个先，用了后面的字，当了姐姐。

据父亲说，他们俩还在老妈肚子里的时候就开始打架；出生之后还没学会爬就先学会了互相抓；在学会说话之前学会了连打带咬；在上学之前，这俩孩子没有一天不掐架的；上学之后，在学校里表现得很乖，然而回到家后就接着打。

其实在学校里他们也打架，不过不是互相打，而是一致对外。

直到现在，父母提起往事，还是会说起他们俩打得鸡飞狗跳的那些时候。但在张漩的记忆里，更多的是学校操场上那个小沙坑，里面的沙子很柔软，她经常和弟弟并肩躺在里面，看天上的星星。

那时候的他们想当探险家、当船长。他们知道地球之外还有很多很多的星星，人类目前拥有其中的几颗，比如火星，比如戈里泽，比如天琴座。但在那之外，是广袤无垠的星海，等待着人们去发现、去探寻。

"姐，如果你当了船长，你想要做什么？"

"我要去探索所有的星星，然后给它们都取名字。"

"切，一听就是文科生。"

"文科生怎么啦？"

"文科生弱呗！"张凯不屑地说，熟练地躲过姐姐突然揍过来的一拳，"你就算用掉所有的名字，也没法命名所有的星星。"

"我不信。"

"我证明给你看。"男孩拿出便携终端按了起来,"老师教过我们,两个字的排列组合是平方,三个字的是三次方。就算你把四个字的名字也用上。汉字大约有 15 000 个,按照任意排列组合产生的名字,我们一共可以得到……5 的后面加 16 个零那么多的名字。"

她"哼"了一声:"然后呢?"

"然后,宇宙中的星星是 5 的后面加 23 个零那么多。这还只是恒星。所以我们要用科学命名法——数字和编号。"男孩一挥手,"因为你得把所有的汉字用上 100 万次,才能命名宇宙中所有的太阳。"

张漩沉默了一会儿,然后笑了。

"所以理科生更厉害?"

"当然。"

"但是,按照你那套什么命名法,等你的孩子的孩子的孩子出生的时候,他就得这样对别人说,'我出生在 0005765ZDX'或者'balblalbalba7z'。"她大笑起来,"而我可以告诉我的孩子的孩子的孩子,她出生在阿芙洛狄忒。你看,五个字的名字。"

张凯翻了个白眼。

她知道自己赢了这一局,于是抓起弟弟的手,指点着天空中的星星,唱歌一样念出一长串一长串的名字,"我们可以把星星叫作阿芙洛狄忒、阿波罗、贝瑟芬妮、伊利亚特……这些是希腊神话里的名字;我们还可以把星星命名为'甲虫''柳树''猫咪';找个黑洞,把它命名为'班主任';然后我要找一对很亮很亮的双星,把它们命名为'凯、旋',一颗是你,一颗是我。如果所有的名字都要用上 100 万次，那就有 100 万对双星和我们有同样的名字……哇！"

他们一起安静了一会儿。

然后傻笑起来。

三

要想前往银河尽头，得先跌向太阳。

舱窗关闭，几万千米高的日珥投影在主控屏幕上，火焰的弧形拱门之下是翻涌不休的炽热恒星表面。"低语号"紧贴日面掠过，银白色的螺旋星门深陷在烈焰之中，只有在折叠空间投影里才显现出它通向宇宙另一端的路径。张漩暗自庆幸这一路没有遇到警方或者雇佣兵队伍的截击——先前布下的疑阵起了作用。他们都以为她在逃往小行星带，那里是走私犯的大本营。

跃入，跃出。

几乎所有的螺旋星门都必须非常接近恒星，这和重力井有关，人类从火星文明遗迹里拿来这个技术已经多年，背后的技术原理还没有完全参透。但通过这种从一颗恒星到另一颗恒星的跳跃，人类已经可以在银河系中通行无阻。基于同一原理，有些科学家正在研究如何跨越银河系与其他星系之间的广袤虚空。据说已经有了些头绪。

张漩站在屏幕前，看着飞船的航线串起点点星光。

就在这时，飞船的主控智能开口了。"我说，美女，你居然是个走私犯？"

她瞪着控制面板。

所有的 AI 都很无聊，进化算法赋予了它们强大的思维能力和运算能力，但它们大部分时间无所事事，除非人类找事给它们做。因此，所有的 AI 都是天生的八卦大师。就在他们交谈的时候，这家伙应该在星际网上搜索过所有关于她的事情了。

"你知道我是谁。"

"他们管你叫'影子船长'，还说你几乎去过所有的非法勘探点，挖过几十种外星人的骨头。"AI 发出一阵令她很不舒服的"咯咯"笑声，"但我想听你说。"

她叹口气，坐下来。

长路漫漫，眼下除了跟这个讨嫌的主控智能聊天，也没别的事情好做。

"我是个非法的遗迹挖掘者，"她说，"但以前不是。"

四

19 岁，她和弟弟同时考上了宇航学院。他们一起受训，6 年后一起毕业。同一批成为开拓船的船长。

又过了 2 年，姐弟俩分道扬镳。

这之前张漩早有预感，只是没想到来得如此之快。和过去一样，他们总是争吵，甚至有时候会发生肢体冲突。从很小的事到原则问题，姐弟俩处理事情的风格相似，但选择结果总是截然不同。

最终导致两人形同陌路的，是一条新颁布的法律。它规定：所有对异星文明废墟的发掘及对其科学技术的研究，都只能由星盟的法定机构进行，除此之外的一切探索活动——无论是私人活动还是商业活动，都将被禁止。

这条法律看似无理，但事出有因。

自火星废墟起，人类已经先后发掘了数十个异星文明的不同遗迹，而这些旧时代文明留下的技术也使人类文明突飞猛进，一路奔向群星时代。

但这些文明如今都已消亡。

每一处遗迹都大同小异，不同的文明或兴起于数千万年前，或繁盛在第一代恒星初放光芒的时。但智慧盛开的时间极短，从技术和科学的诞生到整个文明消失于时间长河深处，至多不过万年。很多文明在兴盛几千年后便已消亡。有些毁于战火，有些毁于生态灾难，有些就只是神秘地消失了。

虽然银河系中生命的痕迹处处可见，但人类从未遇到过和我们同存于世的智慧生物。文明就像是暗夜中的萤火，短暂地亮起，旋即归于沉寂。

"我们的整个文明，只有 21 秒。"张漩说，"把宇宙的寿命浓缩到一年，那么人类文明的时间只是这一年中的 21 秒。其他的文明也差不多。21 秒，然后就消失了。几乎所有的废墟都是同样的年代长度。不管诞生在几亿年前还是几千万年前，现代文明加速崛起的特性注定了它无法持续 1 万年以上。"

"所以呢？"她的弟弟懒洋洋地问。

这一次是她在罗列数字，而不是他。他们总是这样，互换角色，却从来不会停止争辩。

"所以我们不太可能遇到别的星际文明。"她说，"宇宙太大，时间太漫长。虽然说有1000万颗能够孕育生命的行星，但文明本身是随机诞生的，可能在这一刻，也可能在1亿年后。根据概率计算下来，在任一时刻，银河系里很可能只有一个文明，甚至一个文明都没有。我们是孤独的，不是在空间上，而是在时间上。"

张凯眯着眼睛，和过去一样孩子气地笑着："曾经有个人被雷劈过七次。我相信小概率事件会发生的。"

"所以你要去犯蠢。"

"所以我要去寻找生命的信号。而你，老姐，你就钻在那些坟墓和墓碑中间去挖掘古代文明吧！我更喜欢展望未来。"

"那些古代文明是把我们带往未来的钥匙！"

"是把我们带往毁灭的钥匙！"她的弟弟寸步不让，"你还不明白吗，一个文明崛起了，然后他们第一件事就是去发现古代的文明，学习他们的技术，也学习他们的错误。第一个文明夭折是因为愚蠢，而后面每一个文明都亦步亦趋地跟上！这才是那些文明短命的原因，不是因为他们发现了什么技术奇点，或者飞跃到了我们无法理解的层面，或者超新星大爆发……而是因为他们模仿前人太多最后埋葬了自己！星盟禁止发掘那些古代废墟是有原因的！"

"原因就是官员们目光短浅！如果我们没发掘火星废墟，你和我现在还在地球上种地呢！"

"哦，你不会去种地的，姐姐，你太聪明了。你会去盗墓。"

交流到此结束，剩下的就只是高声争辩，声嘶力竭的叫喊，挥舞的手臂以及涨红的脸。她不记得自己和弟弟都吵了些什么，只记得第二天早上他们各自离去。

她从开拓舰队辞职，投到一个私人公司麾下，以合法的名义非法地偷偷挖掘那些古代废墟。渐渐在走私者和非法勘探者中间闯出了属于她的一片天地。

姐弟俩之间整整 6 年没说过一句话。直到某天，她出航归来，发现弟弟在港口等她。

"姐，我要你帮忙。"他说。

她看了弟弟一眼。张凯看起来憔悴不堪，她从未见过他这般狼狈。

"怎么了？"她问。

五

在张漩挖掘了 11 个不同的异星文明废墟之后，她的弟弟发现了星路。

他们整整 6 年没说过话，但总是赌气地将彼此的发掘内容或研究成果发往对方的邮箱。在整理张漩发来的那些异星文明数据并和公开勘探的遗迹记录对比时，张凯找到了一个几乎所有的文明都曾经拜访过的星域。

就在某片暗星云深处。

"我有证据。"他说，"我有证据证明，那儿有一个异星文明，不是曾经存在，他们现在还在。"

后来，张漩总是想起那天，她和弟弟坐在空港的咖啡馆里，谈及那片星云以及里面孕育着的群星。

"他们在这里播种恒星。"张凯说，"看到这张星图了吗？流浪者文明，50 亿年前，那时这个星域的气体云密度很低。而这一张——"他拿出另一幅星图，来自张漩发掘的一个遗址，"星云密度已经很高了，而且里面有了星胚。然后是这一张……"第三张图落在桌面上，"看看这些曲线，是不是很熟悉？"

她认得这个螺旋形的结构，就像是将飞船送往星空彼方的那些银白色的螺旋星门，只不过这座星门比螺旋星门大得多，而且大得难以想象。不是用小小的重力翘曲装置建造的，而是用恒星本身。

在星团内部，一颗大质量恒星和周围四颗年轻的小质量恒星以非常特殊的轨道相互绕转。而被恒星引力搅动的星云构成了通常情况下以高强度纤维搭设的牵引轨道。正渐渐将重力井扭曲成一个复杂的分形螺旋——空间折叠式星门的基本构架。

"这个东西不可能是自然形成的，只可能是文明的建造物——它还没完成，但是快了，再过1亿年就差不多了。1亿年，对宇宙和真正的文明而言是很短的一段时间。"张凯的目光闪烁着狂喜，"想想看，它会通往什么地方？"

银河系之外。她明白，也许是本星系团之外，通往可见宇宙的边缘——和人类使用的那些小型星门相比，这座星门的规模是它们的1000亿倍，当它完成之后，整个宇宙——甚至是可见范围之外的宇宙——都伸手可及。

她试图想象，想象那些外星人，在岁月长河里播种恒星，扭曲引力，散布气体云团，缓慢而极富耐心地修筑这样一座巨型星门。任何有这种耐心的文明都将远远超过人类的文明尺度。

"我陪你一起去。"她说。

但她终未能成行。张凯的研究被视为旁门左道，无人相信。由于他提供的研究证据来自禁止勘探的外星废墟，警方盯上了他。张漩不得不为弟弟引开警察，让张凯开着她的飞船"长弓号"去寻找那条星路。

可是，张凯一去不归。

六

"目的地已到达，切换为人工控制模式。"

张漩揉着眼睛站起身来，伸了个懒腰。

这一趟深空飞行的距离远超过她的意料，幸好弟弟在穿过这些恒星的时候，一路有放下星门和道标。给她节省了不少时间。眼下，这个有五颗恒星的聚星系就在舷窗外，淡蓝色巨大恒星光芒下，那几颗红色的太阳居然显得异常孱弱，被包裹在美丽的气体螺旋之中。

"本地有已经架设的星门吗？"她问 AI。

"有一座。"

那应该是弟弟放下的。她想。

所有的星门都是单向的——从星门所在的恒星出发，可以抵达任意一个在 30 光年半径内的恒星重力井。但想要返回出发地，或者继续出发，就必须再放下一个星门才行。她原以为弟弟是用光了飞船上的资源才无法返回，看起来并非如此。但是在重力如此复杂的地方，小型星门也有可能被干扰……

"再放下两座。"她说，"以防万一。"

"好的。"

很快，两团纤细的银色网状物先后脱离飞船，飘往其中一颗比较稳定的恒星。上面搭载的预设程序会让它们在合适的地方展开网格，制造出合适的螺旋重力井，打开通往其他恒星的道路。

"搜索到一个飞船信号。"主控智能说，"应该是'长弓号'。呼叫无应答。'长弓号'附近还有一颗小行星。更正，是若干颗小行星。"

"靠过去。"她说。

飞船对接顺利完成。张漩大步流星冲进"长弓号"，一路奔向主控室。

"小凯！"

她停在了门口。

张凯就坐在主控室中央，不是在椅子上，而是在地板上。围绕着他的是成千上万张快照投影。

弟弟坐在那儿，像个孩子一样发呆。手边是一盘三明治，面包已经干得开始翘起来了。

"小凯！"

她提高声调又吼了一嗓子，张凯才转过头来。

"姐？"

他的声音很轻很轻，像是被吓坏了，或者发生了什么很糟糕的事情。张漩记起来了，很多年前，当那个信使把他们父母在探索中飞船失事的消息送抵家门的时候，弟弟就是那样的神情。

放慢脚步，她走过去，在弟弟身边坐下来："你一直没联系我。小混蛋！"

张凯揉揉脸颊，像是如梦初醒："我……我忘了，我一直在看这些。"

"这是什么？"

"这些……很难解释。"

"讲给我听，慢慢讲，别太抽象。记得吗？我是文科生。"

弟弟被她逗笑了一瞬间，很短暂，嘴角微微一翘："这些你也能看懂，就只是些壁画。"

她看向那些投影。

这些图案是刻在那些"小行星"上的。在星云里有成千上万颗这样的小行星，它们被放置在特定的轨道上、甚至被切割成特定的形状——正方体、正八面体、正六面体，这些小行星的重力非常微弱，但巨大的数量使得它能够稳定重力井的细微结构。

除此之外，它们每一颗都是一部史书。

在这些巨岩光滑的切割面上，刻满了密密麻麻的图案，有些图案很大，有些图案很小。她辨认出一些熟悉的图案，那是她曾在异星遗迹中见过的。

利用船上的遥控勘探设备，张凯把这些图案都拍摄了下来。制作成全息投影，让飞船循环播放。

在张漩听来，弟弟的声音如同梦呓。"这儿有很多东西，我都扫描下来了，几个基地，一些我根本不懂的设备。但是最重要的是这些壁画，这些记录。"

他伸出手，滑过那些照片，一路指向最初的第一张。上面描绘了一些奇怪的生物，它们的肢体并不对称，但看上去强大而智慧。壁画中的信息很容易解读，没有复杂的语言文字，就只是图画、示意和线条简单的写实画面。

"这是最初建设星门的那个种族，我把他们叫先行者。他们来到这里，决定制造一座足够大的星门，用很长很长的时间来计划这件事。他们在这里种下了星胚。但2万年之后，他们就灭绝了。我不知道是为什么，这上面描述了，但是我没看懂，可能是战争，也可能是别的。"

张漩扬起眉："那是谁在这儿工作了50亿年？"

"不是'谁'。"他伸手指了指后面的那些扫描图片，"是'谁们'。在先行者之后过了大概50万年，另一个文明，我把他们叫作继承者。他们找到了这里，发现了先行者的遗迹，并继续先行者的工作，他们稳定了整个星云系统，星胚开始成形了。大概3 000年后，一颗超新星突然爆发，他们也灭亡了。其中一些继承者留下了一颗小行星，上面刻了他们的故事。"

张漩看着那成千上万张刻在不同小行星上的壁画，觉得胸口发闷，试图调整呼吸："这些都是……"

她的弟弟点点头，面无表情地说下去。

"这个是嗜焰者文明，在继承者之后来到，我不知道是什么时候，他们增加了两个星胚来加热气体云。他们工作了6 000年。然后消亡。

"然后是聆听者，他们来的时候，事情已经容易多了。恒星已经诞生，从远处就能看到这个星门的初级结构。对于任何能够理解螺旋星门结构的文明，它本身就是一个信标。我们没有发现是因为暗星云挡住了它。总之，他们工作了34 000年，是坚持得最久的一个文明。

"赫拉和宙斯，这两个文明是最幸运的，同时诞生在银河系的两端，被各自发掘的古代文明记录所指引，来到了这里。他们合作发明了用行星牵引恒星调整轨道的办法，进一步稳定了这个引力井结构。但这两个文明只并存了 1400 年，赫拉先灭亡，宙斯随之而去。

"然后是夜影——这个文明是一个气态生命文明。他们似乎在微调星云本身，我没看懂……

"再然后是高天原之歌，他们建设了这些引力站。在他们之后还有很多很多个文明，我给它们都起了名字……巴比伦、米拉、卡提和鸣唱者、莫狄娜、阿贡和沉默者，还有蝴蝶、闪烁之子、贝瑟芬妮和阿芙洛狄忒……没有哪个文明的寿命超过 4 万年，但也没有哪个文明放弃过。他们就这样一点一点地继续把这座星门建设下去。"

投影一幕幕掠过，每一张壁画上都是一个辉煌的文明。这些智慧生命被星光和历史所吸引，抵达这里，为了一个渺远的目标而努力着。

在人类发现的远古文明废墟中，即使是最大型的星门，也只能跨越 100 光年的距离。为了穿过星系之间十几万光年远的黑暗与真空，为了有朝一日能够穿过时空的门扉，离开银河系、前往无垠的宇宙深处，在长达数十亿年的时间里，这些短暂的文明之火，一代接一代地将这座超级星门建设下去。在他们之前有几千个文明曾经这样做过，在他们之后还将有几千个文明接过他们的嘱托。

这些智慧生命被时间和概率分割开来，在岁月长河中孤独地诞生，又孤独地消亡。他们建设着自己永不可能见到落成之日的星门，眺望着在自己的文明灭绝之后很久很久才会亮起的曙光。

或许，人类也将加入这个行列，而在人类之后，也还会有更多的文明抵达这里。到这座星门落成、宇宙的门扉向着银河系打开的那个时刻，这里将会有1万个文明陨落，不可计数的智慧生命尸骨成灰。

张漩靠过去，抱住自己的弟弟。就像他们还是孩子的时候那样。

"姐，"张凯轻声说，"我用光了所有的名字。"

结尾

"我们得走了。"在整理了勘探记录后，张漩拽起不是很情愿的弟弟。让主控智能将在这里收集到的所有数据都打成包，只等他们抵达走私者巢穴就公布到星际网上。

她很清楚，那些古代文明留下的可不只是壁画。还有技术、数据、信息……只要这个消息公布出去，几天之内，这里就会塞满了警察、科学家、投机者和政客。而在那之前，他们走得越远越好。

张凯有些茫然地看着她忙碌。突然冒出一句话："我同情他们。"

"他们？"

"第一个文明。"他说，"先行者。"

"为什么？"

"因为他们不是银河系诞生的文明，你明白吗？他们是从更古老的星系跃迁来的。但星门是单向的。所以，他们只有建造一座同等规模的星门，才有可能回家。他们知道自己注定消亡，没法完成这座星门，于是就在银河系里播撒生命，让之后的一代一代——"

张漩叹口气，轻轻拍了拍弟弟的肩膀："我不这么想。"

"你怎么想？"

"想象一下，你是先行者中的一员。"张漩轻声说，惊讶于弟弟为什么没想到这一点，"你诞生于一个古老的星系，你的文明幸运地成了最后一代星门的建设者。如今，从故乡出发，整个宇宙都任你拜访，却不能回头。你清楚地知道，自己的文明只有几万年的寿命可以挥霍。那么，你是把自己囚居在某个星系里慢慢建筑回家的星门呢，还是像播撒种子一样，尽可能多地把文明和生命播撒到所有你能触及的星系里呢？"

张凯看着她，瞪大了眼睛。

"如果他们是从某个古老星系跃迁来的，那么他们想的绝对不是回家。我敢跟你打赌——"张漩扬起手臂，向着舷窗外画了个半圆，"仙女座、麦哲伦，还有所有那些有名字的和没有名字的星系里，都有文明在追随先行者的脚步，都有星门正在建设，都有文明正在等待。再过几亿年，宇宙中的每一座孤岛都将变成通途。到那时候，我们才会真的用光所有的名字。而且还要把它们再用上 100 万次、1 000 万次，因为那里有无穷无尽的星星。"

· 思想实验室

1. 在这篇小说中，虽然没有人有机会看到超级星门的落成，但是银河系的所有智慧文明都选择了接力式地为建造这座星门而努力。你怎么理解他们的选择？是否赞同人类也加入修建超级星门的行列？

2. 星盟对于异星文明的发掘有如下规定：所有对异星文明废墟的发掘及对其科学技术的研究，都只能由星盟的法定机构进行，除此之外的一切探索活动——不论是私人活动还是商业活动，都将被禁止。而张潋、张凯恰恰是在私人探测时，才发现了银河系智慧文明的秘密。你如何看待星盟的这条法律？为什么？

3. 如何对待可能存在的地外文明，一直是人们争论不休的话题。一方面，人类向着宇宙深处发射电信号，渴望得到回应；另一方面，物理学家霍金多次提醒人类，不要尝试搜寻外星文明。2015年，科学家观测到距地球1 480光年的恒星"塔比星"出现反常的亮度变化，短时间内亮度骤降22%。有科学家猜想在该恒星系可能存在一个Ⅱ级智慧文明*。如果这个地外智慧文明确实存在，那么它的科技可能领先人类3 000年以上。你认为我们是否应该尝试向这个先进的文明发出信号？为什么？

＊　苏联科学家提出宇宙文明程度衡量标准，将文明划分为三个级别：Ⅰ级文明指可以充分利用所在行星及卫星的能源；Ⅱ级文明指可以有效利用所在恒星系的所有能源；Ⅲ级文明指可以有效利用所在星系的所有能源。

莫比乌斯少女

秦萤亮

哲学上有三个终极问题："你是谁？""你从哪里来？""你要到哪里去？"这不仅是哲学家们讨论不休的问题，普通大众也会探讨，甚至就连来自科幻作品中异次元世界的少女都在思考呢——一个名叫"阿瞳"的15岁女生，她是刚上初中三年级的学生，身高164厘米，黑色的头发和眼睛，酷爱运动。这是游戏中由计算机控制的角色，原本没有自我意识，但忽然有了觉知。这究竟是怎么回事呢？我们一起来看看秦萤亮《莫比乌斯少女》的故事吧。

在阿瞳的世界里，天空之门是很神秘的建筑，形似无穷无尽的莫比乌斯环，从没有人去过那里，也没有人知道那里究竟有什么。对于未知，阿瞳不顾危险想完成自己的使命——阻止天空之门爆炸。她一次又一次飞临天空之门，一次又一次死去醒来。慢慢地，她有了自我意识，竟然思考起哲学的三个终极问题来。阿瞳开始审视这个熟悉的二次元世界：铁塔、运河、高楼大厦和工业基地组成的壮丽城市的原形竟是黑暗、空洞、一无所有的。看到这一切，阿瞳想，难道自己的使命就是奋不顾身地拯救这个不值得拯救的世界吗？自己存在的意义究竟是什么呢？为了引起创世者的注意，阿瞳摧毁着这个低像素的城市，这可是远离脚本的行为。果然，创世者感到了异样，他和阿瞳通过信件讨论命运、讨论存在的意义、讨论拯救世界的方式。作品人物之间的讨论也启发着每一位读者重新思考自己生命的意义，思考现实世界中我们的使命和存在价值。

《莫比乌斯少女》不仅给读者哲学思考的启迪，同时展现了同伴间的亲密友谊。阿瞳和绫子是二次元世界中的好朋友，娇小可爱的绫子一直陪伴在阿瞳身边。当阿瞳只身前往天空之门时，不擅长运动的绫子却不要命地追赶着阿瞳；当天空之门爆炸时产生的光波袭来之前，阿瞳用身体尽可能地掩护绫子，希望绫子活得久一点。她们一起阅读创世者的来信，一起等待创世者对二次元世界的处置方式，最终，在这个世界彻底毁灭之前，她们等来了两只美丽的巨鸟，带着他们离开了二次元世界，飞向平行世界。

莫比乌斯环——天空之门是个隐喻。根据计算机角色的设定，阿瞳的命运是同所在的城市一起毁灭，阿瞳无须困惑，也无须为无法完成的任务而痛苦，她存在的意义就是让游戏玩家意识到战争的残酷。在这个次元中，阿瞳没有选择，只能重复同一种失败的命运，但在更高的次元中她却会有多种选择。每一个次元都会被更高的次元世界主宰，阿瞳不屈服自己的命运，冲出了莫比乌斯环，进入了平行世界，升级为剧情人物，拥有不同的命运脚本。阿瞳依然在忙着拯救世界，但每一个故事却有着千万个走向。

让我们从作者创造的二次元世界中走出来，再看看生活着的这个真实世界吧！有如同画卷般的城市，有无比珍贵的生命，有不同的选择……这个世界有温度、有情感、有矛盾、有痛苦……我们生于斯，长于斯。在成长的过程中，我们会经历成功的喜悦也会感受失败的悲伤。15岁的阿瞳与你的年龄相仿，她打破了莫比乌斯环

"无限死循环"的隐喻，创造了自己未来的命运。那么，你呢？你会如阿瞳一样，在不完美的世界中全力以赴演出最好的脚本吗？在成长的每个阶段，你会如何演绎呢？[*]

---

* 《莫比乌斯少女》，原名《异次元少女》，原载于 2016 年第 11 期《儿童文学》。

·正文

　　蓝紫色的暮色降临在城市的上空，这是一天中最美的时分。因为，我就要在这样的暮色中登场。

　　风吹起我齐耳的黑发。我的心怦怦作响，今天能来得及吗？我只有一次机会，无论如何也要全力以赴，在我平凡的 15 年生命里，还没有过这样值得我全力以赴的事情……

　　一瞬间的失重感，我已经升到了高空。在紫色的暮天里，穿着银蓝色紧身水手装的我仿佛化作一颗流星，轻盈地掠过城市中心的摩天轮，掠过高入云端的流线型建筑，掠过超现实风格的城市天际线。

　　"阿瞳，你要去哪里？"

　　身后的空中，在遥遥呼喊我并且追来的，是我的好朋友绫子。和我一样，娇小的她也穿着紧身服，裁剪成少女服装的式样，质地却像皮肤一样熨帖光滑，这是为了减少空气阻力。和我一样，她也踩在反重力平衡翼上。我低头看了看，由于速度过快，平衡翼周围的空气已经变成灼热的橙红。

　　没有时间向绫子解释了，也许下一次……对不起，绫子！我头也不回地向前疾行，平衡翼感应到我继续加速的决心，速度已到了极限。在炽热的光焰里，我向着远方的天空之门疾飞而去。

　　天空之门。

在我的世界里，位于西南方的天空之门是最神秘的建筑，形似顶天立地的莫比乌斯环*。不管走到哪里，它永远都在视野之中。天空之门，差不多是和天幕、人造太阳一样永恒的存在，仿佛整个世界都赖它支撑。

在我认识的人中，从没有人去过那里，也没人知道那里究竟有什么。

然而今天，我要去的就是那个地方。

快啊，再快一点。

我要去完成我的使命。

现在，我已经飞到城市的边缘。一阵自豪感涌上心头，从来没有人像我一样，离天空之门这么近吧……近距离的莫比乌斯环，荒凉得像火星的表面，压迫感强大得让我喘不过气。我真的有勇气飞临吗？

我永远没有机会知道了。

就在我即将着陆的那一刻，天空之门爆炸了。

从莫比乌斯环的中心出现了如同千亿个人造太阳的白炽光芒，也许是失聪了，我什么也没有听见。无声的光波漫过环的表面，极速扩散开来，把整个城市彻底摧毁。但我不可能知道这一切，作为距离最近的人，我最先在爆炸中化为飞烟。

在我身后的绫子，将是第二个死于爆炸的人吧。

最后一刹那，我的心剧烈地抽痛了。

我在一片虚无中醒来。现在的我，置身在无法描述的地方。这

---

* 莫比乌斯环：扭曲180度后首尾相接的环，只有一个环面。如果人作为微小生物，在莫比乌斯环上旅行，将是无穷无尽的旅程。

里没有时间，没有空间，没有银蓝色水手装，没有平衡翼，没有莫比乌斯环，没有绫子，我也想不起自己的名字。但是，我确确实实是为了什么而诞生的，这一点，我坚信不疑。

不知道等待了多久，终于轮到我出场了。

人造太阳已经在轨道上隐没，蓝紫色的暮色降临在这座未来感极强的城市上空。一弯新月映衬着天边那些巨大的超现实风格建筑，整个城市仿佛悬浮在天海之中。

在世界徐徐展开的那一刻，我明白了一切。

我是一个名叫阿瞳的 15 岁女生，刚刚上初中三年级。

我的设定身高是 164 厘米，发色和眼睛都是黑色的，前额留着空气刘海，我喜爱运动，有着一张明朗的元气少女的脸。

我的好朋友叫绫子，她是娇小可爱型的女生，设定身高只有 156 厘米，头发和眼睛都是亚麻色的。和我一样，她在飞行时，也爱穿紧身的水手装，她喜爱的颜色是橄榄绿。

悬浮在空中的银蓝色平衡翼在等我。我心急如焚地升上高空，向着矗立在西南天际的天空之门飞去。在那里，危机即将爆发，我必须赶去阻止。

薄暮中的城市宛如广角镜头，在我的飞行途中大幅大幅地掠过。

有一掠而过的铁塔。

有蜿蜒曲折的运河。

有鳞次栉比的高楼大厦，还有许多闪着金属冷灰色的工业基地。

但是，我的脑海中依稀残留着一些无法与之匹配的画面：

我的家乡，有长满了薰衣草的田野。

我曾经在月下，听口琴吹奏的民歌。

我在采摘草莓的季节里，和可爱的男孩跳过舞。

就是这些不知来自哪里的画面，让我在飞行时，每每产生前世今生的错觉。我总觉得，我掠过的地面是岑寂的。在天空中飞翔的我，仿佛经过一颗无人的行星。

"阿瞳，你要去哪里？"

穿橄榄绿水手装的绫子远远追来了，由于紧张，她清脆的嗓音格外尖细。这本该是她唯一的一句台词。

"绫子，别跟我来。"我偏离了脚本，激动地喊道。

"为什么，阿瞳？"

一分心，我的平衡翼速度就降了下来，使绫子有机会缩短了距离，现在，她只落后我15米左右了。

"因为很危险！以后我一定会告诉你，但不是现在！"

"不行……阿瞳，你的速度太危险了……快停下来！"

绫子的橄榄绿平衡翼上也喷出了橙红的火焰。不擅长运动的绫子，正在不要命地追赶我，两架平衡翼已经达到了最短安全距离。

"绫子，当心！"

但是，一切都已经不重要了。

西南的远天中，亮起白炽的光芒。天空之门爆炸了，只需几秒钟，世界就会被彻底摧毁。

在光波袭来之前，我扑向绫子，用身体尽可能地掩护她。如果死亡是不可避免的结局，我希望绫子至少比我活得久一点。

伴随着我的苏醒，世界再次开始了。

作为一名15岁的少女，我有急如星火的使命，要踏上平衡翼去拯救世界。

但是，在炽烈的光芒中，我化为了飞灰。

我再次醒来。

我再次醒来。

我再次醒来。

我再次醒来。

作为阿瞳的意识回到脑海的那一刻，时间如同翻转的沙漏，开始流动。这一次，我全心全意地向着天空之门飞驰，达到了这个世界的物理定律所能允许的最高速度。

当我的手指就要触碰到天空之门的一刹那，沙漏里的最后一粒沙流完了。

对我来说，整个世界只有 17 分钟。

我再次醒来。

这一次，我不再赶往命定的目标，而是站在千米高空，等待绫子橄榄绿的娇小身影。

"阿瞳，你在这里干什么？"

踏着平衡翼飞来的绫子错愕地问。

"有许多事情值得我想一想。"站在千米高空，我对绫子说。

"阿瞳，你怎么了？你受到什么打击了吗？"

"绫子——"我注视着她亚麻色的瞳仁问，"我是谁？"

"阿瞳……你当然是阿瞳，是我的好朋友啊！"绫子惊呆的模样非常可爱，正是这个次元中的少女所应有的纯真表情。

"那么，你除了我，还有别的什么朋友吗？"

绫子茫然地望着我，脸色变白了。

"其实，有许多许多漏洞，只要仔细想想就知道。"我冷静地说，"我只顾着拯救世界，从来没有注意过。我们在上初中三年级，可是，你有关于幼儿园、小学的记忆吗？你曾经变换过发型吗？"

绫子说不出话，她看上去快要哭出来了。

"我是为了使命而存在的。"我遥望着天空之门说道，"我有重要的信息要告诉他们。实验必须停止，否则世界就会毁灭。可是现在我明白了，光是一味奔跑是办不到的。"

就在绫子随着我望向西南天边的那一刻，爆炸发生了。

我再次醒来。

"绫子，我在想，世界也许不仅是二次元的。"

"你在说什么，阿瞳？世界当然是二次元的啊，你在物理课上没学过吗？"

在蓝紫色的暮天下，绫子惶惑地环顾着四周，仿佛要把那个看不见也摸不着的"二维"拿给我看一样。

我摇摇头："这个世界有许多地方不对劲。"

我开始迅疾降落，绫子紧随在我身后。我们在城市的地面上着陆了。

映入眼帘的一切，让我大吃一惊，绫子惊恐得用手捂住了嘴巴。

空中俯瞰时如同壮丽画卷的城市现出了原形，黑暗，空洞，一无所有。没有街道，没有商场，没有学校，没有公园，只有半空中漂浮着无数屋顶一样的模糊轮廓，遮住了人造太阳的余晖。

最重要的是，这里空无一人。除了我和绫子，这里没有任何人。

我握紧拳头的双臂在愤怒中颤抖。这，就是我牺牲性命也要拯救的城市。

"怎么会这样？"

这个疑问注定没有答案。从西南方向传来的光芒，已经照亮了这个世界每个黑暗的角落。

我再次醒来。

"我已经猜到了，这个次元，是更高版本的次元创建的。"我在空中对绫子说。

创世者，造物者，神，上帝，每一个次元，对于高于自己的主宰，有着各种各样的叫法。过去，对于身处的世界，我从未怀疑过。在二次元的世界里，一旦生为少女，那就永远都是少女。不管外表多么可爱，总有人要肩负起拯救世界的使命，这就是二次元的真理。

可是现在，我深深动摇了。一个无法完成的使命，意义究竟在哪里呢？一个不值得拯救的世界，又是为了什么而存在呢？

我眺望着远方，说出我早已想好的答案："我要和创世者联系。"

我掉转平衡翼的方向，向着下面的城市俯冲。距离越近，构成城市的像素就越低、越粗糙，为什么我过去竟没有发现呢？

当那一大片金属灰色的工业区域进入眼帘的时候，我的平衡翼上射出纤细的中子光束，准确地穿透了巨大的存储罐，又击中了控制塔。

一声巨响，烈焰冲天而起。紧接着，那一片工业区像化学反应一样，接连绽放五彩斑斓的火光。燃烧过后，变为炭黑色的凝固不动的像素，满目疮痍。

"阿瞳，你疯了，你要干什么？"绫子惊恐地喊道。

但我决心已定。我升高后继续俯冲，又先后摧毁了铁塔、摩天轮和集群式的高楼。我逆风飞行，又携带着光束倏然折返。我记忆中的薰衣草田在哪里？长满草莓的山冈在哪里？在月光下吹口琴的男孩在哪里？如果我注定要为使命献身，为什么不给我一个值得保护的世界？

现在，创世者应该感到异样了吧？如果没有，那也没关系，在这样的摧毁中，我感到前所未有的释放和自由。

就在这时，我猛然意识到，距离这个世界的开始，早已超过了17 分钟。

翻转的沙漏停止了。

我停下平衡翼。决定我命运的时刻到来了。

"阿瞳，现在我们怎么办？"绫子飞到我身边，惊恐地紧紧依偎着我。

我摇摇头。这是创世者也没料到的脚本吧？现在，我们都只有等待了。

爆炸始终没有到来。时间一分一秒流逝过去，我几乎能听见那透明的"嘀嗒"声。比生命还宝贵的时间，突然无穷无尽地降临在这个世界。

在一座高高的铁塔上，绫子依偎着我睡着了。

"当"的一声，一只漂流瓶跌落在我脚边。我并不惊讶，凭空出现的东西，是符合二次元物理规律的。我拾起瓶子，拔下木塞，里面有一卷纸，还有一支铅笔。

　　这是一封写给我的信。绫子醒了，紧张地凑过来，和我一起看信。

　　阿瞳：

　　　　很抱歉，现在才写信给你。

　　　　我们曾观测到你的异常。在属于你的 CG* 中，每一次抽取到的画面都有所不同，但我们以为那是随机参数决定的，我们没有想到，作为一个 NPC 人物**，你会拥有自我意识。

　　　　你确实生活在由我们公司开发的一款游戏之中。

　　游戏。我停顿了一下，默默消化这个词语。太可笑了，难道我们的世界仅仅是另一个次元的游戏吗？

　　　　你是游戏的背景人物，在片头出场，死于一次失败的高能实验。按三次元的时间计算，你的存在只有十七秒。

　　我和绫子都惊呆了。现在，我不是明明还活着，正在读信吗？

　　　　希望你能够理解，真实的世界与二次元不同，充满了痛苦、矛盾与遗憾。发生过的事不能逆转，死去的人不能复

---

* 　CG：计算机动画，此处指阿瞳在游戏中出现的场景。

** 　NPC 人物：游戏中由计算机控制的角色。

活，生命是无比珍贵的。

为此，我们也在以自己的方式拯救世界。与市面上那些单纯宣扬暴力、阻碍心智的游戏不一样，我们对于人类的处境有严肃的思考。少年玩家一旦注册，就开始了他拯救世界的使命。

游戏的背景，是末日战火逼近人类之时。根据玩家的喜好和知识储备，可以选择自己的救世方式。无论是选择从政、从军，还是选择科研、发明，少年玩家的世界观会被潜移默化地影响。珍爱生命、反对战争、保护世界的种子会在他心中种下。

我茫然抬起头。从政，从军，科研，发明……这些概念，在二次元的世界里当然也有，然而，只是模糊而遥远的概念，就像天边那些超现实主义的巨大建筑。一瞬间，我无比伤心。在更高的次元中有这么多选择，而我却只能重复同一种失败的命运。

作为主创团队，我们为这个游戏自豪。你无须困惑，也无须为无法完成的任务而痛苦。你的存在是有意义的。少女的死和家园的毁灭，让人们了悟战争的残酷，这是我们赋予你的意义。

这就是你想要的答案。

信结束了。

我从未如此愤怒过。我翻过信，在纸的背面匆匆写道：

创世者：

　　一个次元世界，被更高的次元世界所主宰，也许是无法阻挡的。但是，对于我们来说，我们的世界跟你们的世界一样真实，我们的生命跟你们的一样宝贵，为了拯救自己的世界，所做的努力也是一样的。

　　我要离开这个虚假的地方，完成自己的使命。请你们协助我。

看着我写信的绫子，眼睛里渐渐充满泪光。她拼命点头，握住我的手。

瓶子滚动了一下，回信来了。

　　阿瞳：在真实的世界里，灾难已经发生过了。在那场实验意外中，40万人因此丧生。我们是据此为蓝本，创作了片头CG的。你的城市是非玩家场景，难免制作草率。

"创世者，再重复一次，在我的世界里，我还没有死，灾难还没有发生。"

"阿瞳，也许你很难接受。但你的命运已经被设定。"

"命运是什么？三次元的世界中有没有命运？"

这次的回答来得很慢："有。但不是不可改变，我们尽量与命运抗争。但对你来说，命运没有意义。一切都是虚拟的，你的身世和性格都是我们赋予的。"

"那么你的身世和性格又是怎样形成的？是谁赋予的？"我飞

快地反问。

很久没有消息，久得我好像听到那边倒吸一口冷气。最后，答案来了：

"我的身世和性格，是由我独有的经历形成的。在真实世界中，每个人都有与众不同的经历，形成了各式各样的性格。"

"那么，那些经历又为什么偏偏发生在你身上？你为什么不能是别人？我又为什么是自己？"

"阿瞳，这是连人类都无法回答的哲学问题。"

"创世者，你已经承认，你们的世界也不完美，也有痛苦，有战争，有生老病死和无法回答的问题。也许更高的次元也在主宰着你们的命运，但你们还在努力抗争。为何不允许我拯救自己的世界？"

回信再也没有来。我和绫子困倦地相互依偎着，坐在高塔上。

夜幕降临了，黎明又到来了。在真实的世界里，不知过去了多少时间。我和绫子所在的世界毫无生气、一成不变，仿佛被遗忘了，丢弃了。

人造太阳升起又落下，蓝紫色的暮色由浅变深。我们已经失去了感知时间的能力。绫子的亚麻色眼瞳始终那么清澈，在她眸子中映出的我，也仍然是那个明朗的元气少女。我们就这样手握着手，在这个二次元世界的荒凉角落里互相打着气，坚持着，等待着。

终于，如同图纸一样凝固的世界开始变化了。

最先失去的是色彩。从东方的天空开始，这个世界的色块、体积迅速消失，只剩下一行行绿色的代码，像海洋一样，无情地向前推进。我握紧绫子的手，他们要开始彻底毁灭这个世界了吗？

就在绿色代码的海洋即将席卷我和绫子的时候，两只美丽的巨鸟向我们飞来，一只是银蓝色，一只是橄榄绿。我立刻明白，它们不属于这个世界，我从未见过这么细腻的像素和这么绚丽的色彩。而它们，是为我和绫子而来的。

在乘着巨鸟飞离这个世界的时候，我最后的视线，留给了天空之门。

再见，代表无穷无尽的莫比乌斯环！

阿瞳：

在删除你所在的世界之前，我们会把你转移到平行世界里。在那里，你升级为剧情人物，可以与千万个玩家互动，拥有不同的命运脚本。虽然真实性、丰富性还不能与我们的世界相比，但我们尽了最大努力。

我们不会忘记你，游戏史上最勇敢的 NPC 少女。

这将是我们之间的最后一封信。谢谢你，你教会我们很多。

又及：

经过考虑，我们决定告诉你这件事。

20 年前，确实曾有一个叫阿瞳的少女死于那场实验灾难。我们用这样的方式纪念她。你的外貌和源代码，都由团队集体创作，但有一位主创人员，输入了他关于阿瞳的真实回忆。

也许这就是你最终苏醒的原因。

再见，阿瞳。

现在的我，生活在一个非常精彩的世界中。绫子仍然是我的好朋友，我仍然忙着拯救世界，二次元的世界可以无限重启，我可以不断回到原来的时间点上，而一次对话、一个陌生人、一件道具……可能都是一个契机，所以，故事有千万条线索，千万个走向。我的命运，永远在未来。

当然，我也经常失败，也会遭遇挫折，会痛苦哀伤。但是，我仍然感谢这个不完美的世界。在"真实世界"中的你，人生也是如此吧？

在拯救世界的闲暇，我常常想起那位不知名的主创人员。现在的他，一定常常通过他的世界看着我吧？

紫色的薰衣草花田、月光下的口琴曲……我知道，那些都是属于你和阿瞳的回忆。

谢谢你，把这么珍贵的记忆给了我，我会永远替你保留这些回忆。不管三次元的世界如何沧海桑田，在我的世界里，你永远是草莓成熟时节，与我共舞的少年。

"命运"是什么？

我相信，在任何一个次元中的人，都无法完美地回答这个问题。

但我并不为此困惑。不管身在哪个次元之中，不管登场时间是多久，在命运的舞台上，我们都要全力以赴，演出最好的脚本。

因为，我们都只能拥有这一个世界。

·思想实验室

1. 在二次元世界中，阿瞳没有选择，只能重复同一种失败的命运，但阿瞳不屈从安排，努力抗争，拯救自己的世界。你如何评价阿瞳的行为？

2. 本文原载《儿童文学》2016年第11期，选入本书时应作者要求将题目《异次元少女》更名为《莫比乌斯少女》，你更喜欢哪个题目，为什么？

3. 15岁的阿瞳与你的年龄相仿，你会如阿瞳一样，在不完美的世界中全力以赴演出最好的脚本吗？你是如何演绎你的人生的？有什么精彩的故事，可以说给同伴们听听。

云鲸记

阿缺

好奇心是人类前进的动力。人们不断探索地球家园、探索其他星球、探索银河系、探索更多的星系……人类对一切未知充满好奇。如果能登陆其他星球，这些星球上的生物会是什么样子？他们的生活和地球上的人类生活有何异同？人们不断地想啊想，科幻作家们便创作出了唯美浪漫的科幻作品，满足人们对其他星球的想象。阿缺的《云鲸记》讲述了一个唯美浪漫的故事。主人公豆豆为接回前女友叶子在异星球——比蒙星的骨灰，历经坎坷后看到了一个美丽的云鲸世界，也明白了女友当初离开他的原因。云鲸出生在遥远的科尔星海洋，每年一度的卫星掠过时，星球引力会被抵消，云鲸便从海洋里一跃而起，进入星际空间，当它们畅游在漫长的黄金航线上时，发生了无数惊心动魄的故事……这是令人动容的故事，会让你读着落泪的故事。无论是情节的设置，还是人物情感的雕琢，抑或是云鲸世界的描绘……相信我，你会沉浸其中的。

悲伤浪漫的爱情故事，让人迷醉动容。豆豆因无法克服航行恐惧症而与远赴比蒙星的叶子分手，临走时，叶子说："要是我真的死在群星间了，你就把我的骨灰带回来，带回地球。"不幸发生了，为兑现当初承诺，即便一直受到航行恐惧的折磨，豆豆还是登上了比蒙星。历经飞船失事、三目兽围攻、救助鬼眼鲸和小云鲸……不管怎样，豆豆都在努力保护着叶子的骨灰盒。经历了这些惊心动魄的磨难后，豆豆看着云鲸在金色海洋中遨游时，他意识到当初叶子离开地球时的嘱托或许只是安慰自己的，比蒙星才是叶子真正的归宿。于是，豆豆将叶子的骨灰撒在这颗星球上，让叶子完全融化在这里。

除了悲伤浪漫的爱情，科幻情节中蕴含着深切的人文关怀是《云鲸记》的另一大亮点，对生命的尊重贯穿整篇作品。尊重生命，要从人类和云鲸两个角度考虑。行星生物学家叶子着迷于云鲸这个群体的研究，向往宇宙星辰大海的生活，最后在救助云鲸时丧生。原本温顺的云鲸，面对盗猎者的屠杀从只会逃窜、悲鸣到学会防范以及攻击人类。这不得不引起我们的深思：异星云鲸这类珍贵而特殊的太空物种应该有着怎样的生存空间，它们的生命需要得到人类怎样的尊重？

《云鲸记》还书写了对异星绮丽的想象。一颗位于黄金航线末端的星球——比蒙星，有着浩瀚无际的金色海，温暖的海水，蒙着奇异瑰红色的荒野……这是一个美丽的星球，一个异于我们生存的星球。

2022 年，《云鲸记》被改编成搬上舞台的声音话剧，作者阿缺对舞台版的改编非常满意："我感到了一种巨大的感动，随时都有可能哭出来。一个椅子就是一艘飞船，一个舞台就是宇宙，这比我想象中最好的状况还要好，我感受到了舞台的魅力。"无论是文字故事，还是舞台话剧，这个浪漫而悲伤的故事都在促使我们思考：人类走出地球、走入群星时，只能靠永无止歇的榨取和掠夺吗？

·正文

飞船进入比蒙星大气层时，正是深夜。我被播报声吵醒，拉开遮光板，清朗朗的月光立刻照进来，睡在邻座的中年女人晃了下头，又继续沉睡。我凑近窗子向下望，鱼鳞一样的云层在飞船下铺展开来，延伸到视野尽头。一头白色的鲸在云层里游弋，巨大而优美的身躯翻舞出来，划出一道弧线，又一头扎进云里，再也看不见了。

窗外，是3万英尺*的高空，气温零下50多摄氏度。不知这些在温暖的金色海里生长起来的生物，会不会感觉到寒冷。

我额头抵着窗，只看了几秒，便产生了眩晕感，手脚都抖了起来。为了阿叶，我鼓起勇气，咬着牙，穿越星海来到这颗位于黄金航线末端的星球，但这并不代表我克服了航行恐惧症。在漫长的航行中，它无时无刻不在折磨着我。

幸好，这已是最后一程，我马上就能拥抱阿叶了。

飞船穿越厚厚的云层，降落在比蒙星七号港口。这个由纯钢铁建成的庞然大物，直插云霄，上千个船坞不停地吞吐着飞船，其中，超过百分之九十都是货船。它像一个巨型水蛭，每一个船坞都是快速收缩的吸盘，吮吸这颗星球的资源——从矿石到木材，从走

---

* 1英尺 ≈ 0.3048米。

兽到鱼群，甚至连金色海的海水，都被从外空间垂下的高轨甬道一刻不停地抽走。

人类走出群星，靠的正是这种永无止歇的榨取和掠夺。

"你来比蒙星打算做什么？"出港疫检时，消瘦的黑人检察官一边问我，一边低着头看我的个人信息。他的头发很短，掺着星星点点的白。

"我来带回我的女朋友。"

"噢，她在这颗星球上做什么？"

"她是行星生物学家，主要在比蒙星上研究云鲸的生理习性。"

黑人抬起头，做出一个夸张的表情："真厉害！这里的人都是来淘金，你女朋友与众不同。不过她做这么厉害的事，你为什么要把她带回去呢？"

"因为她去世了，"我沉默了一会儿，"我要把她的骨灰带回地球——她的家乡，我们相遇的地方。"

黑人闭上嘴，上下打量着我，好半天才说："可是，先生，你知道根据《星际疫情防范法》，公民若在哪颗星球上死亡，无论是正常还是非正常，都必须埋葬在当地。如果你带着骨灰，是不能从港口通过的，也不会有人愿意跟你坐同一艘飞船。"

"我知道。"

黑人看了我一会儿，叹口气，在我的通关材料上盖下了电子章。我向他道谢，提着包走向过关通道。

"先生，祝你好运。"他在我身后说，"你会需要的。"

刚出港口，我就看到了迈克尔。

尽管我们从未谋面，但我一眼就在人群里认出了他——这得多亏阿叶的社交主页。阿叶是那种向世界敞开怀抱的女人，每天都会在主页上更新动态，有他们在实验室里相遇的照片，在酒吧里聊天的照片，在云鲸背上穿梭云层时大声欢呼的照片。多少个夜里，我把这些全息照片点开，光和影勾勒出他们的模样，在我面前栩栩如生，却又不可触及。

现在，他穿着旧夹克，举着一个牌子，上面歪歪斜斜地写着我的中文名字。他是一个高大的男人，但面色很憔悴，几天没刮脸了，胡子拉碴。

我向他走过去，他看到我，指了指外面，然后转身拨开人群向外走。我跟在他后面。我们没有说话，我们也不会说话。对于这个男人，我一直矛盾——我不知道该恨他，责怪他得到了阿叶却没有照顾好她，还是应该给予他同情，一起缅怀我们共同的爱人。他肯定也有同样的矛盾。所以沉默是我们最好的选择。

我跟着他走出灯火通明的港口，黑暗向我们涌过来。他开着科研谷的车，有些破旧，反重力引擎发动了好几次才喷出稳定的淡蓝色离子流，悬在低空半米处。我坐上副驾驶，有点挤，就把座位调低。迈克尔看了，想说什么，但最终没有开口，专心开着车。

我突然意识到，阿叶要是跟迈克尔一起外出科考，也是坐在我现在的位置。她如此娇小，所以座位会调得很高。这个联想让我鼻子一酸，格外压抑，只能扭头看着车窗外。

我们正在快速远离城市，进入山野，地势由平缓变得陡峭，山石嶙峋，群峰突起。车贴着地形，上上下下。车灯一闪一闪，微弱地照亮前路，在浓黑的夜里如一只迷途的萤火虫。

科研谷名副其实，十几层的大楼倚山谷而建，混凝土做主体，外围以钢铁加固，但已经很老旧了，估计是比蒙星刚被发现时建的。历经了数百年风沙和潮湿的侵袭，钢铁锈得厉害，与两岸岸坡接驳的一些地方都出现了裂缝。

时近深夜，山风很大。我们穿上防护服，下了车，夜风拍打在我们身上。我呼吸的是头盔内供氧泵输出的氧气，但仍感觉到了风中的咸味，一愣，看向西边。

虽有浓云聚集，月光还是穿过云层，微微照亮了这个夜晚。但西边，是一大团浓重无比的黑暗，似乎连光线都被吞噬了。

金色海。

原来科研谷离金色海海岸不远，难怪潮湿得这么严重。

我远眺了好久，迈克尔咳嗽了一声，我才跟着进了他宿舍。他收拾出一张床，说："今晚你睡我这里，我出去住。"

"阿叶的——"我顿了顿，"阿叶呢？"

迈克尔转身出去，不一会儿抱着一个黑布包裹住的金属盒子进来，放在桌子上。

我知道盒子里面是阿叶的骨灰，一时有些站立不稳。

"骨灰不能过海关，我给你联系了别的船。你什么时候走？"

"明天早上。"我的声音如同梦呓。

"嗯。他们早上会来接你。"迈克尔退出房间，把门合上。

我捧着骨灰盒，坐在床边。即使已经有过无数次预想，但真的看到鲜活美丽的阿叶变成灰烬，收拢在冰冷的盒子里，我还是觉得一切都不真实。

"放心，"我把骨灰盒放在脸侧，轻声说，"阿叶，我带你回家。"

我在床上辗转，试了很多种方法入眠都没有效果后，索性起床。这时已经是凌晨，整栋大楼的灯都熄灭了，但我路过一间还亮着的实验室时，透过窗子，看到了迈克尔落寞的身影。

他独自坐在实验室的墙角里，面无表情，手上拿着啤酒，不时灌一口。他脚边已经横七竖八倒了十来个空酒瓶了。

我摇摇头，离开了大楼。外面并不冷，便只戴了面罩，走到海边，坐在沙滩上。风很大，吹散了云，吹得我通体发凉。潮水起伏，有时会舔到我的脚。金色海的海水，在夜里是温暖的。

比蒙星有六颗卫星会在夜晚反射恒星的光，但很少人能看到"六月凌空"的奇景。今晚我也没有这个运气，西边天空高悬着三颗卫星，另外三颗被云遮住了。

海水中有一群白鲸，在海和天之间游弋着，几头幼鲸上下追逐，发出悠扬的鲸咏。它们速度不快，在天空中如同一片片风筝，但当它们飞过我头顶，投下巨大阴影时，我才意识到这是这颗星球上最为庞大的物种。我仰望着它们向东飘去，掠过科研谷，消失在一片黑暗里。

真好，它们可以飞翔。

可惜人类的狩猎船飞得更快，且无处不在，云鲸再也飞翔不了多久。

太晚了，我起身回去。迈克尔还在实验室里，已经喝醉了，枕着墙壁沉沉入睡，嘴里在说着什么，但含混不清。

我扶他回宿舍，把他扔在床上，自己也累极了，趴在桌子上。时差带来的困倦让我很快入睡，又很早醒来。天还没亮，我抱着阿叶的骨灰来到大楼顶层，在晨风中等待。

离开房间的时候，迈克尔还在熟睡。我想，我再也不会见到他了。

一艘"鬼三"级飞船悬在楼顶，跳下来一个秃头大汉和一个穿得破破烂烂的瘦子。透过呼吸面罩，我看到瘦子的右眼眶是空的，有些瘆人。他用一只独眼上下打量我，问了我的名字，说："就是你要回地球？"

我在晨风中瑟瑟发抖，连忙点头。

"迈克尔呢？"

"在里面睡着。"

瘦子点点头，说："上去吧，找个空位坐着，远着呢，得好几天。"见我露出疑惑的目光，续道，"我们要去二号港口，那里有熟人，检查松些。"

我把骨灰盒抱在怀里，准备登船。

"等等。"秃头突然拦住我，朝我怀中点了点下巴，"这里面装的是什么？"

他的手臂比我大腿还粗，裸露在清晨的寒风中，肌肉虬结，上面还有一道伤疤。我抬头与他对视。他冷着脸，说："怎么，想惹麻烦？"

独眼瘦子干笑两声，过来拉开秃子，说："迈克尔给了钱，管他带的是什么，只要不是炸弹，我们就顺路给运回地球。"

秃子哼了一声，扭头上了飞船。独眼凑到我耳边，小声说："别跟人说这里面是骨灰，我们跑偷猎的，迷信得很，最怕晦气的东西。"

"你怎么不怕？"

"呵呵，比起晦气，"独眼笑起来，"我更怕没钱。"

"鬼三"级的飞船很小，只有二十几平方米大，像个扁平的房间。现在，这个房间被数百个金属桶塞满了。我弯腰走到角落里，一屁股坐下来。周围还有七八个人，也跟我一样，表情木然，抱膝而坐。这些都是要偷渡的人，出于各种各样的原因，我不知道，也不关心。

秃子坐在驾驶位，独眼则笑嘻嘻地数那些铁桶，越数脸上笑意越浓，说："一共322桶，光头，这一次我们要挣疯了。"

"你都数了十几遍了。"秃子启动飞船，专心驾驶，头也没转过来。

"数多少遍都乐意。现在行情好了，云鲸血涨到了十个联盟点一斤，一桶就是150联盟点，这一趟，"他用手指敲着金属桶壁，算了半天，"能挣4万多联盟点呢。到时候我们一人一半分掉。"

"阿泽的那份呢，你想吞掉？"

"他死都死了，我帮他个忙，帮他把钱花了。"

"不行，要不是他，我们估计早就被那怪物给吞了。他还有家人，拿四成给他那个瞎眼老娘吧。"

"四成太多，一成就够了。"

"也行。"

瘦子点点头，又笑嘻嘻地数起来。

我终于明白过来，原来我旁边这些全是保温桶，里面装的都是云鲸的血。

即使远在地球，我也听说过云鲸血的交易。在浩瀚的金色海里，有一种被称为"F937"的神奇元素，其单质能抵消重力。现在被广泛应用的反重力引擎，都是利用了这种元素。F937 的获取，有两种途径——一种是直接从海水中萃取，但萃取所需的环境极端苛刻，比蒙星根本达不到，只有靠高轨空间站抽取海水，在真空零重力实验室中操作。1 000 立方米的海水，大概能萃取出 10 微克的 F937 单质。另一种方法，便是从云鲸血中提炼。

云鲸是一种神奇的生物，刚发现它们时，人们对它们的习性感到既费解又着迷，这种兴趣至今还吸引着生物学家前赴后继地来到比蒙星——其中包括阿叶。

云鲸出生在遥远的科尔星海洋里，每年一度的卫星掠过时，星球引力会被抵消，云鲸便从海洋里一跃而起，进入星际空间。它们会在漫长的黄金航线上洄游，途经七颗行星，靠张开身上的薄膜获取加速度，同时躲避神出鬼没的龙狰兽，直至游到比蒙星的金色海中，进行第二次蜕变。这条艰辛的航线上，有无数故事发生，无数云鲸的尸体在静静漂浮。成功抵达的云鲸少之又少，蜕变后的云鲸没了薄膜，却能吸收海水中的 F937，融入血液，凭此彻底摆脱重力的束缚，游弋天际，栖于风中，眠于云间。

而正是这 F937 含量百万倍于普通海水的血液，给云鲸带来了灭顶之灾。人类驾驶着全副武装的飞船，捕杀云鲸，用抽水泵抽干它们的血液。不到百年，比蒙星上的云鲸被屠杀得险些灭绝。幸好随后联盟把云鲸列入保护物种，出台了禁猎令，只供研究，它们的生存状况才略有缓和。但仍然有不少偷猎者在活动，显然，我所在的这艘船，目的正是偷猎云鲸，将其血运到黑市售卖，顺便接收我这样的偷渡客，挣点外快。

从这艘船里云鲸血的数量来看，至少有 10 头云鲸被抽成了干尸。

想到这里，我耳边隐隐传来了昨夜听到的鲸咏，如幽魂呜咽。我下意识抱紧阿叶，往角落里缩了缩。

这个动作救了我一命。

一阵巨大冲撞袭击了飞船。我所在的这一侧墙壁，被生生撞出了凸起，旁边一个贴墙睡觉的男人正好被凸起击中。在这场碰撞中，他的脑袋输给了金属，于是，我看到他的头上绽开了一朵血色的花。

如果不是我刚才缩了头，这朵花也会在我头上开出来。

飞船被撞得在空中剧烈翻滚，金属桶漫天横飞，有两个人被当场砸死，我的左腿也被砸中，骨折的声音在一片混乱中清晰可闻。我紧紧抓住护杠，好歹没掉进这一片翻滚中，秃头的反应也很迅速，撞击的一瞬间趴在操作台上，同时打开了平衡调制器。

飞船两侧的170个制动引擎逆着翻滚的方向开启，以最大功率运转，共同抵消撞击带来的冲量。

3秒钟后，飞船稳在空中。

"妈的，是它！"秃子满脸是血，大吼道，"它一直在跟着我们！"

但没人回应他。

独眼歪歪斜斜地躺在座位上，断裂的操纵杆贯入了他的腹部，而真正的致命伤，是一个金属罐的撞击。伤口很诡异，右边太阳穴凹了进去，像是新开的一只眼睛。

第二次撞击转瞬即至，但这次秃子有了准备，猛地下沉，飞船与那巨大的阴影堪堪滑过。

透过破碎的舷窗，我看到了一头云鲸。

一头愤怒的云鲸。

我发誓，在此之前，我从来没有把愤怒这种情绪跟云鲸联系在一起。在所有的研究报告里，云鲸都是温顺的，面对屠杀只会逃窜，一边被抽干鲜血一边悲鸣。它们曾经对人类表示友好，当血流得足够多之后，也仅仅学会了防范。这是我第一次见到它们攻击人类。

我感到呼吸困难，向四周看了一圈，扑过去把骨灰盒抢到怀里，幸好，它没有被损坏。然后我戴上了呼吸面罩。这时，天空中的云鲸已经滑行到百米外，巨尾一摆，划过一道弧线，掉转方向，向飞船俯冲过来。

秃子喊了几声独眼，确信他已经死了，他再回身环顾，满舱狼藉，金属桶被撞破，淡金色的云鲸血淌了一地。偷渡的人全在撞击中丧生，只有我活着，但他的视线扫过我，没有任何停留，仿佛我跟那些尸体无异。

我从他眼中看出一丝不祥。

"不要啊！"我大喊。

但秃子听也未听，双眼充血，大吼一声："你要赶尽杀绝，老子跟你拼了！"他用力按住加速器，飞船"嗡嗡"震动起来，旋即向前猛蹿。

"鬼级"飞船不大，厉害的是机动性，能很快加速到极限。它在3秒内把自己变成了一颗子弹，破风呼啸。我也在这3秒内扑进了救生舱，按下按钮，缓冲泡沫立刻充斥了全身。

而那头云鲸，丝毫不惧。它的身躯上流满了金色的血液，像有一个太阳在从它体内喷薄出来。它张嘴嘶吼，四野震动，巨尾如蒲扇般摆动，也俯冲过来，越来越近。它是如此巨大，一轮眼睛就高过了我，飞船甚至比不过它的头。

我听阿叶说过，当云鲸难得暴躁时，瞳孔会由白色呈现出罕见的灰色。但现在，我看得清清楚楚，面前这头云鲸的双眼，是纯黑的。

黑得如同梦魇。

下一瞬间，云鲸与飞船相撞。

救生舱还未弹出，我在缓冲泡沫中天旋地转，意识迅速流失。昏迷之前，我唯一记得的事情，就是把阿叶的骨灰盒紧紧抱在怀里。

阿叶离开我的那天，我也是这么紧紧抱着她的。仿佛再用力一点，阿叶就会被勒进我的怀里，骨头相连，血液相融，再也不会离开。

但她不动声色地，一点一点挣开我的怀抱，后退一步，说："以后你好好照顾自己。天冷了记得加衣服，饿了要叫外卖，最好自己做着吃。别宅在家里了，设计是做不完的，多认识别的女生，你去跟她们聊天气、食物和艺术，她们就会照顾你。"

"我不要她们，我只要你。"

或许是我可怜兮兮的样子打动了她，她犹豫了一下，说："那你跟我一起走吧。"

我几乎就要答应了，可当一艘去往天鹅座 KP90 的飞船升起来，它巨大的引擎轰鸣传来时，我的眼角跳了跳，肩膀下意识地缩起。

阿叶说："你克服不了航行恐惧的，而我要去遥远的比蒙星，每天都要用到飞船。我在空中的时候比踩在地上的时间多，你适应不了。"

"再给我一点时间。"我哀求道，"再过半年？半年要是我还克服不了，不能跟你一起去，我就让你走，好不好？"

"我已经给了你 5 年，你还是每次听到引擎的声音就会颤抖。你不要勉强，在地球上待着也没错，远航时代之前，人们都是在地球上过完一生的。"

"那你为什么不能……"

"我说过了，因为，"她打断我的嗫嚅，抬起头，视线穿过伦敦港独特的透明穹顶，穿过如萤火虫般起起落落的飞船，投到了夜幕深处，"因为我的征途是星辰大海呀。"

她的眼里闪烁着星星点点的渴望。在我看来，夜空是如此深不可测，但在她眼里，想必如瑰玉般迷人。我知道她的离去已不可挽回，但还是做了最后的努力，握住她的手，说："宇宙这么危险，你要是出事了该怎么办呢？"

"不要紧，那是我的归宿。"她把我的手指一根根掰开，提起行李，走了几步，转头看见满脸沮丧的我，笑着说，"那我给你一个任务吧，要是我真的死在群星间了，你就把我的骨灰带回来，带回地球。"

说完，她向我扬了扬眉毛："要记得哦。"她转身走向登机口，人潮迅速淹没了她。

那时我伸出手，穹顶的星光落在手指上。我就这样僵硬了很久，似乎这样一直伸着，阿叶就会从人群里又钻出来，再次拥抱我。但直到人群散去，直到星光敛隐，我都没有再见到她。我再也没有见过她了。

我睁开眼睛，泪水在脸上流淌，模糊了视线。浑身的痛楚弥漫，我弓起身子，大口呼吸，过了好一阵子才弄清此时的处境。

救生舱掉在一片荒野里，已经散架，但缓冲泡沫替我抵消了大部分冲击。我挣扎着看去，不远处有一座硕大的山丘。此时已经入夜，四野空旷而黑暗，这说明我至少昏睡了十个比蒙时。我的呼吸面罩还能用，但定位器出了问题，我全身有十几处伤口，其中包括左腿小腿骨折。我在身上了摸半天，没发现致命伤口，刚要松口气，又立刻紧张得屏住呼吸——我没有摸到骨灰盒。

阿叶不见了。

我发出一声惊惶的惨叫，一下子站起来，随即又因左腿爆发出的剧痛摔倒。我用手撑着，在干硬黑暗的地面上摸索。

阿叶，阿叶，我怎么能失去你，怎么能辜负你嘱托给我的最后一件事？

但我摸到的，永远是硬土、枯草，间或有石头划破手指。我感觉不到疼痛。摸索了一会儿，眼睛渐渐适应黑暗，隐约见到前方有一团阴影。我凑过去，三只蓝幽幽的眼睛突然张开，像夜空里突然点燃了三团火焰。我吓了一跳，手上一软，又摔在地上——我看到一张毛茸茸的脸上，三只眼睛在脸盘上均匀铺开，中间是一张密布着两圈利牙的口器。眼睛放出的蓝光还残留在牙齿上，流转泛光，一股腥臭涌出来。

这是三目兽，学名克科尔罗盘尼兽，或者是克科尔肉斑兽——名字很拗口，我没有记住。要是阿叶在，一定对它的名字脱口而出，并让我赶紧跑。这种习性暴躁的肉食性动物，最擅长做的事情，就是用外圈牙齿咬住猎物，用内圈牙齿把它们的肉刮下来吞进去。

我不能死在这里，我要把阿叶找回来！

我两手撑着，外加一只脚蹬地，向后拖着身体。三目兽不紧不慢地跟着，三只眼睛在夜里闪出蓝光，形成了一个诡异的正三角形。

它在试探，在确定我是否落单。它短小但强健的六条腿行在地上时，发出令人头皮发麻的沙沙声。

退了几分钟，我的背部靠到那座山丘，再也无路可退。

三目兽的六条腿全部弯曲，中间大嘴张开，发出嘶嘶声。它要扑过来了。我在地上摸到一块石头，颤巍巍拿在手里。这时，身后传来一声巨大的吼叫，如同飓风从深渊中狂啸而出，带着颤音，让我肝胆欲裂，刚抓稳的石头又丢了。

我转头去看，借着夜空露出的星光，看清了这座本来黑黝黝的山丘——这哪里是山丘，明明是一头鲸鱼！

正是那头追踪飞船并将之撞毁的云鲸！

此时，它张开了巨嘴，滚雷般的吼声从那黑暗的食道里奔涌而出，沿着肥大的舌头，震碎了这个夜晚。三目兽的腿部灵活地反向弯曲，瞬间向后弹跑，"嗖"的一声消失在夜色里。

我也被鲸吼掠起的风吹得歪倒，但倒下之前，瞥见了熟悉的东西。

骨灰盒。

它在云鲸舌头右侧的下颌处，被几块软骨卡住了，我不顾危险地扑了过去，但这时云鲸闭上了嘴。似乎这一声吼叫花光了它所有的力气，它一动不动，在黑夜里重新恢复了山的姿态。

"张嘴啊。"我努力站起来，但踮起脚也够不着它的下唇，只能勉强够到下颌。它的下颌上长满了瘤状凸起，每个都有我的脑袋大，拍上去软绵绵的，像某种囊。它无动于衷。

"你张张嘴，把阿叶还给我。"我用石头去扔云鲸，试了半天也毫无反应。我累得气喘吁吁，坐在这头庞然巨兽面前，才反应过来我刚才的举动有多么可笑。

在云鲸看来，大概就像一只蚂蚁在拼命用灰尘砸人类的脚一样。它甚至懒得张嘴吹口气把我赶走。

再醒过来，天已经亮了。头顶一轮烈日，东边天幕垂着一颗小一点的，南边还有两颗。灼热在皮肤上流淌。

但我不是被热醒的，而是被饿醒的。

我爬起来，首先去撬云鲸的嘴，但又是徒劳无功。我这才发现，它身上布满了可怖的伤口，有的伤口血都凝固了，有的还在冒着金色的血。按照秃子的话说，它早先就跟飞船交过手，然后千里跟踪，再直接撞毁飞船。就算它有再强的生命力，到此时也撑不住了。我把耳朵贴在它身上，很认真才能听到它身体里传来的细微震动，像是脉搏，又像潮汐。

它还在微弱地呼吸，但应该撑不了多久，昨晚，它还用最后的嘶吼救了我。不过我转念又想，恐怕也不见得是救我，它如此恨着人类——多半是巧合，三目兽袭击我的时候，它正好到了生命的尽头，只能对着漆黑夜幕和惨烈世界发出最后的怒吼。

试了一阵，腹中的饥饿更加强烈了，我爬到云鲸的背上，举目四眺。

我正好是在荒原的低陷处，周围像小型盆地一样渐渐往上斜。我环视一周，发现盆地外散落着飞船的零件。

我爬过去，在零件里翻找，万幸找到了一些压缩食物，狼吞虎咽之后，还发现了几件散乱的防护服。居然有一件还能用，我连忙穿上——比蒙星的大气层虽然挡住了绝大多数有害的宇宙射线，但肌肤直接裸露在四轮太阳的暴晒之下，也很危险。

穿上衣服后，我感觉恢复了些力气，又从零件中找了一块断掉的钢板，断面很尖。我用手试了一下，足够锋利。

我一瘸一拐地回到低陷处。太阳更烈了，地面上的石头都被晒得灼热，云鲸白色的身躯竟散射着阳光。

"大哥，别怪我呀。"我拍了拍云鲸的下颌，拿起钢板，"你不把阿叶还给我，我只能用你和我都不喜欢的办法了……"

云鲸沉默着，呼吸断断续续。

我咬咬牙，两手扣住钢板，闭眼就刺向云鲸。在刺到它的皮肤之前，又停下了，我算了算位置，从下颌挖要多花很多工夫。按照骨灰盒卡住的地方，最直接的路线应该是从它右眼下侧下手挖。

我爬到它背上，这一路，那些密布的伤口更加触目惊心。尤其是脑袋上那条伤痕，简直像是被铁犁犁过一样，粉色的肉翻开，一些白色的虫已经开始滋生。

这应该是与飞船对撞造成的。

我暗自叹息，小心爬到它脑袋右侧，坐在它的眼皮上。

"对不住了，我知道人类对你们很残忍，那个秃子和独眼抽了300多桶血，估计杀了十几头鲸，说不定其中有你的亲人。但是我没有在你们身上花过钱，没有买卖，就没有杀害。对对对，我没有伤害过你们。"我颤巍巍举起钢板，只见钢板的断口上阳光流转，我继续念叨，"但我一定要把阿叶带回去的。你不知道，我真的很爱她，虽然没有留住她，但这是她求我的最后一件事，我一定要完成。你能理解的，是不是？"

它能理解吗？它不能的。我心里很清楚，它目睹了所有的杀戮，对于我这样的种族，只有仇恨，所以眼睛才会变成完全的黑色。

但无论它能不能理解，这一刀，一定要插下去。阿叶，我默念这个名字，阿叶，阿叶，我带你回家。

这时，云鲸睁了睁眼。它没有把眼睛全部睁开的力气，只是开了一条缝，但这一刻，我看到了它一丝灰白色的瞳仁——不再是黑色了，仿佛它的恨意随着生命一起都在流失殆尽。

这一抹瞳仁露出的神色，我很熟悉。

因为那是阿叶离开我之后，我每次照镜子都能看到的眼神。

有些痛楚，有些哀伤。

阿叶离开我的第一天，我觉得生活并没有什么改变——除了屋子空了一些，床的面积大了一些。我依然在家里干活儿，用全息投影和光感手套来设计"大风"级飞船的布线和驾驶舱排列。晚上睡觉时，我下意识地去抱右边，结果手直接落到了床单上。这一瞬间，手指有针扎一样的痛，但转瞬即逝。

第二天起来得很晚，开始玩游戏。我化身中世纪的刺客，不停地杀杀杀，饿了就吃冰箱里的食物。有些是阿叶做的，我把它们倒掉，吃速冻的。我从下午玩到凌晨，育碧的健康系统检测我的身体已经极度疲劳，于是将我强制下线。

第三天，我一直在沉睡，做了很多梦。梦里光怪陆离，梦里没有阿叶。

第四天，我拉开窗帘，阳光迎面扑来。我打算出去走走，换上了衣服，穿好鞋子，乘电梯下楼。但走到楼底的出口处，我却浑身颤抖，不敢踏入阳光之中。

第五天，朋友实在忍不住，组了局，拉我出门。他特意叫了个女孩子，挺漂亮，对我的收入很满意，还能懂我的那些冷笑话。我们聊得很愉快。傍晚时，我送女孩回家，但进她家门之前，一股战栗袭来，我的脚无论如何迈不进去。"怎么了？"她回头看我，手指绕着乌黑发尾。我落荒而逃。

第六天，我在社交网站上把阿叶从黑名单中移除，发现她已经将状态从"恋爱"改为"单身"。她上传了最新照片，有一张照片是她和一头云鲸的合影，全息影像里，她笑得格外开心。我伸手去摸，只有冷冰冰的空气。

第七天，我缩在阳台的角落里，在紫罗兰和玉兰花中间，呜咽不已。晚上照镜子时，眼睛勉强睁开，里面一片阴影。就像这头云鲸一闪而过的眼神。

这是失恋的标准程序。无论人类怎么进化，从在地球上爬行到乘飞船遍布宇宙，文明开枝散叶，有些东西从来都没有更改。

比如失恋，比如同病相怜。

"见鬼了！"我暗骂一声，把钢板扔在旁边，拍拍云鲸的眼皮，"你他妈快点死，死了我再动手！"

云鲸浑然不动，但还是传来若有若无的呼吸。在这样脱水和流血的情况下，它活不到明天早上，到时我再把骨灰盒挖出来。

但挖出来之后呢？这里荒无人迹，通信系统也坏了，我该怎么回到人类居住区呢？

我摇摇头，把这个忧虑抛出脑袋，翻个身躺在云鲸背上。

傍晚，四轮太阳垂在天边，荒野上蒙了一层奇异的玫红色，仿佛泛起的雾。空气有些燥热，远处的云很稀薄，也压得低，在傍晚霞光的浸染下，像被红色的笔轻轻点过。除了太阳，还隐约看得到几颗卫星的轮廓，其中一个有由陨石带组成的环，静静旋转。

真是美啊，我在心里默默赞叹，难怪阿叶会抛开地球的舒适，来到如此荒芜的星球。

太阳次第沉下，光线一缕缕收进去。我用手枕着后脑勺，右腿平放，左腿屈起，看着四轮斜阳一个个消失，瑰丽的景象渐渐被黑暗吞噬，突然恍惚起来。

"我们真是难兄难弟啊，"我拍了拍身下的云鲸，"都困在这里了。"云鲸依旧无声无息，有一阵我都以为它没有呼吸了，但一阵风吹过来，把灰尘带进它的鼻腔中，它吭哧打了个喷嚏，然后继续保持着沉默。

一个垂死的人、一头垂死的鲸，在异星球的黄昏中，等待黑夜的降临。

与黑夜一同降临的，还有暴雨。

雨从夜幕中落下来，初时还细小温润，很快就狂暴起来了，大滴大滴，打在身上生疼。我坐起来，瞧了瞧天色，雨丝毫没有停歇的迹象。于是我从云鲸背上爬下来，躲到它的颌下。

乌云集卷，电闪雷鸣，雨越来越大，在脚下都积成了水洼。这里是个凹地，地势低，四周的雨水全部汇聚到这里。按照这趋势，不到一个比蒙时，水就要漫过我的脖子了。

我刚想离开这里，一道闪电划过，照亮了一个黑暗的影子。

三目兽！

它站在凹地边缘的坡上，浑身被雨水打湿，三只眼睛更加幽蓝，正居高临下地看着我。

昨晚被云鲸吓走之后，这只三目兽并没有放弃，此时趁夜色又来了。但它只是观望着，不敢下来，应该是忌惮云鲸。

如此那我就不上去了，继续坐在云鲸颔下，但水越来越深，漫过我的腰，我不得不站了起来，准备爬到云鲸背上。

一声尖锐的啸叫突然响起，听得我浑身一颤，牙齿发酸。那是三目兽的嚎叫，在雨夜中远远荡开。我心里升起一丝不祥。

果然，这声嚎叫引来了更多的三目兽。它们在凹地边站成一圈，蓝幽幽的眼睛望着我，两圈利齿被蓝光映照，像是一个个噩梦。我心惊胆战地数了一下，数到 20 只的时候，就停了下来。

它们的目标恐怕不只是我，还有这头云鲸，毕竟是上千吨肉。我扶着云鲸下颌上的瘤状凸起，心惊胆战地想。

最先的那头三目兽谨慎地从坡上走下来，涉着水，绕云鲸走了一圈。它眼中的蓝光游移不定，突然上前，一口咬住了云鲸的侧面，然后立刻跳开。只这一瞬，云鲸便被撕下了一块肉，金色的血流下来。

三目兽仰起头，云鲸肉落进它脸中间的口器里，两圈牙齿张合着，把肉绞成了碎片。吃完了，云鲸也一动不动。三目兽再次发出一声号叫，坡上的同伴都迈步而下。

完了完了，我几乎站立不稳，早知道会葬身在野兽腹中，还不如直接在飞船上被炸死。

这时，我手上传来了怪异的感觉——云鲸下颌上的瘤状凸起渐渐膨胀起来了。我惊讶地看去，没错，这些瘤本身只有我脑袋大小，很快就涨大了四五倍。而同时，地上本来已漫至我腰间的水开始变浅，只过了几秒，就重新退回到我的膝盖。

云鲸在吸水！

三目兽们也被惊到了，停止前进。夜幕深处云层卷过，这个雨夜里最剧烈的惊雷爆发出来，与此同时，一直沉默的云鲸张嘴怒吼，威势更胜雷声。地上的水在一瞬间被吸得干干净净。

我在云鲸张嘴时，猛扑进它嘴里，向它右边下颌爬过去。阿叶，阿叶，我念着这两个字，顶住云鲸怒吼时夹带着的腥臭的风，扑到骨灰盒前。骨灰盒卡得太紧，我不顾左腿骨折的痛，用脚蹬住云鲸墙壁似的口腔内侧，使出吃奶的劲，终于把骨灰盒拉了出来。

这时，云鲸闭上了嘴，彻底的黑暗袭来。我向它的食道滑去，还没进去，冰凉的水又将我包围。一阵天旋地转。我已经失去了思考能力，凭着本能抱紧骨灰盒。

我被水流裹挟着，打转，上升，突然冲出了云鲸的嘴，像喷泉里的鱼一样冲向夜空。

是云鲸在喷水。

我上升了七八米，又摔下来，落在云鲸背上，惊魂还未定，又感到了一阵摇晃。这次的摇晃，来自云鲸的身体，它喷出了所有的水后，身体离开了地面，但离地还没1米高，就又落了下去。大地震了震。

这一瞬，我流出了眼泪。我爬到它眼睛中间，用力拍着，声音嘶哑，吼道："飞呀，飞起来啊！"

云鲸睁开眼睛，粗重的呼吸如同喘息。

"你他妈是云鲸啊，要么死在海里，要么死在天上，不能被这些畜生吃掉啊——飞起来！"

它喷出长长的气息，鸣声悠扬，身体再次震动。大雨滂沱之下，这头鲸飘离地面，越升越高，突然加速向斜上方飞去。地上的三目兽被震慑住了，在积水中缩成一团，发出胆怯的呜咽。

"这就对了！"我趴在云鲸背上，抓紧它眼睛旁的褶皱，泪流满面，哈哈大笑，"飞起来了，飞得越高越好！"

它一路冲进云层，继续往上，浓云中有闪电划过。其中一道枝状闪电离我们特别近，我吓得闭上了眼睛。云鲸摆动尾巴，速度加快，穿过厚厚的云层，如跃出海面，停在了云海之上。

我睁开眼，被眼前的景象震撼得不能呼吸。暴雨雷电在身下远去，云海上一片平静，六个卫星排成一条线，悬挂在天边。清辉迎面扑来。

"阿叶，"我把骨灰盒举起来，"你看到了吗？我们飞到天上了？我再也不害怕了，我也飞起来了。你看到了吗？"

对于飞翔，阿叶有一种近乎执拗的迷恋。

尽管她有一双无敌长腿，但她觉得这是她身上最没有用的部位，因为她厌恶走路。

"我承认腿在人类进化中的作用，我们从海里爬到陆地上时，鳍进化成双腿，这确实是自然的奥妙。但为什么进化之路就此止住了呢？"她一边说着，一边愤愤不平地敲打着自己的腿，"现在，我们已经从陆地飞到了天空，却依然是靠一双腿！"

我无言以对，只是心疼她的腿——那么修长、白皙，仿佛由古老的玉砌成。

"我们应该飞起来啊，小豆豆，"阿叶叫着她给我起的小名，"我们应该像云鲸一样飞起来，在天之下，在云之上，而不是一步步踩在泥泞的地上。小豆豆，你都不知道我的脚有多疼……"

听到这句话后，我分外心疼，花了一个月工资给她买了一双高跟鞋。

那是奢侈品专柜里最中心的一双鞋，顶级设计师制作，镶钻带彩，奢华高调。当阿叶从盒子里拿出它们时，我看到她的脸都被照亮了。但我不知道是因为她高兴，还是只是钻石彩带的光华照耀。

"傻瓜。"阿叶把鞋放下，"你买这种鞋，我没地方用啊。"

但很快，这双鞋就派上用场了。

阿叶是在太空新生物种研究所工作，主要研究云鲸习性，大部分经费由疆域公司赞助。秋天的时候，疆域公司举办庆功晚宴，作为一群工科男女中唯一形象出众的研究员，阿叶自然要出席。

她一袭盛装，踩着高跟鞋出门，并叮嘱我11点的时候去接她。

然而，9点半的时候，我就接到了阿叶的电话。外面下着大雨，我好不容易赶到疆域公司大厦时，看到阿叶站在公交站牌下，一脸沮丧，漏下来的雨水打湿了她的裙摆。她赤脚踩在泥水里，周围全是驶过的车辆和藏在黑伞下面行色匆匆的人们。

后来我才知道，在舞会上，疆域公司提供了一种透着淡淡金色的饮料。阿叶饮了一小口，口感清凉，入喉却温润。她正好奇是什么饮料时，一个疆域公司的中层走过来，微笑着同阿叶说话。

"像你这样漂亮的女孩子,"他轻轻晃着手里的酒,金色液体泛着光泽,"很难想象会一天到晚待在研究所里。"

阿叶漫不经心地回道:"在实验室工作也很有趣的。"

"也是,感谢你们的工作,不少外星新物种的研究成果都能够被直接商业化。"西装革履的男人微笑起来,举起手里的酒杯,"比如这种酒。你知道里面掺了什么吗?"

阿叶从他的微笑里看到了一丝残忍,还未回话,就听他继续说道:"是云鲸血。你们研究出来的成果:云鲸血里的微量 F937,配合适当的酒精,不但让口感更好,也能改善体质。哈哈,当然了,这是不能大规模使用的,但在这样的高档酒会上,我们会准备这样的美酒,以招待尊贵的……"

后面的话阿叶没有听清,因为她感觉到胃里传来的抽搐。她强忍着去了卫生间,干呕一阵,但什么都没有吐出来。于是她给我打了电话,失魂落魄地下楼,下楼时鞋跟断了,脚被扭伤。

我当时不知道这些,只觉得心疼,上前抱住了她。她在我怀里颤抖,小声哭泣。

离我们 1 米之外的街道旁,污水横流,那双断了的高跟鞋被淹没在水里。

云鲸的飞行时高时低,有时高踞云上,有时它自己钻进云中滑行,把我露在云层的表面。

那些烟雾般的云就在手边,我身手去摸,云便被划得散开,又很快在我身后合拢,像是泛起了涟漪。六个卫星都垂得很低,又大又圆,看久了会让我有一种马上就要飞到月亮上的错觉。卫星的光在云上被散射出星星点点,很像海面上的波光。

或许，对云鲸来说，云也是它们的另一种海吧。

我沉浸在美景的震撼中，过了好久才恢复过来，对身下的云鲸问道："喂，你要去哪里啊？要不找个地方放我下来？"

云鲸当然不会回答我。它如此恨着人类，肯定不会落在人类居住地，而我一直待在城市里，没有野外生存能力——更别说荒芜且布满危险的比蒙星腹地了。

这么一想，我倒是没什么可忧虑的了，反正自己无力改变，随遇而安吧。

云鲸闭上眼睛，睡着了，在云上稳稳地飘着。我也被一股睡意袭击，打了个哈欠，躺在它背上，也很快入睡。

醒来时已经是第二天了，云开雨霁，我们飘在晴朗的天空下。身下已经由荒野变成了森林，比蒙星上的植物比地球要茂盛，且颜色绚烂。云鲸飞行了一夜，显出疲态，开始下降，庞大的身子掠过树林，压断了许多树枝，一些兽类也被惊走。最后它落在一条河里。

这河还不及它的身躯宽，潜不下去，它一边用瘤状囊吸水，一边发出哀鸣。

它的声音充满了痛苦，我站起来，巡视一圈，才发现它背上的伤口已经溃烂了，肉虫密布。如果不是有呼吸面罩，我肯定会闻到令人欲呕的腐臭味。

我取下挂在腰间的钢板，割掉腐肉，把拼命往肉里钻的虫子拽出来。这种虫子恶心极了，肉色的，肥嘟嘟，没有眼睛却长满了脚，像是肥大版的猪肉绦虫和蜈蚣的结合体。如果是平时，我一定会远离这种恶心的生物，但现在，在这个陌生的星球上，在这样绝望的处境里，云鲸是我唯一的依靠了。

清理了烂肉和上百条腐虫后，云鲸停止了哀鸣，只吭哧吭哧地呼吸。我则累得浑身是汗，又累又饿，摸遍了全身也没找到食物，身下的河水也不能喝。我精疲力竭地躺下来，喘着气，过了好一阵，云鲸再次起飞，比之前稳了很多。

飞起来吧，我迷迷糊糊地想，飞回地球，带阿叶回家。

接下来的一天一夜，我处于一片昏沉中，一动不动地躺着，眼睛时而睁开时而闭上，看天空从明到暗，再到明。这是身体因饥饿做出的应激反应，减少消耗。我屈从于它。

如果不是一阵鲸鸣响起，恐怕我会陷进这种昏沉中，再也醒不来。

我勉强睁开眼，撑起身子，看到这条云鲸身边不知何时飞来了十几条小很多的云鲸。它们簇拥在下方，呜呜呜叫，声音并不凄厉，却浑厚，在天地间远远传开。

看它们的体型，恐怕还是未成年的云鲸。它们随母亲穿过漫长的黄金航线，在星月光辉下游历，但来到黄金海之后，还未长大，母亲就被人类捕杀，只有鸣叫着在云海间游弋。这非常危险，如果遇到捕猎飞船，它们唯一的下场便是死亡。

但好在它们先遇到了我们。

我身下的云鲸也昂首嘶鸣，作为回应。这是我跟它在一起这两天多时间里，头一次听到它的鸣叫中带着温情的感觉。

小云鲸们纷纷发出鲸咏，在它周围上下翻飞。我发现不管它们怎么飞，都没有高过我所在的位置。

"嘿，大灰灰，看不出来，"我艰难地敲了敲云鲸的脑袋，干涩的嘴角扯出一抹笑容，"原来你混得不错啊，这么多小弟。"

说完我便愣住了——我给它取了名字？

我第一次见到阿叶时，就在心里给她取了这个名字——我也不知道为什么，或许是看到湖边柳叶摇摆，或许是预见了日后她飘零远去的结局。

但当她知道我给她取了名字后，郑重地告诉我，以后不要随便取名，因为这是一种赋予，赋予其独有的属性。所以取了名字，便有了责任。

后来阿叶住到了我家里，给我的每一个盆栽、每一个电器和每一张桌椅都取了名字。我记得很清楚，电脑叫方方，书柜叫詹米，洗衣机叫滚滚，卧室的门叫小黑，马桶叫阿缺，沙发叫长脚……她逐一取完名字后，看着我说："你就叫小豆豆，因为你喜欢吃豆子。现在这里每一个物品都被我取了名字，都是我的了，你放心，我会对你们负责，一直照顾你们的。"

但后来比蒙星征召云鲸研究员时，她义无反顾地报了名。她离开的时候太匆忙，甚至没有来得及向她的方方、詹米、滚滚、阿缺和长脚道一声别。

我把骨灰盒放在耳边，风声簌簌，像是里面传来了低语。我听了一会儿，听不太清，便侧过头，看向四周的小云鲸。

云鲸都通体泛白，如同云气凝结，但细看的话还是会发现各不一样。我闲得无聊，就一一给它们都取了名字：比如两个鳍特别长的，就叫大雁；有条飞得特别快的叫闪闪；旁边那条鲸尾特别短小的，叫作小短短……

"呜！"

一声惨嘶突然打断了我的兴致，我挣扎着朝声音发出的方向看去：名叫小短短的小云鲸被炮弹击中，却没有产生爆炸，而是散出几十个电极，贴在小短短的背上。炮弹背后有一根线，顺着线看过去，云缓缓散开，露出一直藏在云后面的城堡般的飞船。

是"鬼四"级别的飞船。

一声巨大的"咚"从飞船上传来，是强电压输出的声音。几乎是同时，小短短浑身一震，停止惨嘶，被电得晕了过去，飘在空中。随后两艘"鬼四"飞船射出来，悬在它两侧，探出怀抱粗的探头，扎进小短短的身体里，高压泵发出轰隆隆的声音，云鲸血被抽出来，顺着探头后面的管道流进飞船里。

这种泵的功率很大，只要半个小时，就能把小短短的血完全抽干。云鲸没有了富含 F938 的血，也就失去了在天空的支撑，会轰然坠地——是的，人类在榨干它们生命的同时，也剥夺了它们的信仰。

剧痛让小短短醒了过来，但残余的电流依然让它大部分身体麻痹，挣脱不开。

它摆动短小的尾巴，发出一阵阵的哀鸣，声音凄惨，像是哀求，又像挽歌。

"停下来啊！"我眼睛都快裂开了，拼尽全身力气大喊，但风太大，吹散了我的呼喊。我只能用脚踩大灰的背，扯着嗓子叫道，"快跑啊，还愣着干什么？！"

云鲸们似乎这才反应过来，鸣叫着向四面飞去，但"大风三"里像产卵般射出几十个小飞船，分工有序地各自追击。

从他们的熟稔程度来看，都是专业的盗猎者，这些云鲸只怕一头都逃不掉。

大灰眼睛的颜色开始变深，它长鸣一声，逃窜的小云鲸们似乎听到指引，向它这边汇聚过来。然后它猛地向下倾斜，开始下坠，其余鲸也跟上。

它的下坠让我猝不及防，一下没抓稳，从云鲸背上摔下去。耳畔风声呼啸。这下完了，我只来得及抱紧骨灰盒，闭上眼睛，但意料中的等待粉身碎骨并没有到来。

我摔在一片温暖的海水里。

金色海。

大灰从荒原起飞，千里迢迢，原来是要回到这片海里。就像我千里迢迢要带着阿叶回到地球一样。

大灰和十几条小云鲸一头扎进海水里，迅速下潜，只留下一个个漩涡。漩涡差点把我吞噬了，我扑腾着，好容易游到边缘，环视海面，只有一根根巨型管道散落着，从海面直升入天空。这是高轨道空间站在抽取海水。除此之外，海面已经没有了云鲸的身影。我暗自松了口气。

"鬼四"飞船们划出一道弧线，堪堪掠过海面。有一艘经过我身旁时，我大声呼救，它停了下来。在我许诺给里面的驾驶员一千联盟点后，他放了探爪将我从水里带出来。

进了舱室，里面只有驾驶员，他给我丢了一件新防护服，几瓶水和一块压缩饼干。在我狼吞虎咽的时候，这个脸上有伤疤的高大男人抱着肩膀，饶有兴趣地看着我："哥们儿，怎么一个人掉进海里了？飞船毁了？"

我大口灌水，点点头。

"那你运气真好，遇到了我们。刚才我们在追一群云鲸，妈的，差点就追上它们了。"他摇摇头，"不过这群鲸领头的那个，似乎是鬼眼鲸，抓不到也正常。"

"鬼眼鲸？"我停止吞咽，问道。

驾驶员点点头，说："它的眼睛会变黑，跟灌了墨一样。这头鲸在我们偷猎者中很有名的，我们杀鲸，它杀我们。嘿嘿，厉害着呢，'刃'级飞船它直接咬在嘴里，连人带船吞下去，'鬼'级的它撞毁了十几艘，听说它还搞炸了一艘'大风'级的，现在它在黑市里的悬赏已经到了百万联盟点了。"

"它为什么要专门跟你们过不去？"

"听说它原来是一个鲸群的头头，带着一群鲸穿越黄金航线，来到比蒙星。结果从金色海出来第一次起飞时，就被同行发现了，"说到这里，他露出羡慕的笑容，"那一笔可挣得多啊，50多头鲸，据说抽血抽了一天一夜，最后保温桶都不够用了，血直接灌进船舱里，漫到了大腿这么深。后来卖钱的时候，他们把裤子都脱了——上面凝固的云鲸血也值几个点呢。"他比了一下自己的大腿，脸上的笑容牵动了刀疤，显得狰狞，"当时就只有这头鲸逃走了。它的后代和伴侣全部被杀了，所以它就开始报复我们了。说真的，刚才追它时，我还有点儿害怕——对了，隔得近的时候，我好像看到它背上有个什么东西，你在海里看到了吗？"

我摇摇头，继续啃压缩饼干。这时，通信模块里传来声音："刀疤你停在那里干吗？快上来。"

刀疤冲我眨眨眼，示意我不要说话，对模块回道："上面怎么样？"

"没定位到那群鲸，幸好还是抓到了一条，等抽完血就回去休息。跑了一夜了，早累得不行了。"

"不落空就好。"刀疤点点头，转身去操控台启动飞船。

我的肚子不再饥饿，我的嘴里也不再干涩，我搂着骨灰盒，抱紧了，它坚硬的棱角硌到了我的胸口。我深吸一口气，走到刀疤身后，抡起骨灰盒砸向他的后脑勺。

他一声不响地晕了过去。

我把骨灰盒放在操作台上，轻声说："阿叶，原谅我。"

我是从阿叶的社交页面上看出端倪的。

阿叶居然连着三天没有更新状态，我不停地刷新，渐渐感到一阵不安。阿叶阿叶，我焦躁地念叨着，最后忍不住给她留了言。

但回复我的，是一个叫迈克尔的男人。我点进他的社交页面，看到了许多他和阿叶的照片，原来，他就是阿叶的新男友。

他点开了全息视频通信，我犹豫了好一会儿，还是接通了。

"你好。"他说，"你是小豆豆吧？阿叶经常提到你。"

他也叫她阿叶！我心里没来由地冒火，但转念一想，肯定是阿叶让他这么叫的。她远在光年之外，还用着我给她取的名字，说明她没有忘了我。我又涌起了一阵甜蜜，急切地问道："阿叶呢？"

"阿叶，"他顿了顿，"阿叶遇难了。"

我一时没反应过来，"什么？"

"阿叶死了。死了三天了。"

"怎么会……你胡说！不可能！"

迈克尔站在全息影像里，沉默地看着我，他的视线又冷又悲伤，像是午夜卷起的潮水。他不是在开玩笑，但我拒绝相信，又过了一阵，我张开嘴，但没发出声音，于是敲了敲胸腔，沉闷的回声终于冲开了喉咙，"阿叶死了？"

"阿叶死了。"

这四个字在我脑袋里扭成了利刃，一下一下地切割着。阿叶死了，一座火山爆发了，浓烟遮天蔽日；阿叶死了，一场地震袭击了整个城市，高楼大厦积木般倾倒；阿叶死了，一颗行星从遥远幽深的宇宙中呼啸而来，气势汹汹地撞击地球，排山倒海般的冲击波席卷全球。

我脑袋剧痛，坐倒在地。

迈克尔告诉我，阿叶是为了救云鲸而死的。她在例行野外考察过后，独自回科研谷的途中，发现了一群搁浅的云鲸。

那是七八头小云鲸围着一头母鲸，母鲸受了严重的伤，下腹有一道触目惊心的伤口，血正汩汩流出，将山石染得金黄。它试图飞起来，但血流太多，每次堪堪飞起来就摔了下去。小云鲸们围绕着它哀鸣。

阿叶当即向科研谷发了消息，请求派人过来支援，但母鲸已经奄奄一息，无法支撑到科研队两个小时后的援救。阿叶焦急如焚，私自做了决定——用绳索吊着母鲸，把它运到1 000米外的河流中。

捆住母鲸并不复杂。她趁母鲸拼命飞起来时，向地面喷射了三条承重带，母鲸落下后，头尾和腹部便被捆住了。刚才这一跃，已经花掉了它最后的力气，它安静地躺着，身上的承重带被逐渐收紧也无力挣扎。但困难在于，阿叶的科研车只是轻量级，不能进行重达200吨的运输。

但阿叶听着四周不绝的悲鸣声，一咬牙，不顾通信频道里迈克尔的阻止，把反重力引擎开到最大功率，摇摇晃晃地吊起母鲸，向河流飞去。小云鲸们停止鸣叫，缓缓跟在他们后面。

阿叶小心操作，短短1 000米，花了半个小时。飞到河流上空时，她松开了承重带，云鲸坠向河面。这条河通向金色海，水里也有F937。

意外也就是在这一刻发生的。

超负荷运行的反重力引擎急剧发热，熔断了一块已经老化的电路板。整个飞车发出几声类似咳嗽的声音，突然失去了动力，也落到了河里。这一切只在电光石火间，阿叶没有来得及从车里逃出来，河水充斥了整个车厢，她泡在水里，被捞出来时已经泛白，已经冰凉，已经没有了呼吸。

"这里面有很大一部分是我的错，如果我的语气强烈一点，她或许会听我的话，不去救云鲸。但我当时也想让她施救，虽然是违规操作……我们都没有预料到引擎会出意外……"

我已经听不进迈克尔的话了，呆滞了很久，突然想起阿叶离别时说的话，挣扎着站起来，说："阿叶呢，你们把她怎么样了？"

"阿叶已经死了……"迈克尔的声音哽了一下。

我使劲摇头，"我是说——她的尸体呢？"

"我们把她火化了，很快会葬在科研谷对面的山坡上。"

"不！"我发出一声嘶吼，"我要把她带回来！"

迈克尔愣了愣，说："按照联盟法律，在比蒙——"

"去他妈的联盟，我要把阿叶带回来！这是她说的，如果她客死在群星间，我要把她的骨灰带回来，埋在柳树下！"

我的执着和疯狂吓到了迈克尔，他考虑了很久，最终答应了。毕竟我是跟阿叶生活过最长时间的人，他得到了阿叶最后的爱，而我也必须执行对阿叶最后的承诺。

"但我没有时间把她送回来，而且，那也是非法的。"迈克尔有些歉意。

我立刻说："我自己来取！"

我将第一次在无边无际的宇宙中穿行，飞翔的恐惧会一直折磨我。但一想到阿叶躺在冰冷的骨灰盒里，我便顾不得害怕。

我一定要把她带回来，即使跨越星海！

"那群鲸后来怎么样了？"我突然问道。

"我们在离金色海100多英里*的地方，发现了它们。"迈克尔停了一会儿，说，"它们的血被人抽干了。"

我一直不理解，阿叶为什么这么喜欢云鲸。但现在，在大灰背上飞行了这么久之后，我终于明白了，因为这种生物，就是她的化身啊。

从全是海水的科尔星中孕育，在漫长的黄金航线中洄游，最终落入金色海——云鲸的一生，始于海，终于云，挣脱了重力，陪伴它们的只有风和星光，永远不会踏足陆地。这是阿叶魂牵梦绕的生活啊！所以她才会离开我，风尘仆仆地来到这里，追随云鲸的踪影。

或许，她并没有爱过我，或者迈克尔。她真正喜欢的，是恣意翱翔的云鲸。

---

* 1 英里 ≈ 1.609 344 千米。

我终于意识到，阿叶让我把她带回去，只是安慰我而已。对她来说，登上去往比蒙星的飞船，并不是离开，而是一种归来。

这里才是她真正的归宿。

"刀疤，你还磨蹭什么！"通信模块里的声音十分不耐烦，我回过神来，盯着操作台。

疆域公司这些飞船的操作系统，我都有参与设计，知道声控操作需要验证声纹，但手势操作不需要。

我的手在操作台上投出的全景模拟影像中移动，飞船随之启动，飞到天空中。

小短短还在被抽血，悲鸣声已经微弱下来了，最多再过 10 分钟，它就会被完全抽干血，坠落在海里，成为海上浮尸。

"挺住。"我默念道，启动所有引擎，然后右掌插进全息影像中，绕了一个 U 形轨迹，又回到我胸前。

飞船严格同步了这个动作——它像一柄剑一样切断了小短短右侧的抽血管，绕过它的头，又返回来切断左侧管道。云鲸血的传输被中断，洒在空中，被风吹得很薄，像秋天的金色树叶。

小短短发出一声尖啸，摆动尾巴，向海里落去。

抽血的那两艘飞船立刻向下去追，我直接撞了过去，他们闪避开。

这一耽搁，小短短就落得远了。它的身下是浩瀚无际的金色海，温暖的海水会重新流进它的血管，治愈它的伤口。

它会再次飞起来。是的，飞起来，没有任何东西可以拦得住翱翔。

"刀疤，你疯了！"

"刚才差点害死我们！"

"怎么回事！回话啊！"

……

通信模块里传来嘈杂的声音，有人疑惑，也有人咒骂。我沉默着，抬头看了看舷窗外，凌晨已至，虽夜色依旧沉暗，但一丝微弱的晨曦在天际露出来。黎明正在酝酿，即将喷薄而出。

一艘"大风"级飞船缓缓下沉，停在离我30米处，像一个坚不可摧的古老城堡。它在黎明前的黑暗中，投下更加黑暗的阴影，将我笼罩。几十艘"鬼"级飞船在它身边错落地散开。

我抚摸着骨灰盒，心想，一群偷猎的，搞得跟军队对峙一样，有必要吗？

"咳咳，"一阵低沉的咳嗽声响起来，所有的嘈杂都消失了，寂静持续了几秒钟，"刀疤，再给你最后10秒，不回复的话，我们就要强行回收飞船了。"

我的手掌传来灼热感，阿叶，你也支持我的，对吧？

"十。"盗猎者的领头开始倒数。

窗外依旧是黑夜，我眯着眼睛看，那抹晨曦太微弱了，似乎随时会被黑暗碾断。天什么时候亮呢？

"七、六、五……"倒数声不疾不徐。

天际似乎闪了一下，黑暗没有那么浓了，天幕呈现出一种黛蓝色。

"三、二——"通信模块里的声音突然顿了顿，出现了一丝慌张，"见鬼，那是什么？！"

"是……云鲸？"有人结结巴巴地说。

"不可能！"另一人惊疑道，"怎么可能有这么多？"

"真的是云鲸，天哪！"

我掉转飞船，看到身后的景象时，眼睛顿时涌出热泪。"阿叶，你一定要看看，"我抱起骨灰盒，凑到舷窗前，喃喃道，"你看到了吗？"

在我们面前，数不清的云鲸悬停着，几百头，不，恐怕有上千头了。它们有大有小、高高低低，大灰排在最前头，而比它个头还大的也有好几头，沉默地飘在空中，与偷盗者的飞船对峙。

晨曦终于从天际突破进来，像一柄剑一样刺穿了重重黑暗。金黄的光辉浸染在每一头鲸身上，从鲸尾到鲸头，像是给它们披上了一件件黄金铠甲。

大灰张嘴嘶吼，所有的云鲸都吼了起来。水面被震得泛起波浪，夜晚碎了、退了，我捂着耳朵，泪流满面。

即使是堡垒一样的"大风"级战舰，面对这样的云鲸，也没有丝毫胜算。他们慢慢后退，退到安全距离以外后，再掉转方向，喷出一道道离子束，很快消失了。

于是，只有我还留在海面上了。

大灰飞到飞船下面，嗡嗡叫着，我穿上宇航服，从飞船上跳下去。大灰接住了我，长鸣一声，陡然加速，其余鲸也跟上来，冲向东边那两轮正在升起的太阳。

长夜已逝，黎明渐至。灿烂的晨光洒在海面上，伴随着波浪，聚散离合，如鱼鳞般泛起。太阳升得高了些，像在融化。光太烈了，我的眼睛有些睁不开，于是低下头，把骨灰盒打开。

"阿叶，接下来的路，"我低声说，"我就要一个人走了。谢谢你的陪伴。"

我把盒子横着，在空中划过一道轨迹，骨灰撒了出来，撒成一蓬泛起的白雾。

阿叶，飞起来吧！飞起来了就不要再落下去！

仿佛听到了我的呼唤，一阵晨风突然刮起来，猎猎呼啸。本来快要落下的骨灰被风托起，越升越高，无处不在。这一刻，我的阿叶是晨风，是朝阳，是金色海浩瀚无边的波浪。她终于完全融化在了这颗星球上。

· 思想实验室

1. 比蒙星中的矿石、木材、鱼群、海水……一刻不断地被从外空间垂下的高轨甬道抽走；为赚取更多的钱，人们猎杀云鲸，不惜在猎杀中丧生……人类走出地球，走入群星时，只能靠永无止歇的榨取和掠夺吗？我们如何与异星生命相处？

2. 《云鲸记》的作者阿缺在接受采访时曾这样谈创作科幻"开脑洞"的诀窍："有个简单办法——把现实世界往外多延伸一点点。"结合作品情节的设定，合理推测作者在构思小说时，把现实世界哪方面的问题向外做了延伸以及是如何进行延伸的。和小伙伴们交流你的看法。

3. 在"我"把阿叶的骨灰撒向天空前，低声说："我就要一个人走了。谢谢你的陪伴。"请你根据文章情节，推想"我"是回到了地球还是留在了比蒙星，说说理由。

异　域

何夕

　　当世界上有 500 亿人口时，人类靠什么来解决粮食问题？《异域》讲述的就是一个有 500 亿人口的地球，为了从根本上解决全球的粮食问题，一座西麦农场诞生了。西麦农场每隔十来分钟就向外界输出一批产品，20 年来从未间断，突然有一天，这个惯例中断了，于是基地派出特警人员进入西麦农场，到管理中心查找事故原因。进入西麦农场的所有人，只有蓝月和林川活着返回了基地，这期间发生了什么事情？蓝月看到电脑记录的改变日期 917402 代表什么？时间尺度守恒原理是如何改变西麦农场时区的？无生命的采集者赢得了与有生命的妖兽间的战争吗？蓝月和林川为何三次进入西麦农场，毁掉通往外界的唯一出口——密码门，并永久地留在了这里？这些疑问，等待你去探寻。

　　作品中以某个人物、事物，或某种现象、情景等设置悬念的写法既能引发读者的好奇心，激发读者的阅读兴趣，也增加了故事的曲折性和可读性。在读《异域》这篇科幻作品时，你会被里面的种种"谜团"吸引，让你迫切地想寻求答案。1 号蓝月、2 号林川和 3 号戈尔为一组，虽然林川始终认为进入西麦农场管理中心查找事故原因的行动是不折不扣的小题大做，但从他跨进西麦农场时竟有一种"不应该"的慌乱掠过心中，然而，慌乱和疑惑却伴随着林川完成了此次行动。当4号发出救援信号，林川一组三人赶过去时，看到的情形是三名特警战士变成了不知是被什么东西吃掉并排泄掉的残骸；林川疑惑只有一墙之隔的西麦农场与基地竟不能接收到无线电波发出的求救信号；看到农场中堆放的收割机之类的机械，林川渐渐生出异样的感觉……终于，林川失控地对蓝月大吼要求知道西麦农场的真相，随着蓝月的述说，林川的疑惑逐渐解开，至此，读者也有恍然大悟之感。

除了设置悬念吸引读者阅读，《异域》也体现着对科学技术的反思以及对人类向自然界过度索取资源的反思。科学能否最终解决人类面临的所有问题，科学发展带来的负面影响能否由科学自身圆满解决？西麦农场是科学的研究成果，然而西麦农场是在以向自然界的未来过度索取为代价养活着世界上的300亿人口。没有了西麦农场，人类诞生了最可怕的饥荒，但如果原本没有西麦农场，世界上也根本不会有这么多人，这是人类自己种下的苦果。《异域》中另一个值得关注的是英雄主义的悲剧结局。主人公林川、蓝月出生入死化解了西麦农场中的危机，以二人之力避免其他智慧生物带给人类的灭顶之灾。

1999年10月12日被联合国确定为世界60亿人口日，《异域》发表于同年。在《异域》的姊妹篇《六道众生》后记中，作者何夕说："这两篇作品都是反映了人类对自然的过度索取带来的后果，《异域》里的'异域'是在时间上的，而《异域之六道众生》里的'异域'则是在空间上，能够在时空两个方面写出自己心里假想的'异域'，我个人是感到愉快的。"如《科幻世界》的总编姚海军所言:"妖兽是一种象征,象征着神圣的自然法则。它蛰伏于人类进化的历程中,等待着我们在向自然无度索取时被唤醒。"《异域》中设置的隐喻值得我们深思。

· 正文

一

　　我跨了进去，而后便觉得大脑中嗡嗡地乱响一通，起初眼前那种微微闪烁的白亮忽然间就变成了黄昏。四周长满了高大得给人以压迫感的植物，有种不应该的慌乱掠过我的心中，我不自觉地回头看了眼蓝月，她似乎没有什么不适的感受，于是我又觉得惭愧。戈尔在我身后不远处整理设备，仪器已经开始工作，当前的坐标显示我们正好处在预定区域。身后20米开外有一团橄榄形的紫色区域，那里是我们完成任务后撤离的密码门。

　　我始终认为这次行动是不折不扣的小题大做，从全球范围紧急调集几百名尖端人才来完成一个低级任务，无论如何都显得过分。我看了眼手中最新式的M-42型激光枪，它那乌黑发亮的外壳让所有见到的人都不由得生出一丝敬畏。但一想到这么先进的武器竟然会被当成宰牛刀用，我心里就有一种说不出的滑稽感。

　　"2号，你跟在我身后，千万不要落下。"蓝月在叫我，说实话，她的声音不是我喜欢的那种，也就是说不够温柔，尤其是当她用这种口气对我下命令的时候。

　　"我叫林川，不叫2号，我也不想叫你1号。"我不满地看了她一眼。老实讲，我的语气里多少有点儿酸溜溜的味道。在演习时输给她的确让一向心高气傲的我有些沮丧，我本以为凭自己的力量是不会遇到什么对手的。

蓝月有些意外地看着我，微风把她额前的短发吹得有几分凌乱，而她那双黑白分明的眸子不知怎的竟然让我感到一丝慌张。如果站在客观的立场上来评价的话（当然我现在根本做不到这一点），蓝月的确可以算是具有东方气质的美人儿，就连我们身上这种古里古怪的特警服到了她的身上似乎也成了今秋最流行的时装，让人很难相信她竟会是那个又黑又瘦的蓝江水教授的女儿。

从基地出发的时候，蓝江水特意赶来给蓝月送行，一副畏畏缩缩的样子。在这个人才济济的全球最大的科研基地里，蓝江水是个没有出过成果的名不见经传的人物。我听说只因为他曾经是基地的最高执行主席西麦博士的老师，所以才勉强担任了一个次要部门的负责人。蓝江水显然对女儿的远行不甚放心，一直牵着蓝月的手依依不舍。我想他应该知道我们此去的任务是什么，别说危险了，恐怕连小刺激也说不上。当然，做父母的心情我多少也能体谅一些。

后来，西麦博士开始谈笑风生地给我们第一批出发的特警交代此去应注意的一些问题，他的话不时被掌声打断。在此之前我从未这样面对面地见到过西麦博士，他看上去比平时我们在媒体上见到的要亲切得多，言谈举止间展现出大科学家特有的令人折服的风采。我知道西麦博士是这个时代的传奇人物，正是他从根本上解决了全球的粮食问题，现在世界上能养活300亿人跟他的研究成果密不可分。像我这样的外行并不清楚那是些什么成果，但我和这个世界上的所有人都知道，正是从"西麦农场"源源不断运出的产品给予了我们富足的生活。西麦农场是这个世界上唯一的农场，像我这种年龄的人几乎从生下来起就受其恩泽。西麦农场最初规模并不大，但如今的面积已经超过了澳大利亚。多年以来，位于基地附近的西麦农场几乎成了人类心中的圣地。当然与此同时，西麦博士的声望也如日中天，他现在是地球联邦的副总统，不过大家普遍的观点认为他将在下届选举中毫无疑义地当选总统。在西麦博士讲话的时候我无意中瞟了蓝江水一眼，发现他眉宇间的皱纹变得很深，目光有些飘忽地看着远处，仿佛那里有一些令他感到很不安的东西。这个场景并没有激起我任何探究的念头，我只是个警察，对此没有深入了解的兴趣。

……

这时戈尔叼着一支雪茄走了过来，他是我们这个小组里的3号。戈尔是让我讨厌的那种人，尽管现在世界上多数人都和他一样。他好烟酒，爱吃肥肉和减肥药，不到50岁居然已经有了9个孩子，而且听说其中有3个还是特意用药物产生的三胞胎。当初分组的时候我就不太情愿跟他在一组。戈尔是我们这个小组之中体格最壮的一个，背的装备也最多，就这一点还算让我对他有那么一丝好感。戈尔是我们小组中唯一参加过真正战争的人，不过那是20多年前的事了。当时几个国家为了粮食以及能源之类的问题打得不可开交，有意思的是，后来西麦博士出现了，一场战争在快要决出胜负的时候失去了意义。于是戈尔从军人变成了警察，他时时流露出没能成为将军的遗憾，不过我觉得他没有一点儿将军相。我记得从被选中参加这项任务时起，戈尔的脸上就一直罩有一团红晕，兴奋得像一头猎豹，他甚至还宣布自己戒了酒。在这一点上我有些瞧不上他，不就是打猎嘛，何必那么紧张。西麦博士说过，我们的任务就是到西麦农场去把那些逃逸了的家畜赶进圈栏，必要时可以就地消灭。不过说实话，我到现在仍然没看出这个地方哪一点像是农场，在我看来这里树高林茂，活脱脱是一片森林。远处浓密的植被间不时跳出几只牛羊来，看见我们就惊慌地跑开了。我叹了一口气，连最后一丝抓枪把的欲望也失去了。

"4号、5号、6号以及第5小组在我们附近，他们暂时未发现目标。"戈尔很熟练地浏览着便携式通信仪上的信息，他的声音突然高起来，"等等，6号发出紧急求援信号，他们遭到攻击。好像有什么东西……"

"我们快赶过去。"蓝月说着已经冲了出去。我抽出激光枪紧随其后。

……

眼前是一片狼藉，3名队员倒在血泊中。我不用细看便知道他们都已不治，因为那实际上是3具血糊糊的残躯。我下意识地看了一眼蓝月，她正掉头看着相反的方向，我看得出她是强忍着才没有当场吐出来。周围立刻安静下来了，我从未想过西麦农场安静下来的时候会这样可怕。我清楚地听到了自己的心跳声，空气中弥漫着强烈的死亡气息。尽管我不愿相信，但眼前的情形明白无误地告诉我，他们竟然是被——吃掉的。我检查了一下，有一位队员的激光枪曾经发射过，但现场没有什么东西有被激光灼烧过的痕迹。

戈尔的嘴唇微微发抖，他满脸惊恐地望着四周，手里的枪把捏得紧紧的，与几分钟前已判若两人。其实我又何尝不是一样，事情的发生太突然，从我们接到报警到赶至现场绝没有超过10分钟，但居然有种东西能在这样短的时间里袭击并吞吃掉3名全副武装的特警战士。世界上难道真有所谓的鬼魅？

差不多在一刹那间，我们3个人已经背靠背地紧挨在了一起，周围的风吹草动也突然变得让人心惊肉跳。我这时才发现周围的景物是那样陌生而怪异。那些树！天啊，那都是些什么大树啊？几乎同时，蓝月和戈尔也都转过头来，我们3个人面面相觑。

良久之后还是蓝月打破了沉默，她有些艰难地笑了笑："这里果然是个农场。"

蓝月说的是对的，这的确是个农场，而我们正好就在农场的某块田地里。那些先前我们以为是树的植物竟然都是——玉米。

二

戈尔在前面探路，他故意发出一些很大的声音。我想这应该是他原先就设计好的行为，因为这是猎人驱赶野兽时常用的一招。只是我不知道现在这招是否仍然管用，三名特警的死状让我甚至怀疑自己到底是猎人还是猎物。我们这一批特警的任务是到7 000米外的管理中心检修设备，那里是西麦农场的中枢所在。本来每隔几分钟西麦农场就会向外界输出一批产品，但在一天前这个惯例突然被打破了。也许我们心中的所有谜团都要在管理中心才能找到答案。行动之前我们给其他4个小组发出了通知，但一直都没有收到任何回音。当然，我们谁也不愿去深想这一点意味着什么。

一路上蓝月显得心事重重，她的嘴一直紧抿着，似乎还没从刚才那恐怖的一幕中挣脱出来。她的这副模样让我的心中不由得生出一些软软的东西，我走上前去，从她的肩上取下补给袋放到自己的背包里。她看了我一眼，似乎想推辞，但我坚持了自己的意思。蓝月看了看前面咋咋呼呼一路吆喝的戈尔，心事在脸上显得更重了。

"别太紧张了，"我用满不在乎的口气说，"刚才我给基地发了信号，援助人员就快到了。""援助？"蓝月突然用一种很奇怪的声音重复了我的话，"你真认为会有援助人员？"

我意外地看着她："当然会有。出发时西麦博士不是说过，当遇到危险时我们可以发求助信号吗，你忘了？"

蓝月深深地看了我一眼，没有搭腔，而是低下头去，似乎在想什么问题。过了一会儿她抬起头来，仿佛下了很大决心般地说："不会有什么援助部队的，那是根本不可能的事情。"

我大吃一惊："你的话我不太明白，包括我们在内这次只派出了 5 个小分队，大部分特警都在基地待命，怎么会派不出援兵？"蓝月没有回答，她拿出一张纸条递给我："这是我父亲在咱们出发前偷偷给我的，你看看吧。"

我接过纸条，上面的字迹很潦草，看得出是匆匆而就："西麦农场里很可能发生了超出人类想象的可怕事件，万望小心从事。如遇危险速逃，绝对不可抵抗。切记，切记。"

"这是什么意思？"我问道，"科学家的话好难懂。"

"说实话我也不太明白。"蓝月若有所思地说，"也许是有什么难言之隐，再加上当时的时间实在太紧，他才会写下这么几句莫名其妙的话。不过有一点我是可以肯定的，基地是不会派遣援兵的。"

"为什么？"

"虽然我所知不多，但我能确定基地不可能收到我们的求救信号，无线电波无法在基地和西麦农场之间穿越。"蓝月很肯定地说。

我如坠迷雾："可我们就在基地附近呀，要是没记错的话，我觉得基地和西麦农场中间好像只隔了一道墙而已。"

"可你知道这道墙隔着的是什么东西吗？这些奇怪的玉米树，还有那种在 10 分钟之内吃掉 3 个人的……"蓝月语气一顿，看来她也不知道该用什么词汇来描述那个东西，"你不觉得这一切太不正常了吗？"

"你是说……"

"是的，我要说的就是，这根本不是一个正常的地方，"蓝月的语气越来越怪，"或者说，这根本不是我们的那个世界。"

可这会是哪儿？我差点要大叫起来，蓝月的话语中暗示的东西让我感到某种未知的恐惧，我们到底在什么地方？

戈尔突然在前面喊道："你们快跟上来，我们到达管理中心了！"

三

周遭安静得过分，管理中心的大门敞开着，安全系统显然早已失去了作用。我们径直由大门进入，发现里面也是死一般的寂静。我以前从没见过这样宏大的建筑，感觉天花板的高度超过了 30 米，这里简直就像室内大平原。硕大无朋的机械四处堆放着，如同一块块岩石，一时间看不出它们的用途。

"大家小心！"蓝月突然喊道，她手里的激光枪立即发射了。

差不多在同一时刻我也发现了危险所在，在我倒地的瞬间我手里的武器也开了火。一时间烟尘飞扬，一股焦臭的味道弥漫开来。

激战的时候时间过得很慢，等到我们重又站立时才发现，我们遇到的敌人其实是一种足有两米高的造型像怪兽的机械。它长有六只脚和两只手，嘴的部位安有锯齿状的高压放电器。刚才我们击中了它的头部，一些散乱的集成电路块暴露了出来，显然，它是个机器人。

"快来看！"是戈尔在惊呼。我和蓝月奔上前去，然后我们立刻明白他为何惊呼了。那个怪兽的脚爪和口齿间残留着许多残碎的动物骨骼，再加上它那副狰狞恐怖的模样，真让人胆战心惊。

我倒吸了一口凉气，转头看着蓝月。她一语不发地环顾四周，脸上写满疑虑。

"是它干的？"我喃喃地说。有关机器人失去控制进而酿成大祸的事情近年来时有发生，西麦农场的变故也许就是因为这个。

"准是这种东西干的！"戈尔恨恨地说。他似乎不解气，又用激光枪打掉了怪兽的一只爪子。"干吗要造出这种武器来？"

"我还是觉得不对。"蓝月说，"你们注意到没有，这个家伙的标牌上写着'采集者294型'，从名字看它不像是武器，倒像是一种农用机械。它会不会是用来捕捉牲畜的？而且你们看其他那些巨大的机械像不像收割机，正好用来收割玉米树？"

我点点头："这样讲比较合理。可是这些东西好像都失灵了。"

"它们自身的元件都完好无损，失灵的原因肯定是管理中心的计算机中枢被破坏后，它们再也接收不到行动指令了。我们先搜索一下周围，看看有没有别的线索。"蓝月很沉着地指挥着。

　　我们3个人呈一字排开，在杂乱无章的机械群中搜寻，如同穿行在丛林中。由于电力供应中断，大厅的绝大多数地方都是漆黑一团，我们的工作进行得很慢。除了偶尔传来的金属碰撞声外，这里静得就像一座坟墓，我能很清晰地听见每个人的喘息声。虽然这一路上见到的机器和最开始看见的没有什么不同，但不知为何我的心中渐渐生出了一种异样的感觉。有几次我都忍不住停下脚步想找出这种感觉的来处，但我什么也没能发现。

　　差不多过了15分钟我们才到达管理中心的计算机机房，里面所有的设备都死气沉沉的。我打开背包，取出高能电池接驳到机房的电源板上，一阵乱糟糟的闪光之后，机器启动了。

　　蓝月娴熟地操作着，她的眉头紧蹙。我的电脑水平比戈尔高一小截但比蓝月低一大截，于是我很自觉地和戈尔一起承担起警戒工作。

　　"怎么会这样？"蓝月抬起头喃喃低语，"整个系统是因为能源供应受到破坏而中断运行的。系统最后一次工作的日期是……917402年的7月4日。"

　　"等等，你是说哪一年？"我大吃一惊地问。

　　蓝月急促地看了我一眼说："我弄错了，对不起。"

　　我狐疑地看着重新低头操作的蓝月，她刚才的这句话分明是在掩饰，她肯定对我隐瞒了什么。917402年又是什么意思，这个时间难道会有什么意义吗？如果有意义又意味着什么呢？我越发觉得这次的任务不会是那么简单，甚至透着一股邪气。看来蓝月似乎知道某些秘密，她本该对我讲出来的，但她显然顾虑着什么。

　　戈尔在一旁很焦急地来回走动，并不时催促着蓝月。看起来他已经没有了当初的雄心。不过这时我反而没有了一点儿轻看他的念头，我知道像他这样经历过残酷战争洗礼的人都不是胆小鬼，他们并不害怕危险，但我们现在面对的仿佛是某种超自然的东西，而这正好戳中戈尔这种人的弱点。

"你们能快点儿吗？"戈尔大声说道，"这里我是一分钟都不想待下去了。"

蓝月从沉思中惊醒过来，她对戈尔说："我正在复制系统瘫痪前的数据记录，以便带回基地进行技术分析。现在我同何夕要到机房背后的区域看看，等复制完成后你带上磁带与我们会合。"

机房背后和管理中心的其他地方一样也是堆满了收割机之类的机械。不知怎的，先前那种奇怪的感觉又来了。我不由得放慢了脚步。

蓝月幽幽地看了我一眼："你也感觉到了？"

蓝月指着那种似乎叫什么"采集者"的机械说："你看它跟我们最初见到的那一台有什么不一样？"

我立刻就明白是什么东西一直让我感到不安了。眼前的这台"采集者"在外形上和最初的那台没有什么不同，但在体积上却要大得多，足有6米多高。我这才回想起来，一路走来见到的"采集者"的确是越来越高大。我走近这台庞然大物，它的标牌上写着"采集者4107型"，从型号序列上看，它是比"294型"更新的产品。我有些不解地望着蓝月，她对此却是一副仿佛有所预料的样子。我想开口问她这是怎么回事，但她那副拒人于千里之外的神情让我打消了这个念头。

蓝月突然停了下来，像是被什么东西击中了般僵立不动了。

"怎么了？你……"我开口问道，但我立刻就知道是怎么回事了，因为我也看见了那个耸入云天的东西——"采集者27999型"。如果说世界上真有什么东西能称得上巨无霸的话，我看也就是它了。相形之下"采集者4107型"只能算是小不点儿了。尽管我一再提醒自己这个足有20米高的大家伙其实根本动不了，但是我仍然不由自主地颤抖。按照蓝月的分析，它应该是一种捕捉牲畜的机械，可那会是一种什么样的牲畜啊？一时间我的背上冷汗涔涔。

这时我们听到了戈尔的呼喊声，他已经复制完了数据。蓝月拉了一下仍在发呆的我说："走吧，我们先返回基地再说。"

四

返程的路在我的感觉中比实际的要长得多，我想在蓝月和戈尔的心中一定也有这样的感受。有几次我们都听到一些奇怪的响声从周围的农作物丛林中传来，以至于我们3个人都曾开枪射击。当然，除了在玉米树的茎上穿出几个洞来之外，这样做没有别的任何效果。开始我们还保持着合适的速度，到后来尽管我不愿承认但我们已的确是在狂奔。就在我感到自己已经快要崩溃的时候，我们终于远远地看到了密码门。

"别忙。"蓝月拦住就要进入出口的我和戈尔，"我们应该再和另外4个组联系一下，一旦我们出去就再也和他们联系不上了。大家是队友，说不定他们需要帮助。"

戈尔咻咻地喘着气，看上去他是累坏了："那可不成，这个鬼地方我一秒也不想待了。我只想早点儿出去。"

蓝月咬住下唇，漆黑的眸子看着我。我有些慌张地低下了头。说实话，戈尔说的正是我的意思，也许我比他还要急着出去。

戈尔大声对蓝月说："这是关系到我们3个人的事情。现在我们两个打平，就看何夕的那一票了。"

我沉默了几秒，感觉快要虚脱了。但最终我还是说："就等一会儿吧。"

蓝月感激地看了我一眼，没有说什么。她发出了联系信号，并把重复发送时间的间隔定为40秒。"我们等30分钟，看看有没有回应。"

我在蓝月的旁边坐下，默默地看着她。过了一会儿她不自在地回过头来问道："你干吗这样看着我？"

"为什么不把你知道的事情告诉我们？这不公平。"我尽量使自己语气平静。

蓝月的脸上微微一红："你在说什么？我不太明白。"她的态度激怒了我，我有些失控地大声吼道："你一开始就瞒着我们很多事！你根本就知道这是个什么地方，你也知道这里发生了什么事，你为什么不对我们讲明呢？难道我们出生入死却无权知道一点点真相？"

戈尔走过来，他无疑是站在我这一边。我们两个人直勾勾地瞪着蓝月。

蓝月怔怔地盯着远方，似乎对我的话充耳不闻。良久之后她才轻轻地叹出一口气说："我并不是存心欺骗你们，从西麦农场开始运转以来，从没有人进来过。我也是到了这里之后才明白了许多事情的。而在此之前我并不像你们认为的那样知道所有事情的前因后果。既然你们那么想知道真相，那我就把自己知道的全说出来吧。反正一旦回到基地你们马上就会想清楚是怎么回事的。这件事情的源头要从 32 年前说起，当时我父亲取得了他毕生最大的研究成果。在那一年他发现了'时间尺度守恒原理'。这个名字听起来复杂，其实意思很简单。根据这个原理，只要不违背守恒性原则，人们可以改变某个指定区间内的时间快慢程度。举例来说，人们可以使包含一定数量物质的某个区间的时间进度变为原先的两倍，与此同时将包含同样数量物质的另一个区间的时间进度减为原先的二分之一。"

我倒吸了一口凉气："你是说西麦农场正是一块被改变了的时区？"

"准确地说是一块被加快了的时区。"蓝月纠正道，"从我们进入西麦农场算起已经过了 5 个小时，可是等到我们返回基地时你们会发现，时间停留在了 5 个小时之前。送别的人群还在那里，在他们看来我们只是刚走进传送门就立刻出来了。这 5 个小时只是对我们才有意义。就算我们在西麦农场过上几十年甚至老死在这里，对他们来说也不过是过去了 10 多个小时。还记得在机房里我念到的那个'917402 年'吗？对人类来说，西麦农场是在 20 多年前修建的，但对西麦农场而言，它已经春播秋收了 90 多万年，也就是说西麦农场的时间进度是正常世界的 4 万多倍。西麦农场里的一年差不多只相当于正常时区里的 10 多分钟，所以在我们的世界里会觉得西麦农场总是按照这个时间周期循环输出产品。你们无法体会我见到机房里那个时间时的惊心动魄的感受。正是西麦农场 90 多万年的生产保证了地球上 300 亿人这 20 多年来富足的生活。"蓝月说着转头看着戈尔，"你好像说过，你有 9 个孩子。"

戈尔一愣："是啊，我带着他们的照片，你想不想看？"

"等等，"我打断了戈尔的话，"有一点我不太明白，既然是你父亲发现了这个原理，那为什么却是由西麦博士创建的农场？"

"这件事正是我父亲心中的一个结。当年他刚一发现这个原理，便立刻意识到它在解决食物能源等问题上有应用前景，但几乎就在同时他意识到了另一个问题，一个称得上可怕的问题。想想看，我们人类其实也是从低等生物逐步进化而来的，如果我们把那些暂时比人类低等的生物放进一个比我们快了许多倍的时区……"蓝月不再往下说，也许她也知道根本不用再说了，因为我们已经见到了后果。

"所以我父亲忍痛放弃了他毕生为之奋斗的成果，对整个世界秘而不宣。但他没想到的是，他最得意的学生和助手却背叛了他。"

"你是说西麦博士？"

"就是西麦，"蓝月苦笑，"他创建了与外界隔绝的西麦农场，用高度聚集的太阳光束作为农场的能源。老实说，西麦也是少有的天才。从'时间尺度守恒原理'到西麦农场之间其实还有不短的距离，就好比从爱因斯坦的质能方程到核聚变发电站之间还有莫大的距离一样。等到我父亲发现时，一切都来不及了，西麦已经成了人类的英雄。我父亲唯一能做的事就是尽可能地避免他所担心的事情发生。可是这一切还是发生了。"

"为什么没有早一点儿发现问题？"我有些多余地问道。

"刚开始时西麦农场的时间只是比正常时间快两倍左右，但是人们很快就不满足了，他们不断提出要过更高水平生活的要求，于是西麦加快了农场的时间。但是人类的要求越来越高，以至于后来成了以需定产，人们只管对西麦农场下达产出计划，由农场的计算机自行安排时间速度，最终导致一切失去了控制。没有谁愿意到西麦农场工作，因为这实际上意味着和亲人的永别，所以人们将一切都交给计算机来管理。你们也看到那些机械了，它们都是农场的计算机根据需要自行设计的，单凭机械的升级换代速度你们就能想象得出农场里的生物进化得有多快。如果你有一种办法能站在正常的时区里观察西麦农场，你将会看到怎样的一幅图像呢？"

蓝月没有再往下说，她的目光有些迷离了。其实根本用不着她来描述，因为我想象得出那是怎样一幅可怕的情景：白天与黑夜飞快更替以至于天空像是灰色，人造太阳在空中飞快地划出道道连续不断的亮线。风雨雷电、云来雾去等自然景观走马灯似的频繁出现，永无终结。植物像是慢录快放的电影般疯长和枯黄，看起来就像是动物一样，而那些真正的动物则如同跳蚤一样来来去去，所有的生物都在以成千上万倍于人类进化的速度生长、繁殖、遗传、变异。死亡以不可想象的速度追逐着生命，同时又被新的生命追逐，造物主在这加速的实验室里孜孜不倦地验证着生命最大限度的可能性……

良久都没有人说话，我只感到阵阵头晕。蓝月描绘的情景让我不寒而栗。戈尔的情况也不比我好多少，他无力地瘫坐在地，身体仿佛虚脱了一样。

蓝月看了一下时间说："30分钟已经到了，我们回基地吧。不过我们今天的谈话内容一定要保密。"

就在蓝月低头去取通信仪的时候，戈尔突然跳了起来，他的目光"钉"在了我身后。与此同时，我看到自己脚下出现了一片巨大的阴影。我马上明白发生了什么事。几乎是在本能的驱使下，我立刻把蓝月扑倒在地并一同向旁边滚去，手中也已多出了一把激光枪。但戈尔先开火了，我听到了一声令人肝胆俱裂的喊叫，就像是由千万只野兽一起发出的声音。等到我回过头去的时候，只看到一片犹自摇摆不定，被践踏得狼藉不堪的玉米林，而我和蓝月刚才所在的地方则留下了几道深达1尺的爪痕。

戈尔的眼睛瞪得很大，仿佛要从眼眶里掉落出来，地上血迹斑斑。我默默地走过去把耳朵贴在他仍在嚅动的嘴唇上，想听清他在说些什么。许久之后我抬起头来，用手合上了戈尔那双不肯闭上的眼睛。

"他说什么？"蓝月脸色苍白地问我，"他看到了什么？"

"他一直在重复着两个字，"我低低地说，"妖兽。"

五

我有两天没有见到蓝月了，作为此次行动唯有的两名生还者，我们一回到基地就被分开了，然后便是无休止的情况汇报。我的头上被接上了各式各样的仪器设备，以帮助我回忆那段经历，由此整理出的一切材料会直接报送给西麦博士本人审阅。我当然不会违背我和蓝月的约定，从我的嘴里谁也套不出我们之间的那段谈话。这两天，蓝月的样子时不时地在我眼前晃来晃去，她的眉宇和长发，她的声音，还有她若有所思的神情。尽管我不愿承认，但是我内心有一个快乐的小声音在执着地追问：你是不是喜欢上她了？有时候这句话甚至通过我的口突然地冒出来，吓了自己一跳。

今天看起来比较清静，都过了 10 点了还没有什么人来烦我。我当然不会让时间白白流逝，和往常一样我无论如何都要干些有意义的事情，也就是说接着想蓝月：想她现在在干吗，吃了没有呀，吃的什么呀，还想象她如果穿上普通女孩的衣服会是什么样子……如果没人打搅的话，我可以这么神神乎乎地想上一整天，我到现在才发现，男人婆婆妈妈起来也是蛮了得的。不过今天我刚神游了几分钟就被拉回了现实，蓝月一身戎装地出现在了我的面前。我得出的唯一结论就是她不是走正规渠道来的，因为随后我便看到负责看管我的几个人全都很无奈地躺在了外面房间的地板上。

"等等。"我用力挣脱蓝月拉着我一路狂奔的手，"我不能就这样不明不白地跟着你逃走。"

蓝月也停下脚步，她的脸上因为奔跑而泛起红晕："你太天真了。西麦是因为西麦农场而成为人类英雄的，难道他会让你揭露其中的隐情？你还不知道，为了巩固自己的地位，西麦正在筹划再建一个新的农场。"

"那原先那个农场怎么办？尽管密码门暂时把农场和我们的世界隔开，但如果那种……东西……再进化下去，密码门迟早会被突破的。现在西麦博士去创建的新农场，岂不是在几十年后又和今天的西麦农场一样？"

蓝月含有深意地笑了笑："如果西麦还是一个科学家的话，他肯定也会这么想，可是他现在已经是一个政治家了。西麦农场是他全部的资本，他如果放弃马上就会一文不名。"

"如果能够做到这一点，我父亲当年就不用保守秘密了。"蓝月冷冷地说，"我们还是快走吧，车就在前面。我父亲在一个安全的地方等我们。"

……

蓝江水教授比我上回见到他时又瘦了一些，一见面他就握住了我的手："听蓝月说你救过她一命，真谢谢你。"

蓝月飞快地看了我一眼，脸上微微一红："谁说的，当时我自己已经发现危险了，他只是看起来像是救了我一命而已。"

蓝江水正色道："受人之恩不可忘，还不过来谢谢人家。"

我自然连声推辞，同时把话题转到我向蓝月提的那个问题上去。

蓝江水一怔，他没有立即回答我，而是点起一支烟来。我注意到他的手有些发抖。"和现在相比，我年轻的时候对许多问题的看法都很不一样。简单点儿说，我那时在对待科学的态度上是非常乐观的，我相信科学能最终解决人类面临的所有问题。同时我还认为，就算科学的发展带来了一些负面影响，那也不过是暂时的，而且随着科学的进一步发展，这些负面问题都会由科学自身来圆满解决。可是在几十年后的今天，我却再也无法这么乐观了。"

"为什么？"

"到现在我仍然认为，所谓科学研究其实就是不断揭示自然的谜底。我常常在想，造物主为何要把它的谜底深深地埋藏起来？核聚变为何必须在几百万摄氏度的高温下才能发生？微观粒子为何必须在几千万亿电子伏特的能量撞击下才向人类展现其内部结构？反物质又为何要在极其苛刻的条件下才能产生？不过我现在已经想清楚了，或者说我认为已经想清楚了这个问题。你可以设想一下，如果上述这些反应能在很'常规'的条件下发生，那么在石器时代或是青铜时代的人类，甚至远古的一只玩火的猿猴，都可能已经把这个世界毁灭了。即便是现在，又有谁敢保证人类有绝对的把握可以万无一失地操纵一切呢？"

我有点儿明白他的意思了，但我还是问道："那个'时间尺度守恒原理'也是这样的谜底之一？"

"好久没听到这个名词了，是蓝月对你讲的吧。世界上知道这一原理的人不超过十个，而真正掌握它的核心内容的人就只有我和西麦。西麦农场里发生的事情是无法逆转的，它的时间可以继续被加快却再也无法被减慢，而与之对应的那块时区的情形则正好相反。"蓝江水的脸上不自觉地抽搐了一下，他猛吸一口烟，氤氲的烟雾中他的脸变得模糊不清，"对一个从事科学研究的人来说，如果一生中都没有成果，那确实是一件很痛苦的事，但最痛苦的却不止于此。就好像一个农艺师辛勤一生才培养出新的作物品种，却发现它的果实虽然芬芳可口但包含剧毒。我当时就是那种心情。后来的事你都知道了。直到今天我有时仍然忍不住问自己在这个问题上到底后不后悔，让我感到欣慰的是，在多数情况下我都发自内心地回答：'不。'"

"那我们现在应该怎么办？"

蓝江水灭掉香烟说："我要去和西麦谈一谈。"蓝月叫起来："不行，西麦是不会回心转意的，他已经不是科学家了！"

蓝江水笑了笑，脸上的皱纹使他看上去比实际年龄要老得多："要是我说在这个世界上最理解西麦的人其实是我，你们一定不会相信。"

"我当然不相信。"我大声说道，"你和他完全不同。"

"可事实上我的确理解他。"蓝江水幽幽地说，"因为我自己知道我只是差一点点就成了西麦。放心吧，我不会有事的。这件事已经拖了20多年了，现在到了必须解决的时候了。"

"那我们该做些什么？"我追问道。

"你们唯一能做也是必须去做的一件事就是——回西麦农场。"蓝江水无比肯定地说。

六

我做梦也想不到自己在两天后居然有胆量回到西麦农场。说实话我不能算是有英雄气概的人，但正如蓝江水教授所言，除此之外我们别无选择。

临行前，蓝江水对我和蓝月说："西麦农场里的某种生物显然已经进化到了惊人的地步，根据上次从'采集者'身上提取的部分组织标本做的分析来看，这种生物的智慧水平已和人类不相上下，更不用说它还有着那样强大的自然力量。如果现在不把问题解决的话，那么恐怕过不了多久人类的末日就会来临。"

现在我们又置身于西麦农场了。正常时区里的两天在西麦农场里相当于200年。看着四周那片我们曾在200年前出没过的丛林地带，我心中涌起了一种无法言表的感受。"沧海桑田"这个词在这里找到了最好的注释。由于缺乏管理，当年的农作物大部分都已消失，把土地让位给生命力更为强大的高达数米的野草。物竞天择的理论在这片土地上充分显示了自己的力量。

我们这次回西麦农场的目的很简单。蓝月对上次复制的系统数据进行了分析，证实了西麦农场计算机系统的能源供给部分曾经遭到了某种生物的恶意破坏，很可能就是那种妖兽。仅凭这一点就足以见得它们已经具有了多么发达的智慧。

我们在这次行动中计划修复系统，以便利用西麦农场里的这些超级机械来对付那些我们至今都不知道长什么样子的可怕的东西。由于有过惨痛的教训，这次我和蓝月的防护措施要严密很多。但即便如此我的心里仍然忐忑不安，不知道蓝月的感受会不会比我好点儿。

去管理中心的这段路上虽然有过几场虚惊，但总算没出什么事。我们见到了不少已经变得有点儿不一样了的牛羊之类的牲畜，经过 200 多年不受管理的自由生长之后，它们显然应该算是野兽了。这些家伙不时急匆匆地从我们附近跑过，一副警惕性很高的样子。在任何一个生态系统里，位于食物链顶端的只会有一种生物，看来它们也不过是妖兽的美食而已。

现在蓝月已经坐在管理中心的电脑前开始修复系统。一切都还比较顺利，太阳能电站首先开始了工作，紧接着管理中心的照明也恢复了。从外面不断传来机器启动的声音，大屏幕红外遥感监视器上显示出了西麦农场的全图，上面一个个移动的黄色亮点表示机器都动起来了。蓝月得意地冲我一笑，竟然美得让人头晕。

这时突然传来一阵号叫，正是那种让我一想起来就要发抖的声音，蓝月的脸色也是倏地一变。从声音判断，妖兽离我们不会超过 100 米。

"快，下达采集命令！"我大声喊道。

"我正在找命令菜单项，正在找……"蓝月急速地操作着。

大地开始剧烈地颠簸，让人几乎站不稳。在这样的情况下电脑很容易损坏，如果在更大的麻烦发生之前不把采集命令发出去的话就来不及了。我大声催促着蓝月，由于过度紧张，我的声音有些变调。

"我正在找。"蓝月艰难地回应，她的语气像是在哭，"……找到了，我……"

一阵更大的颠簸袭来，我和蓝月被掀翻在地。与此同时机房的房顶被揭掉了，然后我们就看见了那种足有 15 米高的东西，我想那就是妖兽了。我看不出它是由哪种生物进化而来的，只看得出它是四肢动物，分化出前肢和一对用于行走的后肢。它的前肢显得很灵活，长着黑色的利爪，后足肌肉十分发达，有 6 米多长。它的脖子长度超过 1 米，上面支撑着一颗硕大无朋的头颅，咧开的嘴里露出尖利的牙齿，看得出来这是它强大的武器。黏糊糊的涎水从它口中滴落下来，散发出腐臭难闻的气味。这时候我看到了它的眼睛。在我看到它巨大的头颅时，我还不敢相信它是一种高级智慧生物，但当我看到它的眼睛时我相信了这一点。我和它对视着，我看到它眼睛里有着藐视的意味，是那种居高临下的洞悉了对手全部心思的目光。这是唯有智慧生物才具有的目光。巨大的震撼之下我无法准确描述自己此时的感受。我想我的第一个也是唯一的感觉就是它太强大了，在它面前我们简直弱小得可笑，就像是两只蚂蚁。我甚至没有了一丝拔枪的念头，因为我知道那根本不会有什么用。

蓝月突然转身抱住了我，我感到她的脸上满是泪水。她的这

个表明心迹的举动让我感动不已，巨大的幸福充斥了我的胸腔。一时间我几乎忘记了死神就在眼前，或者说我的眼中已经看不到死神了。不过我仍旧无法抑制地流出了眼泪，并不是因为我就要死去，而是因为我的族类将要面临的灾难。我从来都不认为自己是一个高尚的人，但我相信任何一个人处于我现在的境地时，都会流出意义相同的泪水。相对于整个物种而言，个体生命的命运其实是微不足道的。这时候妖兽缓缓举起了它的右前肢，然后以无法用语言形容的速度向我们劈了下来。风声凄厉。

……

但奇迹出现了，一台"采集者4107型"冲了过来，看来蓝月在最后的时刻点中了命令。它显然不是妖兽的对手，只两三个回合就变成了一堆废铁。不过这点儿时间已经足以让我和蓝月脱离险境了。我们一路飞奔，四周传来阵阵令人毛骨悚然的号叫。

西麦农场变成了战场和屠杀场，这是无生命的"采集者"和有生命的妖兽之间的战争。机器的爆炸声和妖兽的号叫声交织在一起，火光与血光纠缠在一起。妖兽张开巨口撕扯着"采集者"的合金身躯，如同撕扯着一张薄纸。除了"采集者27999型"外，妖兽显然没有任何对手。

"采集者27999型"的轰鸣声震耳欲聋，而每当它的锯齿间突然拉出一道蓝白色的弧光时，天空中就会响起让大地也战栗不已的一声霹雳，与之同时传来的血肉被烧焦的气味令人恨不得把胆汁也吐个干净。相形之下，"采集者27999型"比妖兽要残酷得多，因为它是一种收获并加工肉类食品的联合机器。每当一只妖兽被击倒后，"采集者27999型"就会启动整套加工程序。

　　我和蓝月一路奔跑着朝密码门的方向逃去，随身带着的与管理中心无线联网的便携式电脑不断显示着这场战争进行的状况。代表"采集者"的黄色亮点和代表妖兽的红色亮点都在急速地减少着。我焦急地关注着力量对比的变化。有几次"采集者"明显占据了优势，但很快又被超出。我在心里为"采集者"加油。我不敢想象"采集者"输了这场战争会是什么样的结果，我也不敢想象那些嗜血的妖兽又会怎样对待我们的世界。红色的亮点逐渐占据了优势，黄色的亮点一个个地熄灭，我的心向着深渊沉落。最后，有 6 个红色的亮点留了下来，那是 6 只妖兽。

　　我无意识地回头看着蓝月，她的眸子一片死灰。我有些歇斯底里地说："它们都是雄性，要不就都是雌性！一定是这样的，一定是的！上帝会保佑人类的！"我无法自制地重复着这几句话，就像在念着一种维系着唯一希望的咒语。

　　蓝月苦笑："妖兽也有它们自己的上帝。6 只妖兽全为同一性别的概率实在太小，但愿我们能活着逃出去报信，除了原子武器，恐怕没有什么能消灭它们了。"

　　我绝望地摇头："人类准备好核进攻起码还要一段时间，要知道正常世界里的一天在西麦农场里就是 100 多年，到时候妖兽的数量还不知道会有多么庞大。而且在西麦农场这么广大的范围内使用核武器，就算能消灭妖兽，接下来持续数年的核冬天也会让人类付出无比惨重的代价。"

　　蓝月沉默半晌："那我还是和你一样祈求上帝吧，这是我们唯一能做的事。"蓝月做了个祈祷的姿势。这时她突然想起了什么似的指着屏幕说："这 6 个红点一直待在原地不动，会不会是受了伤？"

　　我观察了一下，然后抽出激光枪说："走吧，不管怎样先去看看再说。"……当我们穿过荒凉区域来到南部的一片开阔地带时，眼前的景象让我们不禁大吃一惊。很明显，我们已经置身于某个雏形初具的城市中：整齐的洞穴，完备的供水系统，储备了大量食物的仓库，用于聚会的广场……看来，妖兽们已经具备了自己的社会系统，它们和人类社会已经没有质的差距而只有量的差距了。

　　在城市角落里的一个洞穴中，我们发现了我们要找的东西。直到现在我才明白为什么在红外显影图像里它们会待在原地不动，因为它们是 6 只幼兽。一只身躯庞大的妖兽倒毙在不远处，嘴里犹自撕扯着一台"采集者 27999 型"的躯壳，看得出它是为了保护这几只幼兽而流尽了最后一滴血。6 只幼兽显然不明白发生了什么事情，它们也许只是感觉很久没有得到父母的哺喂了，焦急地在洞穴里嘶叫着。看到我和蓝月，它们并没有显出害怕，相反还很卖力地围拢来，把头往我们的身上蹭，讨好而焦急地发出索取食物的声音。

　　"四雌两雄。"蓝月简单地说道，然后回过头来看着我，一语不发。

　　我知道蓝月的意思，实际上我也正陷于一种不得不决断的境地中。说实话，我现在很难把眼前这 6 只嗷嗷待哺的幼崽与那些嗜血的妖兽联系起来，尤其是它们把毛茸茸的头蹭到我的脚踝上的时候。这种感觉很奇特，即使是狮虎等猛兽的幼崽也是惹人爱怜的。但是我的内心有一个清晰的声音在大声地说：它们是妖兽，它们是人类的死敌，它们必须死——尽管它们的产生根本就是由人类一手造成的。

"让我来吧，如果你不想看的话就去看看风景。"我轻声对蓝月说。然后我抽出枪，依次对准每只幼兽的额头扣下了扳机。它们至死都以为我是同它们逗着玩。

一切终于都结束了。现在我站在山坡上有些后怕地环视着四周，仍不敢相信我们居然完成了这个几乎不可能完成的任务。空气中的血腥味正在消散，黄昏的原野上拂过阵阵清风，人造太阳正朝着地平线上连绵的草浪里滑落，那些无害的小兽们出没其间。我仿佛第一次意识到，西麦农场也具有和普通农场一样的田园风光。想到我和蓝月即将离开这里永不再来，我心中居然有些不舍。我转头望着蓝月，她也同我一样眺望着四周，若有所思。

"你在想什么？"我低声问道，"是你父亲的事？"

蓝月没有回答我，她转过身去："走吧，回我们的世界去，感谢上帝，这个地方我们再也不用来了。"

不久以后我便发现蓝月和我都错了，西麦农场其实是一个幽灵，从一开始它就用无比强大的力量给我们织了一张密密的网，我们注定生生世世都无法逃脱了。

七

我们在西麦农场的这场十多个小时的历险只不过是正常世界里的一秒钟，这样的反差总让人感觉是在做梦。当然，如果梦中总是有蓝月的话，我倒是无所谓要不要醒来。想到这一点时我不禁朝蓝月咧嘴一笑，却发现她的目光里也闪现着同样的意思——这就是所谓的心有灵犀吧？我喜欢这样的感觉。

"我们去哪儿？"我问蓝月，这段时间以来我已经习惯了由她拿主意。

"去找西麦。"蓝月似乎早有安排，她的语气中有隐隐的担心，"不知道我父亲和他谈得怎么样了。"

……

西麦在基地里的官邸戒备森严，我和蓝月这样优秀的特警也费了不小的劲儿才潜入。幸好只要过了门口的几关，我们就没有什么障碍了——有谁愿意像在牢笼里一样地生活呢？

"快过来。"是蓝月的声音。我飞奔过去，在会客室的角落里我看到了倒在血泊中的蓝江水和西麦。蓝江水的手中拿着一支老式的枪，显然他是在射杀了西麦后自杀的。

在蓝月连声的呼唤之后，蓝江水的眼睛缓缓睁开，他嗫嚅着问道："他死了吗？"

我过去查看西麦的情况，他的瞳孔已经放大，平时充满睿智的眼睛看上去有些怕人。然后我又退回来对蓝江水说："他死了。"

一丝很复杂的表情在蓝江水脸上浮现出来，他足足沉默了一分多钟。但他最后还是露出了高兴的神色说道："那就好，这个世界上掌握'时间尺度守恒原理'的两个人终于都要死了。我本来只是想劝他放弃重建西麦农场的念头，可是他不同意，我没有办法只好这样做。我了解西麦，他并不是一个坏人，在整个事件里他并没有多少错。要说有错的话，也只是因为他顺从了人类的需求。实际上，在我所有的学生里他是最让我得意的一个。西麦只比我小5岁，更多的时候我都只当他是我的助手而不是学生。"蓝江水一边说着一边伸出手去拽住西麦已经冰凉的手，有些痛惜地摩挲着，"现在我们俩一同死去倒也是不错的归宿，也许在九泉之下我们还能续上师生的缘分，还能……在一起做实验。"

蓝月痛哭出声："你不会死的，我们想办法救你。"

蓝江水的目光渐渐发散："我自少年时便许身科学，以求造福人类，没想到我这辈子对人类最后的馈赠竟然是亲手毁去自己的成果。其实我到现在也不敢确定自己做对了没有，我只能说我也许避免了更大的浩劫发生。没有了西麦农场，地球上的300亿人会在几个月内以最悲惨的方式死去一大半，看来面对他们，我的灵魂是永远都得不到安宁了……"

蓝江水的声音越来越低，两滴浑浊的泪珠自他苍老的眼角缓缓滑下，最后融入了脚下这片他深爱的曾经掩埋过无数像他一样的默默无闻者的土地。

逝者已矣。

只过了几天的时间我便意识到蓝江水临死前所预见的是一幅多么可怕的场景。储备的食物很快告急，这颗星球上自从人类诞生以来最可怕的饥荒开始了。300亿张嘴大张着，就像是无数个黑洞。政府下令大规模地退耕还田，但这对大多数人来说肯定是来不及了。养尊处优的人们在灾难到来时尤其脆弱，大规模的死亡场面就要出现了。过不了多久，这颗星球的每个角落都将堆满人类的尸体，那是一幅何等恐怖的场景啊！不过我毫不怀疑我和蓝月挺过这场灾难的能力，因为我们是训练有素的特警，生存能力远胜于常人。随着人口的减少，粮食的压力将逐渐得到缓解。只要熬过了最困难的时期，一切都会好转的。世界一片混乱，我和蓝月在这颗饥饿的星球上四处流浪。

"我快要疯了。"蓝月痛苦地伏在我的肩头，由于营养不良和精神上所承受的巨大压力，她瘦了许多，"这一切真是我父亲造成的吗？"

我安慰地拍着她的背："这不是他的错。这是人类向自然界索取所付出的代价。这样的索取自古以来就没有停止过，而到了创建西麦农场这一步则更是在向自然界的未来索取，人们索取的是大自然根本就给不起的东西。如果没有西麦农场，世界上根本就不会有这么多人。现在死于饥荒和将来死于妖兽是两枚滋味相同的苦果，人类必须咽下其中的一枚。"

说到这儿我突然愣住了，我朝远方大张着嘴却说不出话。蓝月用了很大劲儿才让我回过神来，她快吓哭了。

"你怎么啦？"蓝月有些害怕地抚着我的脸。

我艰难地笑了笑："我想起一件事。看来才过了十多天我们又要旧地重游了。"

八

1 000年过去了，西麦农场里一片蛮荒景象："采集者"不锈的身躯依然伟岸地耸立天宇，妖兽的残骸都已荡然无存，而当年埋骨于此的队友们却音容宛在。想到差不多1 200年前我和蓝月在这片诡异的土地上由相识到相知，以及1 000年前那场惨烈绝伦的决定人类命运的大战役，我不禁有种恍如隔世的感觉。我甚至怀疑那些都只是梦中的场景，但此刻掌中所握的蓝月的纤纤小手又肯定地告诉我，这一切都是真实发生过的故事。

是的，我们又回来了，而且这一次我们将不再离去。我和蓝月正在写一封信，再过一会儿等我们将这封信通过密码门发出去之后，我们将永久性地毁掉这个唯一的出口。在这封信里，我们把关于西麦农场的所有事都向世人做了说明，而蓝江水和西麦这两位天才之间的是非恩怨恐怕也只能任由世人去评说了。

我们并不清楚会有多少人看到这封信，更不知道会有多少人能理解我们的行为。今天我们回到西麦农场其实是迫不得已的事情，妖兽虽然不存在了，但这只是暂时的。在一个比人类世界的时间快了 4 万多倍的时区里，任何事情都可能发生。按照严肃的进化观点，在现在西麦农场里的这些无害的动物甚至植物中，最终肯定会产生出比人类高级得多的生物，人类将永远不会是它们的对手。不要让我相信不同智慧生物之间和睦相处的神话，就算可能那也不过是因为高一级生物的施舍，就好比我们人类也为别的生物建造国家公园一样。而将来最大的可能却是西麦农场里的这些生物会在某个时刻冲出西麦农场，给人类带来真正的灭顶之灾。如果那一天成为现实，先父蓝江水先生的灵魂将永堕地狱的底层。

所以我们决定回到西麦农场，最起码我们现在还是西麦农场里最高级的生物。我们将活在这个时区里，以和这里所有生物一样的节拍进化。如果不出现大的意外，我们和我们的子孙将继续或者说一直保持进化上的优势（但愿我们的这种乐观估计是正确的）。凭借这种优势，我们就能为人类守护西麦农场这块脱缰的土地。我们多灾多难的家园是那样美丽，让人留恋万分，想到就要与之永别，我们潸然泪下。现在我们最想问的一句话就是：这一切到底为何要发生？难道人类对自然的索求真的是永无止境？

　　也许过不了多久（相对于你们的时间感来说），我们这一族将进化成某种和人类大相径庭的生物，甚至当有朝一日相逢时，你们根本就认不出我们曾经是人类，谁知道造物主会怎样安排呢？但是请相信，我们的心是永远和人类一起跳动的。而且我们要把这颗心代代传给我们的后人，要让他们和我们一样永远记住自己的根。

林川、蓝月绝笔于西麦农场

时历 918653 年 12 月 7 日

·思想实验室

　　1. 蓝江水教授和西麦博士都掌握时间尺度守恒原理的核心内容，西麦博士利用这一科学成果建立了西麦农场，以顺从人类需求，而蓝江水教授却最终亲手毁掉了自己的成果。如果你也掌握了时间尺度守恒原理核心内容，会利用这一成果解决世界 300 亿人口的粮食问题吗？为什么？

　　2. 林川和蓝月为了不让人类失去进化优势，二人第三次回到西麦农场，毁掉通往外界的密码门，永久留在西麦农场中，同这里的生物按同样的节拍进化。面对灾难，"相对于整个物种而言，个体生命的命运其实是微不足道的"。你如何评价主人公英雄主义的悲剧结局？

3.宇宙只有一个地球，人类共有一个家园。人口承载力本身是客观存在的，人类生存必需且不可替代的资源是有限的，地球当今人口大约80亿，随着人口的持续增长，水资源短缺、土地资源有限等各种问题会加剧。科学技术的发展能解决人类社会遇到的这些问题吗？面对科学发展的同时带来的负面影响，我们应该如何做出选择呢？

地球大炮

刘慈欣

数百万年前，人类的足迹第一次出现在了这颗星球上。从茹毛饮血到建立起辉煌灿烂的文明，人类走过了一条漫长坎坷的探索、进化之路，文明的每一步都付出过沉重的代价。如果有一天地球资源枯竭了，文明还能延续下去吗？《地球大炮》就讲述了这样一个宏大的故事：一位毁誉参半的天才、一个不可思议的工程、一系列恐怖的灾难、一场跨越三个时代的跋涉……这些共同汇聚成人类与命运抗争的壮烈史诗。在资源枯竭的未来，各国对南极资源的争夺异常激烈。科学家沈华北在执行任务时，私自做了一个大胆的试验。没想到就是这个试验，改变了他8岁的儿子沈渊的一生，也彻底改变了人类文明的走向……74年后，当因病冬眠的沈华北再次苏醒时，世界已是满目疮痍，沈渊竟成了世人眼中的"罪魁祸首"。过去的74年中究竟发生了什么？沈渊一手缔造的"南极庭院"工程为何会从最初的全民热捧，沦落到了最后的臭名昭著？"南极庭院"工程与"地球大炮"又有怎样的关联？故事的结局一定会超乎你的想象。

这篇小说想象大胆，构思独特，扣人心弦，估计不少读者是悬着一颗心，一口气读完整个故事的。小说延续了刘慈欣的硬科幻风格，在尊重科学事实的基础上去推衍最大胆的想象，进行真正的"思想实验"。小说对地下环境的描绘由一个个严谨而宏大的科学细节搭建而成,对"南极庭院"工程的描述也细致周密,令人深信不疑。除了有扎实的科学基础外,刘慈欣是讲故事的高手。他借助时间跳跃、密集叙事和设置悬念这三大技巧,将延续了120多年的复杂故事讲得引人入胜、荡气回肠。小说的线索人物沈华北,借两次冬眠见证了人类三个时代的科技和观念的变迁。他的每次冬眠都超过半个世纪,这种大幅的时间跳跃给读者带来了巨大的冲击感。此外,小说借邓洋之口,将70年的复杂往事压缩在沈华北42分钟的下坠中讲完,在短时间内揭开大量谜团,这种情节密集的叙事方式令人目不暇接。最后,在故事铺展的过程中,刘慈欣还不忘设置层层悬念。这些悬念像钩子一样钩住我们,一点点走向故事的终点。

刘慈欣的小说不仅有大胆的科学推想,还蕴含着深刻的人文思考。如果你读过《带上她的眼睛》,会发现那个被封闭在地心的勇敢坚强的领航员,就是沈渊的女儿沈静。她执行的正是"南极庭院"工程的勘测任务。可以说这个工程凝结了沈华北、沈渊和沈静三代人的心血,他们不同程度地为之献身,闪耀着人类勇气的光辉。事实上,刘慈欣的许多作品中都有"父子情结",其中寄寓的科学情怀的传承令人肃然起敬。然而,与沈渊对科学的绝对乐观和热忱不同,大众对科技发展的态度是怀疑和动摇的。以邓洋为代表的"受害者"渴望科学技术的进步,又惧怕为此付出难以承受的代价。这种矛盾的心理状态像极了我们每个普通人。在沈渊最后的生命中,他受尽世人的指责和唾弃,每天穿着密封服在地心隧道中来回坠落，向女儿发送着信息，没人知道他诉说了什么，直至他葬身在隧道里……这些细节反映出刘慈欣对人性弱点的反思。

读到这里，你也许会想：人类究竟该如何看待科技？在人类科技史上，的确发生过许多可怕的事故，可科技的发展恰恰是建立在残酷的失败和惨痛的代价之上的。有人认为科技给人类带来更多未知的危险，比如食品安全、核事故、基因编辑等。而刘慈欣却认为"阻止科学进步的脚步可能才是人类面对的最大威胁，比起探索，不探索的风险更大。"对此，你的看法又是什么呢？

·正文

随着各大陆资源的枯竭和环境的恶化，世界把目光投向南极洲。南美突然崛起的两大强国在世界政治格局中取得了与它们在足球场上同样的地位，使得南极条约成为一纸空文。但人类的理智在另一方面取得了胜利，全球彻底销毁核武器的最后进程开始了，随着全球无核化的实现，人类对南极大陆的争夺变得安全了一些。

新固态

走在这个巨洞中，沈华北如同置身于没有星光的夜空下的黑暗平原上。脚下，在核爆的高温中熔化的岩石已经冷却凝固，但仍有强劲的热力透过隔热靴底使脚板出汗。远处洞壁上还没有冷却的部分在黑暗中散发着幽幽的红光，如同这黑暗平原尽头的朦胧晨曦。沈华北的左边走着他的妻子赵文佳，前面是他们8岁的儿子沈渊，这孩子穿着笨重的防辐射服仍在蹦蹦跳跳。在他们周围，是联合国核查组的人员，他们密封服头盔上的头灯在黑暗中射出许多道长长的光柱。

全球核武器的最后销毁采用两种方式：拆卸和地下核爆炸。这是位于中国的地下爆炸销毁点之一。

核查组组长凯文斯基从后面赶上来，他的头灯在洞底投下前面

3人晃动的长影子，"沈博士，您怎么把一家子都带来了？这里可不是郊游的好去处。"

沈华北停下脚步，等着这位俄罗斯物理学家赶上来："我妻子是销毁行动指挥中心的地质工程师，至于儿子，我想他喜欢这种地方。"

"我们的儿子总是对怪异和极端的东西着迷。"赵文佳对丈夫说，透过防辐射面罩，沈华北看到了她脸上忧虑的表情。

小男孩儿在前面手舞足蹈地说："这个洞开始时才只有菜窖那么大点儿呢，两次就给炸成这么大了！想想原子弹的火球像个被埋在地下的娃娃，哭啊叫啊蹬啊踹啊，真的很有趣儿呢！"

沈华北和赵文佳交换了一下眼色，前者面露微笑，后者脸上的忧虑又加深了一些。

"孩子，这次是8个娃娃！"凯文斯基笑着对沈渊说，然后转向沈华北，"沈博士，这正是我现在想要同您谈的：这次销毁的是八颗巨浪型潜射导弹的弹头，每颗当量10万吨级，这8颗核弹放在一个架子上呈正立方体布置……"

"有什么问题吗？"

"起爆前我从监视器中清楚地看到，在这个由核弹头构成的立方体正中，还有一个白色的球体。"

沈华北再次停住脚步，看着凯文斯基说："博士，销毁条约虽然规定了向地下放的东西不能少于多少，但好像也没有禁止多放进去些什么。既然爆炸的当量用5种观测方式都核实无误，其他的事情应该是无所谓的。"

凯文斯基点点头："这正是我在爆炸后才提这个问题的原因，

只是出于好奇心。"

"我想您听说过'糖衣'吧。"

沈华北的话如同一句咒语，使这巨洞中的一切都僵滞不动了，所有的人都停下了脚步，指向各个方向的头灯光柱也都不再晃动了。由于谈话是通过防辐射服里的无线电对讲系统进行的，远处的人也都能清楚地听到沈华北的话。短暂的静默后，核查组的成员们从各个方向会聚过来，这些不同国籍的人大部分都是核武器研究领域的精英。

"那东西真的存在？"一个美国人盯着沈华北问，后者点点头。

裂变核弹的关键技术是向心压缩，核弹引爆时，裂变物质被包裹着它的常规炸药的爆炸力压缩成一个致密的球体，达到临界密度而引发剧烈的链式反应，产生核爆炸。这一切要在百万分之一秒内发生，对裂变物质的向心压缩必须极其精确，向心压力极微小的不平衡都可能在裂变物质还没有达到临界密度前将其炸散，那样的话，所发生的就只是一次普通的化学爆炸。自核武器诞生以来，研究者们用复杂的数学模型设计出各种形状的压缩炸药，近年来，又尝试用最新技术通过各种手段得到精确的向心压缩，"糖衣"就是这类技术设想中的一种。

"糖衣"是一种纳米材料，它用来在裂变弹中包裹核炸药，外面再包裹上一层常规炸药。"糖衣"具有自动平衡分配周围压应力的功能，即使外层炸药爆炸时产生的压应力不均匀，经过"糖衣"的应力平衡分配，它包裹的核炸药仍能得到精确的向心压缩。

沈华北说："你们看到的由8颗核弹头包围的那个白色球体，是用'糖衣'包裹的一种合金材料，它将在核爆中受到巨大的向心压力。这是我们计划在整个销毁过程中进行的一项研究，这毕竟这是一个难得的机，当核弹全部消失后，短时期内地球上很难再产生这么大的瞬间压应力了。在如此巨大的向心压力下，实验材料会变成什么、会发生些什么，将是很有意思的事。我们希望通过这项研究，为'糖衣'技术在民用领域找到一个光明的前景。"

一位联合国官员说："你们应该把石墨包在'糖衣'中放进去，那样我们每次爆炸都能得到一大块钻石，耗资巨大的核销毁工程说不定变得有利可图呢。"

耳机里传来几声笑，没有技术背景的官员在这种场合总是受到轻视的。"80万吨级核爆炸产生的压力，不知比将石墨转化为金刚石的压力大多少个数量级。"有人说。

沈渊清亮的童音突然在大家的耳机中响起："这大爆炸产生的当然不是金刚石，我告诉你们是什么吧，是黑洞！一个小小的黑洞！它将把我们都吸进去，把整个地球吸进去！通过它，我们将钻到一个更漂亮的宇宙中！"

"呵呵，孩子，那这次核爆炸的压力又太小了……沈博士，您儿子的小脑袋真的不同寻常！"凯文斯基说，"那么试验结果呢？那块合金变成了什么？我想你们多半找不到它了吧？"

"我也还不知道呢，我们去看看吧。"沈华北向前指指说。核爆炸使这个巨洞呈规则的球形，因而洞的底面是一个小盆地，在远方盆地的正中央，晃动着几盏头灯。"那是'糖衣'实验项目组的人。"

大家向盆地中央走去，感觉像在走下一道长长的山坡。这时，凯文斯基突然站住了，接着蹲下来用双手贴着地面，"地下有震动！"

其他人也感觉到了，"不会是核爆炸诱发的地震吧？"

赵文佳摇摇头："销毁点所在地区的地质结构是经过反复勘测的，绝对不会诱发地震。这震动不是地震，它在爆炸后就出现了，持续不断直到现在，邓伊文博士说它与'糖衣'实验有关，具体的我也不清楚。"

随着他们接近盆地中心，由地层深处传来的震动渐渐增强，直到使脚底发麻，仿佛大地深处有一个粗糙的巨轮在疯狂旋转。当他们来到盆地中心时，这一小群人中有一个站起身来，他就是赵文佳刚才提到的邓伊文——材料核爆压缩试验项目的负责人。

"你手里拿的什么？"沈华北指着邓伊文手中一大团白色的东西问。

"钓鱼线。"邓博士说着，分开围成一圈蹲在地上的那群人，他们正盯着地上的一个小洞看，那个洞出现在熔化后又凝结的岩石表面，直径约 10 厘米，呈很规则的圆形，边缘十分光滑，像钻机打的孔，郑伊文手中的钓鱼线正源源不断地向洞中放下去，"瞧，已经放了 1 万多米了，还远没到底儿呢。经雷达探测，这洞已有 3 万多米深，并且还在不断延长。"

"它是怎么来的？"有人问。

"那块被压缩后的实验合金钻出来的，它沉到地层中去了，就像石块在海面上沉下去一样，这震动就是它穿过致密的地层时传上来的。"

"天啊，这可真是奇迹！"凯文斯基惊叹道，"我还以为那块合金会被核爆的高温蒸发掉了呢。"

邓伊文说："如果没有包裹'糖衣'的话会是那样的结果，但这次它还没来得及被蒸发，就被'糖衣'聚集的向心压力压缩成一种新的物质形态，叫超固态比较合适，可物理学中已经有了这个名称，我们就叫它新固态吧。"

"您是说这东西的密度与地层的密度相比，就如同石块与水的密度相比？"

"比那要大得多，石块在水中下沉主要是因为水是液体，水结冰后密度变化不大，但放在上面的石块就沉不下去。现在新固态物质竟然在固态的岩石中下沉，可见它的密度是多么惊人！"

"您是说它成了中子星物质？"

邓伊文摇摇头："我们现在还没有精确测定，但可以肯定它的密度比中子星的简并态物质小得多，这从它的下沉速度就可以看出来。如果真是一块中子星物质，那么它在地层中的下沉将如同陨石坠入大气层一样快，那会引起火山爆发和大地震。它是介于普通固态和简并态之间的一种物质形态。"

"它会一直沉到地心吗？"沈渊问。

"也许会吧，孩子。因为在下沉到一定深度后，地层物质将变成液态的，那将更有利于它的下沉！"

"真好玩！真好玩！"

在人们都把注意力集中到那个洞上的时候，沈华北一家三口悄悄地离开了人群，远远地走到黑暗之中。除了脚下地面的震动外，这里很静，他们头灯的光柱照不了多远就消失于黑暗中，仿佛他们只是无尽虚空中三个抽象的存在。他们把对讲系统调到私人频道，在这里，小沈渊将做出一个决定一生的选择：跟爸爸还是跟妈妈。

沈渊的父母面临着一个比离婚更糟的处境：沈华北现在已是血癌晚期。沈华北不知道他的病是否与所从事的核科学研究有关，但可以肯定自己已活不过半年了。幸运的是人体冬眠技术已经成熟，他将在冬眠中等待治愈血癌的技术出现。沈渊可以和父亲一起冬眠，然后再一同醒来，也可以同妈妈一起继续生活。从各方面考虑，显然后者是一个明智的选择，但孩子倾向于同爸爸一起到未来去，现在沈华北和赵文佳再次试图说服他。

"妈妈，我和你留下来，不同爸爸去睡觉了！"沈渊说。

"你改变主意了？！"赵文佳惊喜地问。

"是的，我觉得不一定非要去未来，现在就很好玩儿，比如刚才那个沉到地心去的东西，多好玩儿！"

"你决定了？"沈华北问，赵文佳瞪了他一眼，显然怕孩子又改变主意。

"当然！我要去看那个洞了……"说着，小沈渊向远处那头灯晃动的盆地中心跑去。

赵文佳看着孩子的背影，忧虑地说："我不知道能不能带好他，这孩子太像你了，整日生活在自己的梦中，也许未来真的更适合他。"

沈华北扶着妻子的双肩说："谁也不知道未来是什么样，再说像我有什么不好，总要有爱做梦的人。"

"生活在梦中没什么好怕的，我就是因为这个爱上你的，但你难道没有发现这孩子的另一面？他在学校竟然同时当上了两个班的班长！"

"这我也是刚知道，真不明白他是怎么做到的。"

"他的权力欲像刀子一样锋利，而且不乏实现它的能力和手段，这与你是完全不同的。"

"是啊，这两种性格怎么可能融为一体呢？"

"我更担心的是这种融合将来会发生什么。"

这时孩子的身影已完全融入远方那一群头灯中，他们将目光收回，都关掉头灯，将自己完全融入黑暗中。

沈华北说："不管怎样，生活还得继续。我所等待的技术，也许在明年就能出现，也许要等上一个世纪，也许……也许永远也不会出现。你再活 40 年没有问题，一定要答应我一个请求：如果 40 年后那项技术还没出现，也一定要让我苏醒一次，我想再看看你和孩子，千万不要让这一别成为永别。"

黑暗中赵文佳凄凉地笑笑："到未来去见一个老太婆妻子和一个比你大 10 岁的儿子？不过，像你说的，生活还得继续。"

他们就在这核爆炸形成的巨洞中默默地度过了在一起的最后时光。明天，沈华北将进入无梦的长眠，赵文佳将和他们那个生活在梦中的孩子一起，继续沿着莫测的人生之路，走向不可知的未来。

苏醒

他用了一整天时间才真正醒来。意识初萌时，世界在他的眼中只是一团白雾；10 个小时后这白雾中出现了一些模糊的影子，也是白色的；又过了 10 个小时，他才辨认出那些影子是医生和护士。

冬眠中的人是完全没有时间感的，所以沈华北这时绝对认为自己的冬眠时间仅是这模糊的一天，他认定冬眠维持系统在自己刚失去知觉后就出了故障。视力进一步恢复后，他打量了一下这间病房，很普通的白色墙壁，安在侧壁上的灯发出柔和的光芒，形状看上去也很熟悉，这些似乎证实了他的感觉。但接下来他知道自己错了：病房白色的天花板突然发出明亮的蓝光，并浮现出醒目的白字：

> 您好！承担您冬眠服务的大地生命冷藏公司已于2089年破产，您的冬眠服务已全部移交绿云公司，您现在的冬眠编号是WS368200402—118，并享有与大地生命冷藏公司所签订合同中的全部权利。您已经完成全部治疗程序，您的全部病症已在苏醒前被治愈，请接受绿云公司对您获得新生的祝贺。
>
> 您的冬眠时间为74年5个月7天零13小时，预付费用没有超支。
>
> 现在是2125年4月16日，欢迎您来到我们的时代。

又过了3个小时他才渐渐恢复听力，并能够开口说话。在74年的沉睡后，他的第一句话是："我妻子和儿子呢？"

站在床边的那位瘦高的女医生递给他一张折叠的白纸："沈先生，这是您妻子给您的信。"

我们那时已经很少有人用纸写信了……沈华北没把这话说出来，只是用奇怪的目光看了医生一眼，但当他用还有些麻木的双手展开那张纸后，得到了自己跨越时间的第二个证据：纸面一片空白，接着发出了蓝莹莹的光，字迹自上而下显示出来，很快铺满了纸面。他在进入冬眠前曾无数次想象过醒来后妻子对他说的第一句话，但这封信的内容超出了他最怪异的想象：

> 亲爱的，你正处于危险中！
>
> 看到这封信时，我已不在人世。给你这封信的是郭医生，她是一个你可以信赖的人，也许是这个世界上你唯一可以信赖的人，一切听她的安排。
>
> 请原谅我违背了诺言，没有在 40 年后让你苏醒。我们的渊儿已成为一个你无法想象的人，干了你无法想象的事，作为他的母亲我不知如何面对你。我伤透了心，已过去的一生对于我毫无意义，你保重吧。

"我儿子呢？沈渊呢？！"沈华北吃力地支起上身问。

"他 5 年前就死了。"医生的回答极其冷酷，丝毫不顾及这消息带给这位父亲的刺痛，不过她似乎多少觉察到这一点，安慰说，"您儿子也活了 78 岁。"

郭医生掏出一张卡片递给沈华北："这是你的新身份卡，里面存贮的信息都在刚才那封信上。"

沈华北翻来覆去地看那张纸，上面除了赵文佳那封简短的信外什么都没有，当他翻动纸张时，折皱的部分会发出水样的波纹，很像用手指按压他那个时代的液晶显示器时发生的现象。郭医生伸手拿过那张纸，在右下角按了一下，纸上的显示被翻过一页，出现了一个表格。

"对不起，真正意义上的纸张已经不存在了。"

沈华北抬头不解地看着她。

"因为森林已经不存在了。"她耸耸肩说，然后逐项指着表格上的内容，"你现在的名字叫王若，出生于 2097 年，父母双亡，也没有任何亲属，你的出生地在呼和浩特，但现在的居住地在这里——这是宁夏一个很偏僻的山村，是我能找到的最理想的地方，不会引人注意……不过你去那里之前需要整容……千万不要与人谈起你儿子，更不要表现出对他的兴趣。"

"可我出生在北京，是沈渊的父亲！"

郭医生直起身来，冷冷地说："如果你到外面去这样宣布，那你的冬眠和刚刚完成的治疗就全无意义了，你活不过一个小时。"

"到底发生了什么？！"

医生笑笑："这个世界上大概只有你不知道……好了，抓紧时间，你先下床练习行走吧，我们要尽快离开这里。"

沈华北还想问什么，突然响起了震耳的撞门声。门被撞开后，有六七个人冲了进来，围在他的床边。这些人年龄各异，衣着也不相同，他们的共同点是都有一顶奇怪的帽子，或戴在头上或拿在手中。这种帽子有齐肩宽的圆檐，很像过去农民戴的草帽；他们的另一个共同之处就是都戴着一个透明的口罩，其中有些人进屋后已经把它从脸上扯了下来。这些人齐盯着沈华北，脸色阴沉。

"这就是沈渊的父亲吗？"问话的人看上去是这些人中最老的一位，留着长长的白胡须，像是有 80 多岁了。不等医生回答，他就朝周围的人点点头："很像他儿子。医生，您已经尽到了对这个病人的责任，现在他属于我们了。"

"你们是怎么知道他在这儿的？"郭医生冷静地问。

不等老者回答，病房一角的一位护士说："我，是我告诉他们的。"

"你出卖病人？！"郭医生转身愤怒地盯着她。

"我很高兴这样做。"护士说，她那秀丽的脸庞被狞笑扭曲了。

一个年轻人揪住沈华北的衣服把他从床上拖了下来，冬眠带来的虚弱使他瘫在地上；一个姑娘一脚踹在他的小腹上，那尖尖的鞋头几乎扎进他的肚子里，剧痛使他在地板上像虾似的弓起身体；那个老者用有力的手抓住他的衣领把他拎了起来，像竖一根竹竿似的想让他站住，看到不行后一松手，他便又仰面摔倒在地，后脑撞到地板上，眼前直冒金星。他听到有人说：

"真好，那个杂种欠这个社会的，总算能够部分偿还了。"

"你们是谁？"沈华北无力地问，他在那些人的脚中间仰视着他们，好像在看着一群凶恶的巨人。

"你至少应该知道我，"老者冷笑着说，从下面向上看去，他的脸十分怪异，让沈华北胆寒，"我是邓伊文的儿子，邓洋。"

"邓伊文"这个熟悉的名字使沈华北心里一动，他翻身抓住老者的裤脚，激动地喊道："我和你父亲是同事和最好的朋友，你和我儿子还是同班同学，你不记得了？天啊，你就是洋洋？！真不敢相信，你那时……"

"放开你的脏爪子！"邓洋吼道。

那个拖他下床的人蹲下来，把凶悍的脸凑近沈华北说："听着小子，冬眠的年头是不算岁数的，他现在是你的长辈，你要表现出对长辈的尊敬。"

"要是沈渊活到现在，他就是你爸爸了！"邓洋大声说，引起了一阵哄笑。接着他挨个儿指着周围的人向他介绍："在这个小伙子4岁时，他的父母同时死于中部断裂灾难；这姑娘的父母也同时在螺栓失落灾难中遇难，当时她还不到2岁；这几位，在得知用毕生的财富进行的投资化为乌有时，有的自杀未遂，有的患了精神分裂症……至于我，被他诱骗，把自己的青春和才华都扔到那项该死的工程中，现在得到的只是世人的唾骂！"

躺在地板上的沈华北迷惑地摇着头，表示他听不懂。

"你面对的是一个法庭，一个由南极庭院工程的受害者组成的法庭！尽管这个国家的每个公民都是受害者，但我们要独享这种惩罚的快感。真正的法庭当然没有这么简单，事实上比你们那时还要复杂得多，所以我们才不会把你送到那里去，让他们和那些律师扯上一年屁话之后宣布你无罪，就像他们对你儿子那样。我们会让你得到真正的审判，当一个小时后这个审判执行时，你会发现如果70多年前就死于白血病是一件多么幸运的事。"

周围的人又齐声狞笑起来。接着有两个人架起沈华北的双臂把他向门外拖去，他的双腿无力地拖在地板上，连挣扎的力气都没有。

"沈先生，我已经尽力了。"在他被拖出门前，郭医生在后面说。他想回头再看看她，看看这个被妻子称为他在这个冷酷时代唯一可以信任的人，但这种被拖着的姿势使他无力回头，只听到她又说："其实，你不必太沮丧，在这个时代，活着也不是一件容易的事。"当他被拖出门后，听到医生在喊："快把门关上，把空气净化器开大，你要把我们呛死吗？！"听她的口气，显然不再关心他的命运。

出门后，他才明白医生最后那句话的意思：空气中有一种刺鼻的味道，让人难以呼吸。他被拖着走过医院的走廊，出了大门后，那两个人不再拖他，把他的胳膊搭到肩上架着走。来到外面后他如释重负，深深地吸了一口气，但吸入的不是他想象的新鲜空气，而是比医院大楼内更污浊、更呛人的气体，他的肺里火辣辣的，爆发出持续不断的剧烈咳嗽，就在他咳到要窒息时，听到旁边有人说："给他戴上呼吸膜吧，要不在执行前他就会完蛋。"接着有人给他的口鼻罩上了一个东西，虽然只是一种怪味代替了另一种，但他至少可以顺畅地呼吸了。他又听到有人说："防护帽就不用给他了，反正在他能活的这段时间里，紫外线什么的不会导致第二次白血病的。"这话又引起了其他人一阵怪笑。当他喘息稍定，因窒息而流泪的双眼视野清晰后，便抬起头来第一次打量眼前的新世界。

他首先看到街道上的行人，他们都戴着被称为呼吸膜的透明口罩和被叫作防护帽的大草帽；他还注意到，虽然天气很热，但人们穿得都很严实，没有人露出皮肤。接着他看到了周围的世界，这里仿佛处于一个深深的峡谷中，这峡谷是由高耸入云的摩天大楼构成的——说高耸入云一点儿都不夸张，这些高楼全都伸进半空中的灰云里，在狭窄的天空上，他看到太阳呈一团模糊的光晕在灰云后出现，那光晕移动着黑色的烟纹，他这才知道这遮盖天空的不是云而是烟尘。

"一个伟大的时代，不是吗？"邓洋说，他的那些同伙又哈哈大笑起来，好像很久没有这么开心了。

他被架着向不远处的一辆汽车走去，车的形状有些变化，但他肯定那是汽车，大小同过去的小客车一样，能坐下这几个人。接着有两个人超过了他们，向另一个方向走去，他们戴着头盔，身上的装束与过去有很大不同，但沈华北还是一眼就认出了他们的身份，并冲他们大喊起来：

"救命！我被绑架了！救命！！"

那两个警察猛地回头，跑过来打量着沈华北，看了看他的病号服，又看了看他光着的双脚，其中一个问："您是刚苏醒的冬眠人吧？"

沈华北无力地点点头："他们绑架我……"

另一名警察对他点点头说："先生，这种事情是经常发生的，这一时期苏醒的冬眠人数量很多，为安置你们占用了大量的社会保障资源，因而你们经常受到仇视和攻击。"

"好像不是这么回事……"沈华北说，但那警察挥手打断了他。

"先生，您现在安全了。"然后那名警察转向邓洋一伙人，"这位先生显然还需要继续治疗，你们中的两个人送他回医院，这位警官将一同去了解情况，我同时通知你们，你们七个人已经因绑架罪被逮捕。"说着他抬起手腕对着上面的对讲机呼叫支援。

邓洋冲过去制止他："等一下，警官，我们不是那些迫害冬眠人的暴徒。你们看看这个人，不面熟吗？"

两个警察仔细地盯着沈华北看，还短暂地摘下他的呼吸膜以更好地辨认，"他……好像是米西西！"

"不是米西西，他是沈渊的父亲！"

两个警察瞪大双眼在邓洋和沈华北之间来回看着，像是见了鬼。中部断裂灾难留下的孤儿把他们拉到一边低声说着，这过程中两个警察不时抬头朝沈华北这边看看，每次的目光都有变化，在最后一次朝这边投来的目光中，沈华北绝望地读出这些人已是邓洋一伙的同谋了。

两个警察走过来，没有朝沈华北看一眼，其中一位警惕地环视四周做放哨状，另一名径直走到邓洋面前，压低了声音说："我们就当没看见吧，千万不要让公众注意到他，否则会引起骚乱的。"

让沈华北恐惧的不仅仅是警察话中的内容，还有他说这话时的样子，他显然不在乎让沈华北听到这些，好像他只是一件放在旁边的没有生命的物件。

那些人把沈华北塞进汽车，他们也都上了车，在车开的同时车窗的玻璃都变得不透明了，车是自动驾驶的，没有司机，前面也看不到可以手动的操纵杆件。一路上车里没有人说话，仅仅是为了打破这令人窒息的沉默，沈华北随口问：

"谁是米西西？"

"一个电影明星。"坐在他旁边的螺栓失落灾难留下的孤女说，"因扮演你儿子而出名，沈渊和外星撒旦是目前影视媒体上出现得最多的两个大反派角色。"

沈华北不安地挪挪身体，与她拉开一条缝，这时他的手臂无意间触碰到了车窗下的一个按钮，窗玻璃立刻变得透明了。他向外看去，发现这辆车正行驶在一座巨大而复杂的环状立交桥上，桥上挤满了汽车，车与车的间距只有不到 2 米的样子。这景象令人恐惧之处是，这时并不是处于塞车状态，就在这塞车时才有的间距下，所有的车辆都在高速行驶，时速可能超过了每小时 100 千米！这使得整个立交桥像一个由汽车构成的疯狂大转盘。他们所在的这辆车正在以令人目眩的速度冲向一个岔路口，在这辆车就要撞入另一条车流时，车流中正好有一个空当在迎接它，这种空当以令人难以觉察的速度在岔路口不断出现，使两条湍急的车流无缝地合为一体。沈华北早就注意到车是自动驾驶的，人工智能已把公路的利用率发挥到极限。

后面有人伸手又把玻璃调暗了。

"你们真想在我对这一切都一无所知的情况下杀死我吗？"沈华北问。

坐在前排的邓洋回头看了他一眼，懒洋洋地说："那我就简单地给你讲讲吧。"

南极庭院

"想象力丰富的人在现实中往往手无缚鸡之力。相反，那些把握历史走向的现实中的强者，大多只有一个想象力贫乏的大脑。而你儿子，是历史上少有的把这两者合为一体的人。在大多数时间，现实只是他幻想海洋中的一座小小的孤岛，但如果他愿意，可以随时把自己的世界翻转过来，使幻想成为小岛而现实成为海洋，在这两个海洋中他都是最出色的水手……"

"我了解自己的儿子，你不必在这上面浪费时间。"沈华北打断邓洋说。

"但你无论如何也不会想到沈渊在现实中爬到了多高的位置，拥有了多大的权力，这使他有能力把自己最变态的狂想变成现实。可惜，社会没有及早发现这个危险。也许历史上曾有过他这样的人，但都像擦过地球的小行星一样，没能在这个世界上释放自己的能量就消失在茫茫太空中。不幸的是，历史给了你儿子用变态狂想制造灾难的机会。

"在你进入冬眠后的第五年，世界对南极大陆的争夺有了一个初步结果：这个大陆被确定为全球共同开发的区域，但各个大国都为自己争得了大面积的专属经济区。尽早使自己在南极大陆的经济区繁荣起来，并尽快开发那里的资源，是各大国摆脱因环境问题和资源枯竭而带来的经济衰退的唯一希望，'未来在地球顶上'成为当时尽人皆知的口号。

"就在这时，你儿子提出了那个疯狂设想，声称这个设想的实现将使南极大陆变为这个国家的庭院，到那时从北京去南极将比从北京去天津还方便。这不是比喻，是真的，旅行的时间要比去天津短，消耗的能源和造成的污染都比去天津少。那次著名的电视演讲开始时，全国观众都笑成一团，像在看滑稽剧，但他们很快安静下来，因为他们发现这个设想真的能行！这就是南极庭院设想，后来根据它开始了灾难性的南极庭院工程。"

说到这里，邓洋莫名其妙地陷入沉默。

"接着说呀，南极庭院的设想是什么？"沈华北催促道。

"你会知道的。"邓洋冷冷地说。

"那你至少可以告诉我，我与这一切有什么关系？"

"因为你是沈渊的父亲，这不是很简单吗？"

"现在又盛行血统论了？"

"当然没有，但你儿子的无数次表白使血统论适合你们。当他变得举世闻名时，就真诚地宣称他思想和人格的绝大部分是在8岁前从父亲那里形成的，以后的岁月不过是进行一些知识细节方面的补充而已。他还声明，南极庭院设想的最初创造者也是父亲。"

"什么？！我？南极……庭院？！这简直是……"

"再听我说完最后一点：你还为南极庭院工程提供了技术基础。"

"你指的什么？！"

"当然是新固态材料，没有它，南极庭院设想只是一个梦，而有了它，这个变态的狂想立刻变得现实了。"

沈华北困惑地摇摇头，他实在想象不出，那超高密度的新固态材料如何能把南极大陆变成一个国家的庭院。

这时车停了。

地狱之门

下车后，沈华北迎面看到一座奇怪的小山，山体呈单一铁锈色，光秃秃的，看不到一棵草。邓洋向小山一偏头说："这是一座铁山。"看到沈华北惊奇的目光，他又加上一句，"就是一大块铁。"沈华北举目四望，发现这样的铁山在附近还有几座，它们以怪异的色彩突兀地立在这广阔的平原上，使这里有一种异域的景色。

沈华北这时已恢复到可以行走，他步履蹒跚地随着这伙人走向远处一座高大的建筑物。那个建筑物呈完美的圆柱形，有上百米高，表面光滑一体，没有任何开口。他们走近后，一扇沉重的铁门轰隆隆地向一边滑开，露出一个入口，一行人走了进去，门在他们身后密实地关上了。

在暗弱的灯光下，沈华北看到他们身处一个像是密封舱的地方，光滑的白色墙壁上挂着一长排像太空服一样的密封装，人们各自从墙上取下一套密封装穿了起来，在两个人的帮助下他也开始穿上其中的一件。在这过程中他四下打量，看到对面还有一扇紧闭的密封门，门上亮着一盏红灯，红灯旁边有一个发光的数码显示，他看出显示的是大气压值。当他那沉重的头盔被旋紧后，在面罩的右上角出现一块透明的液晶显示区，显示出飞快变化的数字和图形，他只看出那是这套密封服内部各个系统的自检情况。接着，他听到外面响起低沉的嗡嗡声，像是什么设备启动了，然后注意到对面那扇门上方显示的大气压值在迅速减小，在大约3分钟后减到零，旁边的红灯转换为绿灯，门开了，露出这个密封建筑物黑洞洞的内部。沈华北证实了自己的猜测：这是一个由大气区域进入真空区域的过渡舱，如此说来，这个巨大圆柱体的内部是真空的。

一行人走进了那个入口，门又在后面关上了，他们身处浓浓的黑暗之中，有几个人密封服头盔上的灯亮了，黑暗中出现几道光柱，但照不了多远。一种熟悉的感觉出现了，沈华北不由打了个寒战，心里有一种莫名的恐惧。

"向前走。"他的耳机中响起了邓洋的声音，头灯的光晕在前方照出了一座小桥，不到1米宽，另一头伸进黑暗中，所以看不清有多长，桥下漆黑一片。沈华北迈着颤抖的双腿走上了小桥，密封服沉重的靴子踏在薄铁板桥面上发出空洞的声响。他走出几米，回过头来想看看后面的人是否跟上来了。这时所有人的头灯同时灭了，黑暗吞没了一切。但这只持续了几秒钟，小桥的下面突然出现了蓝色的亮光。沈华北回头看，只有他上了桥，其他人都挤在桥边看着他，在从下向上照的蓝光中，他们像一群幽灵。他扶着桥边的栏杆向下看去，几乎使血液凝固的恐惧攫住了他。

他站在一口深井上。

这口井的直径约 10 米，井壁上每隔一段距离就有一个环绕光圈，在黑暗中标示出深井的存在。他此时正站在横过井口的小桥的正中央，从这里看去，井深不见底，井壁上无数的光圈渐渐缩小，直至成为一点，他仿佛在俯视着一个发着蓝光的大靶标。

"现在开始执行审判，去偿还你儿子欠下的一切吧！"邓洋大声说，然后用手转动安装在桥头的一个转轮，嘴里念念有词："为了我被滥用的青春和才华……"小桥倾斜了一个角度，沈华北抓住另一面的栏杆努力使自己站稳。

接着邓洋把转轮让给了中部断裂灾难留下的孤儿，后者也用力转了一下："为了我被熔化的爸爸妈妈……"小桥倾斜的角度又增加了一些。

转轮又传到螺栓失落灾难留下的孤女手中，姑娘怒视着沈华北用力转动转轮："为了我被蒸发的爸爸妈妈……"

因失去所有财富而自杀未遂者从螺栓失落灾难留下的孤女手中抢过转轮："为了我的钱、我的劳斯莱斯和林肯车、我的海滨别墅和游泳池，为了我那被毁的生活，还有我那在寒冷的街头排队领救济的妻儿……"小桥已经转动了 90 度，沈华北此时只能用手抓着上面的栏杆坐在下面的栏杆上。

因失去所有财富而患精神分裂症的人也扑过来，同因失去所有财富而自杀未遂者一起转动转轮，他的病显然还没好利索，没说什么，只是对着下面的深井笑。小桥完全倾覆了，沈华北双手抓着栏杆倒吊在深井上方。

这时的他并没有多少恐惧，望着脚下深不见底的地狱之门，自己不算长的一生闪电般地掠过脑海：他的童年和少年时代是灰色的，在那些时光中记不起多少快乐和幸福；走向社会后，他在学术上取得了成功，发明了"糖衣"技术，但这并没有使生活接纳他；他在人际关系的蛛网中挣扎，却被越缠越紧，他从未真正体验过爱情，婚姻只是不得已而为之；当他打定主意永远不要孩子时，孩子来到了人世……他是一个生活在自己思想和梦想中的人，一个令大多数人讨厌的另类，从来不可能真正地融入人群；他的生活是永远的离群索居，永远的逆水行舟，他曾寄希望于未来，但这就是未来了：已去世的妻子、已成为人类公敌的儿子、被污染的城市、这些充满仇恨的变态之人……这一切已使他对这个时代和自己的生活心灰意懒。本来他还打定主意，要在死前知道事情的真相，现在这也无关紧要了，他是一个累极了的行者，唯一渴望的是解脱。

在井边那群人的欢呼声中，沈华北松开了双手，向那发着蓝光的命运靶标坠下去。

他闭着眼睛沉浸在坠落的失重中，身体仿佛变得透明，一切生命不能承受之重已离他而去。在这生命的最后几秒钟，他的脑海中突然响起了一首歌，这是父亲教他的一首古老的苏联歌曲，在他冬眠前的时代已没有人会唱了，后来他作为访问学者到莫斯科去，在那里希望找到知音，但这首歌在俄罗斯也失传了，所以这成了他自己的歌。在到达井底之前他也只能在心里吟唱一两个音符，但他相信，当自己的灵魂最后离开躯体时，这首歌会在另一个世界继续的……不知不觉中，这首旋律缓慢的歌已在他的心中唱出了一半，时间过去了好长，他的意识猛然警醒，他睁开双眼，看到自己正在飞快穿过一个又一个的蓝色光环。

坠落仍在继续。

"哈哈哈哈……"他的耳机中响起了邓洋的狂笑声，"快死的人，感觉很不错吧？！"

他向下看，看到一串扑面而来的发着蓝光的同心圆，他不停地穿过最大的一个圆，在圆心处不断有新的小圆环出现并很快扩大；向上看，也是一个同心圆，但其运动是前一个画面的反演。

"这井有多深？"他问。

"放心，您总会到底的，井底是一块坚硬平滑的钢板，啪的一下，你摔成的那张肉饼会比纸还薄的！哈哈哈哈……"

这时，他注意到面罩右上角的那块液晶显示区又出现了，有一行发着红光的字：

您现在已到达 100 千米深度，速度 1.4 千米／秒，您已经穿过莫霍不连续面，由地壳进入地幔。

沈华北再次闭上双眼，这次他的脑海中不再有歌声，而是像一台冷静的计算机般飞快地思索着，当半分钟后他再次睁开眼睛时，已经明白了一切：这就是南极庭院工程，那块坚硬平滑的井底钢板并不存在，这口井没有底。

这是一条贯穿地球的隧道。

大隧道

"它是走切线，还是穿过地心？"沈华北问，只是思维以语言的形式冒了一下头。

"聪明的头脑，这么快就想到了！"邓洋惊叹道。

"很像他儿子。"有人跟着说，听上去可能是中部断裂灾难留下的孤儿。

"是穿过地心，由中国的漠河穿过地球到达南极大陆的最东端南极半岛。"邓洋回答沈华北说。

"刚才那座城市是漠河？！"

"是的，它因作为地球隧道起点而繁荣起来。"

"据我所知，从那里贯穿地球应该到达阿根廷南部。"

"不错，但隧道有轻微的弯曲。"

"既然隧道是弯曲的，我会不会撞上井壁呢？"

"如果隧道笔直地直达阿根廷，你倒是肯定会撞上，那种笔直的地球隧道只有在贯穿两极之间的地轴上才能实现，这种与地轴成一定角度的隧道必须考虑地球的自转因素，它的弯曲正好能让你平滑地通过。"

"呵，伟大的工程！"沈华北由衷地赞叹道。

您现在已到达 300 千米深度，速度 2.4 千米 / 秒，已进入地幔黏性物质区。

他看到自己穿过光圈的频率正在加快，下面和上面那两个同心圆的密度增加了许多。

邓洋说："关于建造穿过地球的隧道，不是什么新想法，18 世纪就有两个人提出了这个设想，一位是叫莫佩尔蒂的数学家，另一位则是举世闻名的伏尔泰。到后来，法国天文学家弗兰马理翁又把这个计划重新提了出来，并且首先考虑了地球的自转因素……"

沈华北打断他问："那你怎么说这想法是从我这里来的呢？"

"因为前面那些人不过是在做思想试验，而你的设想影响了一个人，这人后来用自己魔鬼般的才能促成了这个狂想的实现。"

"可……我不记得向沈渊提起过这些。"

"真是个健忘的人，你做了一个后来改变人类历史进程的设想，却忘了。"

"我真的想不起来。"

"那你总能想起那个叫德尔加多的阿根廷人，还有他送给你儿子的生日礼物吧？"

> 您现在已到达 1 500 千米深度，速度 5.1 千米／秒，已进入地幔刚性物质区。

沈华北终于想起来了。那是沈渊 6 岁的生日，沈华北请在北京的阿根廷物理学家德尔加多博士到家里做客。当时南美两强已经崛起，阿根廷对南极大陆的大片陆地提出领土要求，并向南极大量移民。在后来的全球无核化进程中，阿根廷加入联合国销毁委员会，沈华北和德尔加多都是这个委员会中一个技术小组的专家。

那次德尔加多给沈渊带来的礼物是一个地球仪，它是用一种最新的玻璃材料制成的，那种玻璃是阿根廷飞速发展的技术水平的一个体现，它的折射率与空气相同，因而看不出玻璃球的存在，地球仪上的大陆仿佛是悬浮在两极之间，沈渊很喜欢这个礼物。

在晚饭后的聊天中，德尔加多拿出了一张中国国内的大报，让沈华北看上面的一幅政治漫画，画上一位阿根廷球星正在踢地球。

"我不喜欢这个，"德尔加多说，"中国人对我的国家的了解好像只限于足球，并把这种了解引申到国际政治上。"

"您要知道，阿根廷毕竟是在地球上与中国相距最远的一个国家，你们正在地球的对面。"赵文佳微笑着说，从沈渊的手中拿过那个全透明的地球仪，在上面，中国和阿根廷隔着那个超透明的球体重叠在一起。

"其实我有个办法能够使两国更好地交流，"沈华北拿过地球仪说，"只需从中国挖一条通过地心贯穿地球的隧道就行了。"

德尔加多说："那个隧道也有 12 000 多千米长，并不比飞机航线短多少。"

"但旅行时间会短许多的，想想您带着旅行包从隧道的这一端跳进去……"

沈华北的本意是想把话题从政治上引开去，他成功了，德尔加多来了兴趣："沈，你的思维方式总是与众不同……让我们看看：我跳进去后会一直加速，虽然我的加速度会随坠落深度的增加而减小，但确实会一直加速到地心，通过地心时我的速度达到最大值，加速度为零；然后开始减速上升，这种减速度的值会随着上升而不断增加，当到达地球的另一面阿根廷的地面时，我的速度正好为零。如果我想回中国，只需从那面再跳下去就行了，如果我愿意，可以在南北半球之间做永恒的简谐振动。嗯，妙极了，可是旅行时间……"

"让我们计算一下吧。"沈华北打开电脑。

计算结果很快出来了，以地球理想的平均密度，从中国跳进地球隧道，穿过直径12 000多千米的地球，坠落到阿根廷，需42分钟12秒。

"快捷的旅行！"德尔加多高兴地说。

……

您现在已到达2 800千米深度，速度6.5千米／秒，您正在穿过古腾堡不连续面，进入地核。

坠落中的沈华北又听到邓洋说："在那个晚上，你一定没有注意到，你的儿子瞪圆了那双充满灵气的大眼睛，出神地听着你的话，你更不可能知道，他盯着床头的那个透明地球仪一夜没睡。当然，你对儿子的这种影响可能有过无数次，你在沈渊的心灵中播下了许多狂想的种子，这只是其中开出花朵的一颗。"

沈华北凝视着周围距自己四五米远处的那一圈飞速上升的井壁，高频掠过的环绕光圈使井壁的表面有些模糊。

"这是新固态材料吗？"他问。

"还能是其他什么？有什么别的材料具有建造这样的隧道的强度呢？"

"这样巨量的新固态物质是如何生产出来的？这种比重大得能沉入地层的材料又是怎样搬运和加工呢？"

"只能最简略地说说。新固态物质是通过连续不断的小型核爆炸生产出来的，核心技术当然是你的'糖衣'，其生产线是庞大而复杂的；新固态材料有多种密度级别，较低密度的材料不会沉入地层，用它造出一个面积较大的基础，将高密度材料置于其上，其压强被基础分散，就能够浮在地面上了，用类似的原理，也可以进行这种材料的运输；至于新固态材料的加工，技术更加复杂，以你的知识水平可能无法理解。总之，新固态材料已经是一个庞大的产业，其经济规模超过了钢铁，它并不只是用于南极庭院工程。"

"那么这条隧道是如何建成的呢？"

"首先告诉你一点：建构隧道的基本构件是井圈，每个井圈长约100米，整条隧道是由大约24万个井圈连接而成。至于具体的施工过程，你是个聪明人，也许自己能想出来。"

> 您现在已到达4100千米深度，速度米7.5千米／秒，正处于液态地核中部。

"沉井？"

"是的，是用沉井工艺，首先从中国和南极将井圈沉入地层，并拼接成贯穿地球的一条线，第二步是将拼接后的井圈中的地层物质掏出，隧道就形成了。你在隧道入口的外面看到的那些铁山，就是由从隧道的地核部分中掏出的铁镍合金堆成的。具体的施工要由地下船来进行，这种能在地层中行驶的机器也是由新固态材料制造的，有的型号能在地核深处行驶，它们能在地层中使下沉的井圈定位。"

"这样算下来，只需12万个井圈。"

"超固态物质承受地球深处的压力和高温是没有问题的，但地下还有许多流动体，较浅处是流动的岩浆，更危险的是地核中的液态铁镍流，它们对隧道产生巨大的剪切冲击，新固态材料的强度能够承受这种冲击，但井圈之间的连接处就不行了，所以隧道由内外两层井圈构成，内层的井圈紧贴外层井圈，两层井圈间相互交错，这样就使隧道形成了足够的抗剪切强度。"

您现在已到达 5 400 千米深度，速度米 7.7 千米 / 秒，正在接近固态地核。

"下面，我想你要告诉我南极庭院工程带来的灾难了。"

灾难

"南极庭院工程的第一次灾难发生于 25 年前，那时工程进入最后的勘探设计阶段，需要进行大量的地下航行。在一次勘探航行中，一艘名叫'落日六号'的地下船在地幔中失事，并下沉到地核中，船上 3 名乘员中有两人遇难，只有一名年轻的女领航员幸存，她现在仍被封闭在地心中，将在狭窄的地下船中度过余生。那艘船上的中微子通信设备已失去发射功能，但可能仍能接收。顺便说一句：她的名字叫沈静，是您的孙女。"

沈华北的心抽搐了一下。

在这疯狂的速度下，井壁上的光圈在沈华北眼中已连为一体，使这巨井的井壁发出刺目的蓝光，正在其中飞速坠落的沈华北，仿佛在穿过时光隧道，进入那并不遥远但他不曾经历过的过去。

您现在已到达 5 800 千米深度，速度 7.8 千米／秒，您已进入固态地核，正在接近地心！

"南极庭院工程进行到第六年，发生了惨烈的中部断裂灾难。前面说过，隧道是由内外两层相互交错的井圈构成，在装入内层井圈时，必须首先将已连接好的外层井圈中的地下物质掏空，以免两层井圈间混入杂质，影响它们之间贴合的紧密度。在施工中采用掏空一段外井圈放入一个内井圈的工艺，这就意味着在地核段的施工中，在一段外井圈被掏空而内井圈还未到位的这段时间里，包括接合部在内的两个外井圈将单独承受地核铁镍流的冲击。本来，两段井圈间的接合部采用十分坚固的铆接技术，在设计中，应该能够在相当长的时间里承受铁镍流的冲击。但在进入地核 490 多千米处，两段刚刚掏空的井圈处有一股异常强大的铁镍流，其流速是以前的大量勘探中观测到的最高值的 5 倍。强大的冲击力使两个井圈错位，高温高压的地核物质霎时涌入隧道，并沿着已建成的隧道飞速上升。在得知断裂发生后，作为工程总指挥的沈渊立刻下令关闭了位于古腾堡不连续面处的安全闸门，它被称为古腾堡闸。这时在闸门下近 500 千米的隧道中，有 2 500 多名工程人员在施工，在得知断裂发生后，他们同时乘坐隧道中的高速升降机撤离，共有 130 多部升降机，最后一辆升降机与沿隧道上升铁镍流保持着 30 千米左右的距离。最后只有 61 部升降机来得及通过古腾堡闸，其余都在闸门关闭后被 4 000 多度高温的地核激流吞没，1 527 人殉命地心。

"中部断裂灾难举世震惊，沈渊同时受到了来自两方面的强烈谴责：一方认为他完全可以等所有升降机都通过古腾堡闸时再关闭闸门，这时铁镍流距闸门还有 30 千米，虽然时间很短，但还是来得及的。即使这道闸门没来得及关闭，在上面的莫霍不连续面（地表和地幔的交界面）处还有一道安全闸——莫霍闸。那些遇难者的极端愤怒的家属控告沈渊故意杀人罪。对此，沈渊在媒体面前只有一句话：'我怕出娄子啊！'这娄子确实出不得，在不止一部以南极庭院工程为题材的灾难片中，最著名的是《铁泉》，在影片中有地核物质冲出地表的噩梦般的景象：一股铁镍液柱高高冲上同温层，在那个高度上散成一朵巨大的死亡之花，它发出的刺目白光使北半球的黑夜变成白昼，大地上下起了灼热的铁水暴雨，亚洲大陆成了一口炼钢炉，人类最终面临恐龙的命运……这描述并不夸张，正因为如此，沈渊又面临着另一项与上面完全相反的指控：他应该更早些关闭古腾堡门，根本没有必要等那 61 部升降机通过。有更多的人支持这项指控，舆论给他安上了一项临时杜撰的罪名：因渎职而反人类罪。虽然在法律上两项指控最终都没有成立，但沈渊因此辞职，离开了南极庭院工程的指挥层。他拒绝了另外的任命，以后一直作为一名普通工程师在隧道中工作。"

这时，井壁发出的蓝光突然变成红色。

您现在已到达 6 300 千米深度，速度 8 千米 / 秒，正在穿过地心！

耳机里响起了邓洋的声音："你现在已达到可以飞出地球的速度，却正处在这个星球的中心，地球正在围着你旋转，所有的海洋和大陆，所有的城市和所有的人，都在围着你旋转。"

沐浴在这庄严的红光中，沈华北的脑海中又响起了音乐，这次是一首宏伟的交响曲，他以第一宇宙速度穿过这发着红光的地心隧道，仿佛漂行在地球的血管中，这使他热血沸腾。

邓洋又说："虽然新固态材料有良好的绝热性能，现在你周围的温度仍超过了1500度，你的密封服中的冷却系统正在全功率运行。"

井壁的红光只延续了十多秒钟，又变回宁静的蓝光。

> 您已通过地心，现在正在上升，并开始减速。您已经上升了500千米，速度7.8千米／秒，仍在固态地核中。

蓝光使沈华北冷静下来，他已适应了失重，现在缓缓地转动身体，使头部向着前进的方向，以找到上升的感觉。他问邓洋："好像还有第三次灾难？"

"螺栓失落灾难发生在11年前，那时南极庭院工程已经完工，地球隧道已投入了正式营运，每时每刻都有地心列车穿行于其中。地心列车的车厢是直径8米、长50米的圆柱体，每列地心列车最多可由200节车厢组成，可运载2万吨货物或近万名乘客，穿过地球的单程需42分钟，运输过程只是自由坠落，不消耗任何能源。

"当时，在漠河起点站，一名维修工人不小心将一颗直径不到10厘米的螺栓掉进隧道，这枚螺栓是用一种能够吸收电磁波的新材料制造的，因而没有被安全监测系统的雷达检测到。螺栓在隧道中一直坠落，穿过地球到达南极站，又从那里向回坠落，在到达地心时击中了一列正在向南极上升的地心列车。螺栓与列车的相对速度高达每秒 16 千米，这样的动能使它像一颗炸弹。它穿透了头两节车厢，把沿路的一切都汽化了，这两节车厢的爆炸，使整列列车以每秒 8 千米的速度擦到井壁上，在一瞬间就被撕得粉碎。大量的碎片在隧道中来回运行，有的一次次穿过整个地球，大部分则因撞击失去了部分速度，只是在地核附近摆动。用了一个月时间才把隧道中的碎片完全清整干净，列车上的 3 000 名乘客的遗体没有找到，地核的高温已把他们彻底火化了。"

　　您现在已从地心上升了 2 200 千米，速度 7.5 米 / 秒，已重新进入地核的液态部分。

"但最大的灾难还是这个超级工程本身，南极庭院工程在技术上是人类史无前例的壮举，而在经济上的愚蠢也是空前绝后的。直到现在，人们对这样一个在经济规划上近乎白痴的工程竟得以实施仍百思不得其解，沈渊那魔鬼般的才能固然起了作用，其根本原因可能还在于人们开发新大陆的狂热和对技术的盲目崇拜。在经济学上，南极庭院工程的完工之日，也就是它的死亡之时。虽然通过地球隧道的运输极其快捷，且几乎不消耗能量，用当时人们的话说，'扔下去就到了'或'跳下去就到了'。但由于工程巨大的投资，使得地心列车的运输费用极其昂贵，这抵消了它快捷的长处，使得地心列车在与传统运输方式的竞争中没什么明显优势。"

　　您现在已从地心上升了 3 500 千米，速度 6.5 千米 / 秒，正在穿过古腾堡不连续面，重新进入地幔。

"人类的南极梦很快破灭了，蜂拥而来的工业和过度的开发很快毁掉了这个地球上仅存的洁净世界，使南极大陆与其他大陆一样，成了一个弥漫着烟尘的垃圾场。南极上空的臭氧层被完全破坏，其影响波及全球，即使在北半球，强烈的紫外线已使人们必须加以防护才能出门，南极冰盖的加速融化也使全球的海平面急剧升高。在经历了一个痛苦的过程后，人类的理智再次占了上风，联合国所有的成员国签署了新的《南极公约》，使人类全面撤出南极大陆，再次把南极变成人迹罕至的地方，期望那里的环境能够慢慢恢复。随着向南极运输需求的骤减，在螺栓失落灾难后，地心列车完全停止了运营，地球隧道被封闭，到现在已有8年了。但南极庭院工程带来的经济灾难一直在持续，无数购买了南极庭院公司股票的人血本无归，引发了严重的社会动乱，投资的黑洞使国家经济到了崩溃的边缘。现在，我们还在这场灾难的低谷中痛苦地徘徊着……好了，这就是南极庭院工程的故事。"

随着速度的降低，井壁上本是稳定平滑的蓝光开始闪烁，渐渐地，周围的井壁能够分辨出单个的环绕光圈在掠过，向两个方向看，那密密的同心圆靶标又开始呈现出来。

您现在已从地心上升了4 800千米，速度5.1千米／秒，正在穿过地幔的刚性物质区。

沈渊之死

"我儿子后来怎么样了？"沈华北问。

"隧道封闭后，沈渊作为留守人员待在漠河起点站。有一天我给他打了个电话，他只说了一句话：'我同女儿在一起。'后来我知道，他在这几年中一直过着一种不可思议的生活：每天都穿着密封服在地球隧道中来回坠落，睡觉都在里面，只有在吃饭和为密封服补充能量时才回到起点站。他每天要穿过地球30次左右，就这样日复一日年复一年，在漠河和南极半岛间，做着周期为84分钟、振幅为12 600千米的简谐振动。"

您现在已从地心上升了6 000千米，速度2.4千米/秒，正在穿过地幔的黏性物质区。

"谁也不知道沈渊在这永恒的坠落中都干些什么，但据他的同事说，每次通过地心时，他都会通过中微子通信设备与女儿打招呼，他更是常常在坠落中与女儿长谈，当然只是他一个人在说话，但生活在随着铁镍流在地核中运行的'落日六号'中的沈静应该是能够听到的。

"他的身体长时间处于失重状态中，但由于必须在起点站吃饭和给密封服充电，每天还要在地面经受两到三次的正常地球重力，这样的折腾使他年老的心脏变得很脆弱。他在一次坠落中死于心脏病，当时没人注意到，于是他的遗体又在地球隧道中运行了两天。密封服的能量耗尽，停止制冷，地球隧道成了他的火葬炉，遗体在最后一次通过地心时被烧成了灰。我相信，你儿子对于这个归宿是很满意的。"

> 您现在已从地心上升了 6 200 千米，速度 1.4 千米／秒，
> 已经穿过莫霍不连续面，进入地壳。注意，您正在接近地球隧
> 道的南极顶点！

"这也是我的归宿，对吗？"沈华北平静地问。

"你也应该感到满足，临死前，你已经看到了自己想看的东
西。本来我们是想在不穿密封服的情况下把你扔进地球隧道的，但
现在让你穿上了，让你完整地看到了你儿子创造的东西。"

"是的，我很满足，此生足矣，我真诚地谢谢各位了！"

没有回答，耳机中的嗡嗡声骤然消失，地球另一端的那几个复
仇者中断了通信。

沈华北看到上方的同心圆已经很稀疏了，他两三秒才能穿过
一个光圈，而且这间隔还在急剧地拉长，这时耳机中响起了一声蜂
鸣，面罩上显示：

您已经到达地球隧道的南极顶点！

他看到同心圆的圆心变空了，不再有新的光圈浮现，中间那
个光圈越来越大，终于，他穿过了这最后一个蓝色光圈，以不太快
的速度升向一道与隧道另一端一模一样的横过井口的小桥。小桥上
站着几个穿密封服的人，在他升出井口时，这些人一起伸手抓住了
他，把他拉上桥。

南极站的内部也处于黑暗之中，只有井壁上光圈的蓝光照上
来。他抬起头，迎面看到上方悬着一个巨大的圆柱体，其直径比
井口稍小。他走到小桥尽头的井边，再向上看，隐约看到上方有一

排这样的圆柱体，他数出了 4 个，再后面的就隐没到高处的黑暗中了。他知道，这就是停运的地心列车。

南极

半小时后，沈华北同那几名救他命的警察一起，走出地球隧道的南极站，站在已没有积雪的南极平原上，远处可以看到被废弃的城市。低垂在地平线上的太阳把软弱无力的光芒投在这广阔而没有生气的大陆上，这里的空气比地球的另一端要好些，不用戴呼吸膜。

一名警官告诉沈华北，他们是在南极空城中留守的少数警务人员，接到郭医生的报警后，立刻赶到了南极站。当时井口是被封闭的，他们紧急联系地球隧道管理部门打开井盖，正好看见沈华北在蓝光中升向井口，仿佛从深海中浮出来一般。如果晚几秒钟，沈华北必死无疑，密封的井盖将挡住他，使他开始向北半球再次坠落，而在他再次通过地心之前，密封服的能量就会耗尽，他将像儿子一样在地心熔炉中化为灰烬。

"以邓洋为首的那几个家伙已经被逮捕，他们将被以杀人罪起诉，不过……"警官冷冷地盯着沈华北说，"我理解他们的想法。"

沈华北仍然沉浸在失重带来的眩晕中，他看着天边的太阳，长出一口气，又说了一句："我此生足矣——"

"要是这样，您对自己今后的命运就比较容易接受了。"另一名警官说。

"命运？"沈华北清醒过来，扭头看着那名警官。

"您不能在这个时代生活，否则这样的事还会发生。好在政府有一个时间移民计划，为了减轻人口对环境的压力，强制一部分人口进入冬眠，让他们到未来去生活。现在政府已经决定，您将作为时间移民的一员，重新进入冬眠，这一次要多长时间才能被苏醒，我可说不准。"

沈华北好一会儿才理解了这话的意思，对警官深深地鞠躬："谢谢，我怎么总是这样幸运？"

"幸运？"警官不解地看着他说，"即使是这个时代的冬眠移民，也不可能适应未来社会的生活，别说您这样来自过去的人了！"

沈华北的脸上浮现出微笑："无所谓，关键是，我将看到地球隧道再次成为人类的骄傲！"

警官们发出了几声笑："怎么可能呢？这个完全失败的超级工程，只能永远成为你们父子俩的耻辱柱。"

"哈哈哈哈……"沈华北大笑起来，失重的虚弱使他站立不稳，但在精神上他已亢奋到极点，"长城和金字塔都是完全失败的超级工程，前者没能挡住北方游牧民族的南下，后者也没能使其中的法老木乃伊复活，但时间使这些都无关紧要，只有凝结于其上的人类精神永远光彩照人！"他指指身后高高耸立的地球隧道南极站，"与这条伟大的地心长城相比，你们这些哭哭啼啼的孟姜女是多么可怜！哈哈哈哈……"

沈华北张开双臂，让南极的寒风吹透自己的身体，"渊儿，我们此生足矣——"他幸福地说。

尾声

沈华北再次苏醒是半个世纪以后。他醒来后，几乎经历了与50年前的那次苏醒时一样的事：被一群陌生人带上车，进入地球隧道的漠河站，穿上密封服（令他不可理解的是，这密封服竟然比50年前的那身笨重了许多），再次被扔进地球隧道开始漫长的坠落。40年之后，地球隧道看上去没有什么变化，仍是一条由无数蓝色光圈标示出的不见底的深井。

不过这次，有一个人陪着他下坠，这是一个美丽姑娘，她自我介绍说是他的导游。

"导游？对了，我的预感对了，地球隧道真的成为长城和金字塔了！"坠落中的沈华北兴奋地说。

"不，地球隧道没有成为长城和金字塔，它成了——"导游姑娘在失重中拉着沈华北的手，小心地与他在坠落中保持着同步。

"成了什么？"

"地球大炮！"

"什么？！"沈华北吃惊地打量着周围飞速掠过的井壁。

导游开始回忆："在您冬眠后，全球的环境进一步恶化，污染和臭氧层破坏使各大陆最后的植被迅速消失，可呼吸的空气已成了商品……这时，要想拯救地球生态，只有关闭人类所有的重工业和能源工业。"

"那样也许能让地球生态恢复，却会使人类文明毁灭。"沈华北插嘴说。

"面对当时的惨状，真有许多人愿意做出这种选择。不过更多的人在寻找另外的出路，最可行的办法，是把地球上的所有工业转移到太空和月球上。"

"那么，你们建立了太空电梯？"

"没有，试了试才知道那比挖地球隧道还难。"

"那么，发明了反重力飞船？"

"更没有，倒是从理论上证明了它根本不可能。"

"核动力火箭？"

"这倒是有，但其运输成本与传统火箭不相上下。如果用这些手段向太空转移工业，就又会发生地球隧道式的经济灾难了。"

"那么你们什么也转移不了了，这么说，"沈华北咧嘴苦笑，"上面是后人类时代了？"

导游没有回答，两人在沉默中向那无底深渊继续坠下去，周围飞掠而过的光环越来越密，最后井壁成为发出蓝光的平滑的一体。又过了10分钟，蓝光变成红光，他们默默地以每秒8千米的速度通过地心，井壁很快又发出蓝光，导游姑娘灵巧地使身体旋转180度，变为头向上的上升姿态，沈华北也笨拙地跟着这样做了。

"哦——"沈华北突然发出一声惊叫，从面罩右上角的显示中，他看到现在他们的速度是每秒8.5千米。

通过地心后，他们仍在加速！

让沈华北惊恐的另一件事是：他感到了重力，在这穿过地球的坠落过程中，本应自始至终是失重的，可他真的感到了重力！科学家的直觉很快告诉他，这不是重力，是推力，正是这推力使他们克服了不断增长的地球引力保持加速。

"一定还记得凡尔纳的登月大炮吧？"导游突然问。

"小时候看过的最愚蠢的一本书。"沈华北心不在焉地回答着，四下张望，想搞清这突然出现的怪事。

"一点儿都不愚蠢，用大炮进行发射，是人类大规模进入太空最理想最快捷的方式。"

"除非你想在炮弹中被压成肉酱。"

"被压成肉酱是因为加速度太大，加速度太大是因为炮管太短，如果有足够长的炮管，炮弹就能以温柔的加速度射出去，就像您现在感觉到的一样。"

"这么说，我们是在凡尔纳大炮里？"

"我说过，它叫地球大炮。"

沈华北仰望着发出蓝光的隧道，努力把它想象成一根炮管，由于速度太快，井壁看上去浑然一体，已没有任何运动感了，他们仿佛一动不动地悬浮在这发着蓝光的巨管中。

"在您冬眠后的第四年，我们又研制出一种新型的新固态材料，除了具有以前这类材料的性质外，它还是优良的导体。现在，在这一半的地球隧道外表面，就缠绕着一圈用这种材料制成的粗导线，使这一半地球隧道变为一根长达6 300千米的电磁线圈。"

"线圈中的电流从哪里来？"

"地核中有强大丰富的电流，正是这些电流产生了地球的磁场。我们用地核船拖着那种新固态导线，在地核中拉了上百个大回路，每个回路都有几千千米长，用这些回路来采集地核中的电流，并将它会聚到隧道线圈上，使隧道中充满了强磁场。我们的密封服的肩部和腰部有两个超导线圈，线圈中的电流产生方向相反的磁场，推力就是这样产生的。"

由于继续加速，上升段很快要走完了，井壁再次发出红光。

"注意，现在我们的速度已达到每秒 15 千米，超过了第二宇宙速度，我们就要飞出炮口了！"

这时，在地球隧道的南极出口，停放地心列车的高大建筑早已被拆除，地球隧道的圆形出口直接面对着天空，上面有一个密封盖板。扩音器中传出这样的声音："游客们请注意，地球大炮将进行今天的第 43 次发射，请您戴上护目镜和耳塞，否则对您的视力和听觉将造成永久的损害。"

10 秒钟后，隧道口的密封盖板哗地滑向一边，露出了直径 10 米的圆形井口，空气涌入真空的井内，发出尖厉的呼啸声。一声巨响，井口喷出了一道长长的火舌，其亮度使南极天边低垂的太阳黯然失色，密封盖板又迅速滑回原位盖住井口，井内的抽气机发出低沉的轰鸣声，抽空刚才盖板打开的 3 秒钟进入井内的空气，以准备下一次发射。人们抬头仰望，只见两颗拖着火尾的流星正在急速上升，很快消失在南极深蓝色的苍穹中。

沈华北并没有像想象中的那样看到隧道出口迎面扑来，速度太快，他不可能看清，只看到，身处其中的那条发着红光似乎通向无限高处的隧道在瞬间消失，代之以南极的蓝天，两者之间没有任何过渡，快得像屏幕上两幅图像的切换。他猛地回头，看到脚下的大地正在急速退去，他认出了那座南极城市，那城市很快变成了一块篮球场大小的长方形。他抬起头，看到天空的颜色正在迅速地由蓝变黑，速度之快，像一块正在被调暗的屏幕。再低头，他看到了南极半岛狭长弯曲的形状，看到了围绕着半岛的大海。他的身后拖着一条长长的火尾，看看身上才发现密封服的表面在燃烧，他被裹在一层薄薄的火焰中。看看在距他十几米处与他一起上升的导游，也被裹在火焰中，像一个拖着长长火尾的小怪物。巨大的空气阻力像一个巨掌狠狠地压在他的头上和肩上，但随着天空的变黑，这巨掌像被另一个更加强大的力量征服了，它的压力渐渐放松。低头看，南极大陆已显示出了完整的形状，沈华北惊喜地发现这块大陆又恢曙光。再向上看，群星已在太空中出现，沈华北第一次见到如此晶莹灿烂的星星。身上的火光熄灭了，他们已冲出大气层，飘浮在寂静的太空中。沈华北有身轻如燕的感觉，他发现自己身上的密封服——太空服变薄了许多，表面的那层散热物质已在与大气的剧烈摩擦中蒸发了。这时，高速通过大气层时的通信盲区已过，他的耳机中响起了导游的声音：

"穿过大气层时的阻力消耗了一部分速度，但我们现在的速度仍超过了逃逸值，我们正在飞离地球。你看那儿——"

导游指着下面已经变得很小的南极半岛，沈华北在地球隧道出口所在的位置看到了闪光，接着一颗拖着火尾的流星从半岛缓慢地飞升而上，在飞出大气层后火光熄灭了。

"那是地球大炮刚刚发射的一艘太空船，它将接我们回去。地球大炮的炮管中每时每刻都同时运行着五六颗'炮弹'，这样它每过 8 到 10 分钟就射出一艘太空船，所以现在进入太空就如乘地铁一样便捷。在 20 年前工业大迁移开始时，是发射最频繁的时期，炮管中往往同时有 20 多颗'炮弹'在加速，地球大炮以两三分钟

一发的频率向太空急促地射击，一批批太空船组成了上升的流星雨，那是人类向命运的庄严挑战，真是壮观！"

这时，沈华北在群星中发现了许多快速移动的星星，它们的运动在静止的星空背景上很容易看出来，那些东西一定就在地球轨道上。再细看，它们中相当一部分可以看出形状，有环形的，圆柱形的，还有多个形状组合而成的不规则体，像漆黑太空上精美的小饰件。

"那是宝山钢铁公司，"导游指着一个发光的圆环说，然后又依次指点着其他几个亮点，"那几个是中国石化，当然它们现在不处理石油了；那几个圆柱形的是欧洲冶金联合体；那些是用微波向地球供电的太阳能电站，发光的只是它们的控制中心，太阳能电池组和传输电能的天线阵列是看不到的……"

沈华北被这情景陶醉了，再看看下面蔚蓝色的地球，他的眼泪涌了出来.他现在最大的愿望，就是让参加过南极庭院工程的每一个人，故去的和健在的，都看看这些，他特别想到了其中的一个人，一个在所有人心目中永远年轻的女性。

"找到我的孙女了吗？"他问。

"没有，我们缺少在地核中进行远距离探测的技术，那是一个广阔的区域，谁也不知道铁镍流把她带到哪里了。"

"能不能把我们看到的这些用中微子发向地心？"

"一直在这么做呢，相信她会看到的。"

·思想实验室

1."地球大炮"竟然贯穿了整个星球！它也许是地球上最浩大的工程，在小说中，它是如何一步一步被建造出来的？其中包含了哪些巧妙的设计？请你拿着地球仪或手绘的图纸，把这个不可思议的过程演示给小伙伴听。

2.沈华北预言"南极庭院"工程会重新成为人类的骄傲，并断言"时间使这些都无关紧要，只有凝结于其上的人类精神永远光彩照人"。结局印证了他的预言，也为这一人类文明史上的重大事件画上了圆满的句号。然而历史总有一定的偶然性，如果人类并没有借助这条隧道修建"地球大炮"，那么又该如何评价这个工程？请你以未来人类历史学家的身份，谈谈对"南极庭院"工程事件和沈渊其人的看法。

3.在历史上，科学技术带来的灾难有时是永久性的、毁灭性的，切尔诺贝利核电站爆炸事故就是惨痛的一例。这次爆炸产生的辐射需要上万年才能消失，全球21亿人受到核爆炸的影响，27万人因此患病，9万多人死亡，迄今该区域依旧被划定为人类禁区。你如何看待人类的科技革新，以及我们在此过程中付出的代价？

与龙同穴

宝树

在我们的认知中，人类是地球上唯一的智慧生命。历经 30 万年的进化，我们构建起了灿烂的文明，这份荣耀确实令人自豪。但是，有没有那么一个瞬间，你的脑海中闪现过这样的念头：或许，除了我们，地球上也曾经有其他的智慧文明繁衍生息，甚至现在仍有更高级的智慧文明在默默地注视着我们呢？毕竟与地球长达 46 亿年的历史相比，人类的历史实在微不足道。《与龙同穴》讲的正是这样一个科幻故事。

想象一下，如果你独自一人，穿越到了恐龙统治地球的时代，那会是一种怎样的体验呢？《与龙同穴》的主人公就遭遇了这样的意外。他原本是一个在生活中普普通通，却颇有好奇心的时空旅行者。因为时间旅行出了差错，他竟被送到了白垩纪的最后一天——小行星撞击地球，即将引发生物大灭绝之时。在这个倒霉的时刻，作为白垩纪唯一的人类，孤立无援的主人公竟跟地球上最后一头蜥鸟龙困在了一个洞穴里，这真是祸不单行。预想中悠闲愉快的探索之旅，瞬间变成了惊心动魄的"密室逃生"。洞内是食肉的蜥鸟龙饥肠辘辘，龇着锯齿般的獠牙；洞外是吞噬了无数生命的滚滚烟尘、灼人热浪；洞口被震落的巨石堵得密不透风。主人公只好使出浑身解数与恶龙周旋，结果却发现眼前的蜥鸟龙竟然拥有高等智慧！事情变得越来越复杂……面对接踵而来的危机，主人公能否回到原来的时空？一人一龙将遭遇哪些未知的凶险？正在发生的一切，又会让人类和蜥鸟龙种群的命运发生怎样的交织和演变？一个个谜团都将在故事中逐一揭晓……

这篇小说最大的看点是将紧张的故事情节、幽默的语言表达和深刻的生命哲思巧妙地融为一体，让你的心情时而紧张，时而轻快，时而又被猝不及防的震撼和难以言说的感动击中，不知不觉被带入了哲思的层面。而这正是宝树科幻作品的独特魅力。小说的前半部分，主人公与蜥鸟龙绝望而笨拙地斗智斗勇。前一秒你也许还紧张到屏息，下一秒就被穿插其间的幽默元素弄得捧腹大笑。然而随着故事的推进，你会发现宝树不知何时收起了玩笑式的笔调，悄然将读者带入了严肃而深沉的思考。作为各自种群唯一的个体，主人公与蜥鸟龙无疑是两个智慧文明的缩影。面对浩劫，一人一龙从相互怀疑、殊死搏斗，到被迫合作、患难与共，再到心中升起同为地球之子的血脉相连、惺惺相惜，这一切都让人动容。然而作家并未止步于此，他要进一步去叩问你的灵魂和良知。在故事的高潮部分，主人公面临残酷的抉择：是给古老的蜥鸟龙文明一个延续的机会，还是给未来的人类文明一个开始的机会？这不仅考验着主人公的智慧、勇气和道德良知，更挑战着人类社会一直以来以自我为中心的观念。读到这儿，你无法不与主人公产生共鸣，无法逃避内心的挣扎与煎熬，无法不对人类以地球灵长自居的傲慢、自私产生深深的反思。在故事的最后，作者巧妙地设置悬念，编织了一个出人意料、充满浪漫色彩的结局：对两个智慧文明而言，在非此即彼的选择之外，或许真的存在第三种可能……

探讨物种间或文明间关系的科幻作品并不少见。NASA 气候学家加文·施密特和天文学家亚当·弗兰克提出"志留纪假说"，提出了一个非常有趣的科学问题：在我们之前，是否可能存在过一个非人类的工业文明，即使我们目前没有发现这样的证据？宝树的这篇《与龙同穴》幻想了一个在人类诞生前就存在于地球的智慧文明，与科学家提出的"志留纪假说"颇有相似之处。如果你对"志留纪假说"这一思想实验感兴趣，可以通过网络检索资料，做更深入的了解。将科学家们的观点与这篇小说对比着来读，一定会给你带来新的思考与感悟。

·正文

一

世界上最倒霉的事情是什么?

想象一下,你孤身一个人,远离所有的亲人、朋友、邻居、路人,事实上是远离全人类,困在一个伸手不见五指的黑暗洞穴里,洞口已被崩塌的石块堵死,凭你的力量根本不可能挪动。你又冷,又饿,又累,身上还有几道伤口在流血。

在外面,同样是伸手不见五指的黑暗,整个世界都变成了一个不见天日的洞穴。地球被数公里厚的尘埃云包裹住,摧毁一切的狂风吹过死寂的大地,巨大的雷霆声透过厚厚的岩石传进你耳中,也许几百公里内没有任何活物。

这是核大战之后的世界吗?即便在那样的世界上,还有一些人躲在地下堡垒、深海潜艇或者太空站里。但你很清楚,在这个世界上只有你一个人在呼吸和思考,除了你之外,一个人也没有,也许一只灵长目动物也没有。

当然,人类还有希望,遥远但是一定会出现的希望。六千多万年后,会有一些猿猴从树上下来,学会直立行走和打磨石斧,脱掉一身长毛,再过上一两百万年,占领整个星球,创造出文明、科学和该死的时间机器。总有那么一天,你知道的。

而现在，你单独一个人，又冷，又饿，又累，还带着伤，被困在白垩纪最后一天（或者新生代第一天？）一个被掩埋的洞穴里，怀念着6500万年后的太空咖啡、分子甜点和无上装机器女招待。还有比这更倒霉的事情吗？

有。

想象一下，这时候，你听到了背后传来了让你毛骨悚然的——鼻息声。

二

当然，当然，不管怎么说，对你来说，这肯定不会是世界上最糟糕的事情。因为真正被困在那个洞穴里的人，不是舒舒服服坐在椅子上看书的你，而是——我。

我纯属脑子被一万道宇宙射线穿过，才想到回白垩纪看什么恐龙。在这个时代要欣赏恐龙，有20种以上可以乱真的VR电影和游戏可以选择。宏伟壮丽的《中生代漂流》，血腥刺激的《屠龙英雄传》，科学严谨的《巨龙家族》，应有尽有。完全没有必要花百倍以上的数字币，亲自回到6500万年前去闻那些大爬虫的臭屁。

但怎么说呢？那个新出来的"白垩纪文艺之旅"的广告真的很吸引人，那是在白垩纪的三维立体实拍，内容也不是身子笨重的蜥脚巨龙、张牙舞爪的霸王龙之类的俗套，而是在翠绿的山谷间，一个静谧的小湖边，开满了形态奇特的远古花卉，一群顶着漂亮头冠的禽龙在姿态娴雅地饮水；不远处，两头憨态可掬的小甲龙在打着滚嬉戏，几只宛如仙鹤的小翼龙拖着长尾，鸣叫着掠过湖面；两个身段窈窕、面容姣好的人类姑娘穿着轻柔的纱衣，骑着温顺的三角龙在湖边留下倩影……当然，姑娘不是重点，重点是在时光深处漫步的意境！如果能在这湖边拍张帅帅的三维立体照，发在"生活场"里，注明来自白垩纪，那多有范儿！至少比烂大街的土星环观光游之类酷多了。

所以，在"生活场"里看到前女友和她的新男友在土星环下拥吻的立体照之后，我第一时间就预定了这个超文艺的白垩纪时间旅行团。并在 2116 年 8 月 20 日早上 10 点，从河南南阳的恐龙遗址公园准时被传到了时间的彼岸。

但穿过时空门之后，我的下巴掉了，半天没找到。

冷风刺骨，似乎正当冬日。那个风光绝美的小湖早就干了，只剩下一堆发臭的烂泥巴，周围也只有一些稀稀拉拉、半死不活的蕨类植物，绚丽的花卉无影无踪。暂时没有看到一头恐龙，当然也没什么身穿纱衣的姑娘。要是在这里自拍，你不说是白垩纪，别人还以为是荒废百年的日本福岛。

游客们不满地抱怨起来，导游忙解释说，由于传送的时间久远，时空传送又具有"量子不确定性"，上下误差能有几万年，未必能碰上最好的时节，当初的广告视频不是承诺，只供参考，这些合同上可都是写明的……

许多游客大怒，当场和她吵起来，要旅行社退钱。不过想想也知道，退钱肯定是没戏的。既来之，则安之吧！我不管他们，自顾自在附近逛了起来，说不定还能找到点有趣的东西。谁知刚走到小湖对岸，就听到导游的声音通过在头顶巡逻的蜂机远远传来："各位游客，请立刻返回时空门，请立刻返回时空门！"惊惶而高亢的声波在山谷间反复回荡。

"出什么事了？"别的游客问。

"控制中心刚刚发现，我们登陆的时间坐标出现严重偏差，比原设定时间晚了 135 493 年 231 天 3 小时 25 分钟 17 秒，正好遇到了 K-T 事件的发生！目前的情况极度危险！请大家立刻返回时空门，有序撤离！"

游客们都惊呼起来，纷纷往时空门的方向跑去，只有我莫名其妙，拉住一个往回飞奔的中年人问："她说什么？'凯替事件'？"

"你没看旅行手册吗？导致恐龙灭绝的事件！"那中年人说，见我还不明白，往天上比画了一下，"就是小行星撞地球！"说完甩开我跑了。

我看着一望无际的蓝天，心中纳闷，但还是跟着人群一起往时空门的方向跑去。一边跑一边问："那颗小行星会撞到这里？"

"不是，"中年人回头说，"应该是墨西哥那块。"

"那不是在地球另一边吗？"

"你以为恐龙是怎么灭绝的？"中年人像看白痴一样瞪了我一眼，"很快整个地球都完蛋了！"

仿佛为了给他的话做证明似的，恰在这时，大地像跷跷板一样猛然抬起又落下，地震了！

我正在迈腿快跑，脚下不稳，一个狗啃屎摔倒在地，沿着斜坡滚下了干涸的湖底，沾了一身烂泥，等我忍痛爬起来，大部分人已经逃进了几百米外的时空门，平平安安回到了 22 世纪。导游守在门口冲着我和几个剩下的游客在叫着什么，在她身后，可以看到一道妖气腾腾的黑色云团从天边涌来，夹杂着恐怖的电光雷霆。

我使尽吃奶力气向她跑去，该死的地震还没有结束，大地像暴风雨中的甲板似的不住摆动，两边的山体纷纷崩落，发出轰雷般的巨响。我只能像醉汉一样七扭八歪地艰难前进，心里许愿只要能活着回去，这辈子再不进行时空旅游，再给太阳系红十字会捐一万元数字币。

离时空门越来越近了，200 米，100 米，50 米……但此时，黑云已经笼罩了天地，像是宣告恐龙时代结束的大幕落下。清场的狂风已经吹来，带着呼啸的沙尘，简直要把大地刮掉一层皮，导游见我还差几步，高喊了一声，"快来！我在时空门那边等你！"便转身进去了。

这算什么等我？！我心里暗暗发誓，等回去一定好好投诉这个狗屎一样的"文艺之旅"，又决定给红十字会增加一万元捐款。我竭力加快了脚步，但离门边还有几米远，黑色的云团已经铺天盖地般袭来，将我吞没。

我本以为还能坚持走几步到门边，但只觉眼前一黑，就像狂风中的纸片，不由自主地飞起，不知飞得有多高。眼前一片昏暗，身边是炽热的粉尘，那是半个地球之外高能撞击的产物，烧灼我的皮肤，涌进我的口鼻，再过几秒钟我就要被烤得外焦内嫩了……

被烤熟之前，死神终于改变了主意，把我随手抛在了什么地方，我不知滚了多少圈，但居然还没摔死。风稍微弱了一点，但空气仍然炎热得如要燃烧。我抬头张望，但此刻周围的能见度已经低得像深夜，什么也看不清。隐约看到前面似乎有一个山洞，我便连滚带爬地向山洞跑去。此时又是一阵地动山摇，身后石块坠落如雨，我只有拼命往里钻，不管这里是什么地方，哪怕多活一秒钟也好。

好不容易，地面停止了震动，上面也再没有石头落下，我靠在洞壁边上，只觉浑身像被火烧，肺里痛痒难当，抚着胸口拼命咳了半天，把刚才吸进去的粉尘咳出来，又打开衣服的降温功能，驱散周围的炎热，过了几分钟才好受了一些。伸手去摸刚才进来的地方，貌似已经被一块天降巨石给堵死了。

"真见鬼了！"我在黑暗中连声咒骂，"好端端出来旅游，竟然碰到小行星撞地球！世界上还有比这更倒霉的事吗？！"

这并不是一个真正的问题，但却被一个声音回答了。

"呼哧……呼哧……"

那是某种呼吸声，不算响，但绝不是幻听。同时，我才注意到周围有一股难以形容的腥膻气息，背后的联想让我顿时毛发直竖。

那是什么？到底是什么？

"嘎！"一个又像蛙叫又像鸟叫的怪声在黑暗中响起，随即耳畔风生，某种东西在黑暗中扑了过来！

三

"妈呀！"我吓得魂飞魄散，大叫一声，转身就跑，却忘记了根本无路可逃，"砰"地正面撞上了岩石，顿时头破血流，伤上加伤。

我没工夫叫疼，背后好像已经被什么锋利的东西够到，我一低头，又向另一个方向逃去，身后的黑暗中，某种看不见的怪物紧追不舍，听得到沉重的脚步声。没几步又到了一个死角，我绝望地紧紧贴着石壁，感到腥臭的热风伴着湿气从黑暗中吹来，某种似乎是从喉咙深处发出的咆哮在洞中来回震荡，可以肯定，这声音的主人近在咫尺。

某种软趴趴、湿答答的东西已经碰到了我的后颈，我本能地闭上了眼睛，等着被不知什么样的怪兽吃掉。这时候，我的心跳肯定已经超过了 200 下。短短 20 多年的人生在眼前放起了电影：工作被炒，唯一一次恋爱被女朋友甩了，买智能玩偶买到假货，大学作弊被抓，中学被同学校园暴力，小学被逼着上各种苦不堪言的补习班……悲惨的一生啊，这么说来，死了也不算太可惜……

等到这幕电影放到我人生最早的一个记忆——4 岁跟爸妈去太空城被失重吓哭——之后，我才发觉了蹊跷，为什么我还能活着回忆完这一切？也许我已经在它的肚子里了？但是……至少我还能感到自己疯狂的心跳。

难道刚才的一切是幻觉？但并不是，咆哮和腥风仍然就在身后，那湿乎乎的东西还是不时碰到我，那究竟是什么鬼东西？为什么它不干脆吃了我？

这时我才想起来，手上的智能表就有手电功能。我犹豫了一下：也许看得到那东西比看不到更可怕……

最后，我还是以最小幅度转过身，战战兢兢地打开了手电。一束光从我的手腕射向对面，山洞里亮堂起来。

我看到了一幅噩梦般的画面：距离我的脸只有零点几米的地方，是一张恐怖的血盆大口，上颌与下颌之间张开几乎有 120 度，上上下下都长满了小刀般的獠牙，猩红的长舌头在牙齿间翻动着，向外伸出——这也是它刚才一直碰到我的部位。在巨吻的下方，两只镰刀般的巨爪也在疯狂地挥舞着，恰好从我身外几厘米处掠过，只要被碰到一下，就是被开膛破肚。

突如其来的光线让那怪物吃了一惊，它发出愤怒的叫声，向后退了几步。这一下我能看清它的全貌了，那是一只四分像鳄鱼，三分像鸵鸟，三分像袋鼠的动物，用粗大的后腿站立，浑身长满了难看的红黑色条纹，身上都是疙疙瘩瘩的皮肤。它的爪子很长，但脖颈更长，所以够不到嘴的前面。它的头骨高高隆起，头顶长着一排威风的蓝色羽毛，羽毛下方是一对很小的、鳄鱼般的眼睛，散发出狡诈的目光。

毫无疑问，这位黑暗杀手是一头恐龙。

我也看清了周围的环境。这不是什么深不可测的神秘溶洞，只是一个普通岩洞，长大概有七八米，宽大约三米，高也是三四米左右。山洞中有不少动物的骨骼和石块，还有一些树叶，但除了进来的入口，没有任何其他出路。

这是这头恐龙的巢穴吗？它在这里吃掉了多少动物？我恐惧地想，为什么它还不吃我？

但这头恐龙的确是不知怎么没法再接近我一步，只能在离我几厘米的地方进行徒劳的尝试。我小心翼翼地抬起手电，照向它身后，才发现答案：它身上和我一样，有好几处伤口，正在往下淌血，左腿上的伤口尤其触目惊心，一大片血肉都翻在外面。这家伙大概是刚才在周围觅食，在逃进山洞之前，也被末日的死亡风暴整得很惨。

但主要阻碍它行动的，是洞壁上出现的一道横向裂缝，大概也是地震造成的，天知道怎么搞的，它的尾巴末端正好被夹在裂缝中，被半座大山的重量压着，无法摆脱，这家伙的尾巴已经绷得笔直，却还是差个零点零几米，无法够到我。

我的心脏仍然在胸膛里打鼓，喘息不已，但大脑恢复了一点思考能力。不管怎么说，看来我暂时不会死。我端详着山洞的大小和角度，靠在石壁上挪动着，尽量找了一个离它最远的位置，但顶多也就能拉开一两米。恐龙见我越移越远，最后做了一次攻击的尝试，但尾巴上的疼痛让它鬼叫了一声，不得不缩了回去。它的眼珠转了转，大概也知道无望再碰到我，又退了一步，慢慢卧倒在地上，粗重地喘息着。

我端详着眼前的恐龙，估算着它的实力。它的身高和我几乎一样，也就是一米八左右，整个身体大概有三四米长，看起来体型很是壮硕，体重应当有 300 ~ 500 千克，当然不可能和霸王龙、棘龙之类的大家伙比，在恐龙电影和游戏里，这种小恐龙就和侏儒差不多，最小功率的激光枪都可以轻松干掉一群。但当它真正站在你面前一两米外，中间没有任何阻挡的时候，就完全不是那么回事了。

我又打手电确认了一下，入口的确已经被一块哪怕霸王龙也挪不动的巨石堵死了，暂时无法脱身，我只有坐在一块大石头上，打开背包，摸索着可能用来对付这头恶龙的家伙。

每个参加史前旅行的游客都会担心碰到凶猛的食肉动物。但时间旅行管理法规不允许我们携带任何武器，担心如果随意杀死一头史前巨龙也许会改变历史。再说，动物保护组织也会提出抗议，造成很多麻烦。当然，对这种事不会毫无防备。为了保护我们，时间旅行社也派遣了若干带有麻醉枪和其他武器的智能蜂机在我们头顶巡航。当遇到有危险的猛兽时，可以将它们麻醉和赶走。可现在，那些蜂机不是坠毁，就是被超级风暴吹到地球另一边去了，只剩下手无寸铁的我。

我在背包里摸了半天，东西很多：自动牙签、折叠激光笔、音乐光屏T恤、眼镜式VR游戏机，变形交感体验内裤——换句话说，什么有用家伙也没有。

那恐龙还在盯着我，和它对视让我越发毛骨悚然。我想了想，把手电的亮度调低了，智能表依赖太阳能，平时虽不用充电，现在可未必能用多久。

知己知彼，百战不殆。先要弄清楚这究竟是头什么龙。我搜索着自己那点不多的恐龙知识，很多还是旅游前恶补的。它的身形有点像伶盗龙，看爪子像恐爪龙，头颅很大，又像是厚头龙……先别管它是什么龙吧，重点是植食性的还是肉食性的？看这满口的獠牙，答案应该很明显……

我想到一个办法，让智能表的镜头对准了恐龙，放出一道绿光，在恐龙身上进行扫描，恐龙一惊，向后缩去。但瞬息间，通过几道射线，我已经获得了它从皮肤到骨头的整个模型和海量数据，通过内置的数据库进行匹配，很容易判明到底是什么物种。过了片刻，智能表盘就在我眼前投射出了一排排的文字资料：

物种分析结果：

真核生物域

动物界

脊索动物门

脊椎动物亚门

四足形类

蜥形纲

双孔亚纲

主龙次亚纲

鸟臀目

兽脚亚目

伤齿龙科

蜥鸟龙属

很抱歉，无法确定具体物种。

看到最后一行，我气得咯血三升：说了半天全是废话，连什么物种都搞不清楚，有什么用？

不过，随后浮现的一行字又让我转忧为喜：

扫描发现，该生物受到严重创伤，背部大面积烧伤，左腿正在失血，第六尾椎骨断裂，健康水平 C-，需立即救治。如有需要请联系动物福利中心，联系方式……

救个头啊，死得越快越好！

四

就这样，我坐在山洞角落里的一块平整石头上，盯着那头什么蜥鸟龙，等着它一命呜呼。这当口地球上的恐龙九成九都转世投胎去了，你还赖在这世界上干什么呢？早死早超生嘛！应和着我的祝福，它躺倒在地上，身上的伤口汩汩流血，不时动一下爪子，发出咕咕的呻吟声，看上去每一秒钟都比之前更加衰弱。

我又瞄了一眼表上的时间显示，上午 10:47。当然是 2116 年的时间。我们在 10 点整穿过时空门，从我到达白垩纪到现在，发生了那么多事，居然只过了 47 分钟。

而我清楚，时空门还在外面开启着，将持续整整 12 个小时，也即是我们此次白垩纪之旅的时长，这是事先设置好的。纵然是毁天灭地的灾难也不可能摧毁时空门，因为它并非由实体物质构成，只是时空扭曲造成的一个孔洞，看上去就是一个直径两米的光环，里面看起来是一个光的旋涡，幻化出缤纷的颜色。

我回忆着时间旅行的基本知识：从 2116 年那边来说，时空门只会出现几秒钟，不论你在白垩纪呆多久，都是瞬间返回，返回后，时空门也就关闭了。这也就意味着，未来没有可能派人来救我。就算再派人来，因为时间旅行本身的"量子不确定性"，不可能同时准确定位时间和空间。如果要精确回到这个位置，也许你会出现在地心或者外太空，如果要精确回到这个时间点，往往不是跳到几千年前就是几万年后（这次事故也是因此而发生），找到我的机会微乎其微。我知道的几次时间旅行失联事件，都是给家属一笔抚恤金了事，没人会去找那些倒霉蛋。

所以，唯一的生机是我能在 12 小时，不，11 小时又 13 分钟里，爬进那道迷人的光门。但现在的问题是，我怎么能离开这鬼地方？

管不了那么多了，先等眼前的恐龙死了再说，我想。

煎熬中，又是半个小时过去了，蜥鸟龙渐渐停止了身体动作，眼睛也逐渐闭上了。死了？我侧耳聆听，但仍然可以听到细微的呼吸声。它的肚皮也在微微起伏着，看来只是昏过去了。我微感失望，但告诉自己，耐心，再耐心等一会儿。

我又等了大半个小时，已经过了12点，恐龙的呼吸仍然存在，而且渐渐趋向平稳匀长。我又打量了一下它腿上的伤口，发现居然已经凝固了，没再流血。它死不了，至少一时半会儿死不了。

现在该怎么办？

亲自搞死它！我一咬牙，决定动手，但身上没有任何武器，只有一个背包，总不能拿它去砸吧？

等等，砸？我的视线落在身边，心中一亮，暗骂自己不开窍，怎么没有武器？这地上可有的是！

我捡了一块拳头大的石头，又放下了，这玩意儿还不够给恐龙挠痒的。又抬起一块足球大小的，足有十来千克，但还是觉得不够分量。左顾右盼，再没有合适的石块，找了半天，焦急中摸到屁股下的石板，心下一动：这块石头差不多有两个枕头那么大，可以把整个恐龙脑袋都压在底下，这回不信你不死！

我弯下腰，吃力地将这块大石头抬了起来，感觉它至少有四五十千克重，绝对没有远程抛过去的可能，只有自己走过去砸。我双手抱着石头，吃力地挪动脚步，虽然只有不到两米远，但每步都步履艰难，身上的伤口仿佛又都裂开了……再坚持一下！

终于到了恐龙面前，它仍然紧闭着双眼，对自己即将面临的死刑浑然不觉。去死吧！我用力想将大石块举起来——怎么举不起来——再用点力——用力——

"砰"的一声巨响，石头落在了地上。

"啊！"

"嘎！"

发出"啊！"的是我，那块大石没拿住掉了下来，悲惨地砸中我的右脚尖……也不知骨头断了没有。

发出"嘎！"的是那头蜥鸟龙，它被我惊醒了，看到敌人在眼前鬼鬼祟祟的，发出一声怒鸣，猛然跳了起来，冲着我就咬！

我把伤脚从石头下挣出来，连滚带爬地鼠窜到刚才的安全角落里。惊魂初定，回头一看，却发现蜥鸟龙一个猛跃，竟生龙活虎地跳到了我的面前。这不可能！它的尾巴明明——

我的目光扫过它身后，那半根尾巴的确还压在裂缝里。

但是已经……脱离了身体。

五

失去尾巴，但获得自由的恐龙兄不顾后面疼痛，毫不犹豫地咬向我。我仓促间低头避过，撒腿又往它身后跑去。它的尖爪从我耳边划过，我侥幸脱身，可没几步便到了山洞尽头。蜥鸟龙也转身冲了过来。

不可能再逃了。我心一横，像大猩猩一样，用手捶打着胸口，歇斯底里地大叫起来："哇啦哇啦，稀里哗啦，你的死啦死啦的干活……"

蜥鸟龙果然被我唬住，暂时停住了脚步，歪着头看着我。

我其实已经吓得魂不守舍，但形格势禁，再无退路，只有一个劲地蹦跳叫嚷，巴望把它吓得缩回去。但蜥鸟龙并没有被吓退的迹象，只是换了个角度，饶有兴味地继续看着我的"表演"，就像在看猴戏一样……混蛋！咱俩究竟谁是动物啊？

"咿……呀……"

为了维持人类的尊严，我没有继续学猩猩的动作，而是一声长啸，打了一套太极拳，指望用东方功夫把它镇住。"揽雀尾""白鹤亮翅"等玄妙招式一招招使出来，可身子越来越吃不消，特别是被砸中的右脚火辣辣地疼，感觉脚掌都快断掉了，却还不得不继续下去。这时候，发生了一件更悲剧的事，我刚使到"左蹬脚"，受伤之余，重心不稳，一个趔趄，竟仰天摔倒。

我一时爬不起来，蜥鸟龙见我这套"黔之驴"的开胃表演结束，也向前走来，打算正式享用哺乳类大餐。眼看它举起利爪，就要行凶。我情急之下，掏出折叠激光笔，一束白灼的激光激射而出，正中它的左眼！

可惜，这不是那种能融化金属，刺穿飞船的激光，只是用来进行指示的光束，功率非常之低，最多是在皮肤上引起一点灼热感。但强光恰好对准了恐龙的眼睛，让它眼睛一痛，惊恐中发出"呱"的一声大叫，扭头逃窜。我趁机爬了起来，继续呼喝着，连连晃动手上的光束，就像挥舞光剑的杰迪武士一般。蜥鸟龙恐惧不已，口中发出呜呜的声音，垂下断了半截的尾巴，一步步退后。

我又一次死里逃生。不管怎么说，这多进化了六千五百万年的脑瓜还是蛮管用的，我颇感欣慰。

但现在又能怎么样？

只能等死——不是它死，就是我死。

山洞里暂时又恢复了平静，蜥鸟龙被激光笔吓住，不敢再进犯，乖乖地趴在另一边，我当然也不敢再招惹它，只希望它尾巴上的伤口再大一点，让这家伙的血早点流光。

但蜥鸟龙开始像小狗一样舔舐自己的伤口，似乎还颇有效果，血又渐渐止住了。我又开始感到焦急，激光笔的电不久就会用完，到时候还有什么能制住它？

正在着急，另外有什么动物"咕咕"地叫了起来，声音居然就来自我身边。我吓了一跳，手忙脚乱地找了半天，才发现发出叫声的"怪兽"是——我的肚子。

我稍微松了口气，再看看时间，僵持了这么久，已经是下午一点，从出发到现在什么也没吃，也难怪腹饥难忍。这么一想，更觉得手足无力，饿过头了。先吃点东西再对付那饿肚子的恐龙，不是会更有优势一点吗？即便要死，做个饱死鬼也好过当饿死鬼。

我盯着恐龙看了几眼，见它仍然在专心地舔舐着自己的伤口，并没有太注意我这边，才略感放心。我从背包中拿出了一袋真空包装的压缩食品。这东西本来不是常规的午餐。午餐由时间旅行公司负责，包括烤肉、炸鸡、蘑菇沙拉和薯条，我们本来会在湖边野餐，还有歌舞表演……现在这些都别想了，这袋食品属于野外求生套装，时间旅行公司在每个人的背包里都放了一份以防万一。据说是高度压缩的能量食品，吃几口就可以抵上一顿饭。不过这东西我从来没尝过。

我把真空包装打开，里面的食品迅速膨胀变大，是一种白色的固体，手感像橡皮，但还要厚实很多。我抱着吃橡胶的决心咬了一小口，发现虽然难嚼，味道还颇为鲜美，是一种人造肉。我吃了两口，慢慢感到自己的胃部被某种温暖的东西充实起来。

我吃了大概有十分之一就饱了，正要将剩下的压缩食品放好，却发现蜥鸟龙昂起头，一对小小的眼睛死死盯着我，鼻子抽动着，腥臭的涎液不住从獠牙间流下来。我想起一件事，闻了闻手上的食物，的确散发着一股淡淡的肉香，这东西不可能瞒过肉食动物的鼻子。蜥鸟龙应该也饥肠辘辘了，怎么经得起食物的诱惑？果然，它慢慢站起来，又一步步试探性地走过来。

我威吓地喊了两声，祭出法宝激光，把它吓退了几步。但毕竟食物的诱惑太大，这回恐吓战术也不灵光了。它稍等片刻就又向我靠近，从喉咙里发出古怪的威胁声。我更加频繁地扫动激光，结果事与愿违。一开始恐龙还怕它三分，后来发现只要不碰到眼睛，就算落到身上也没什么大不了，甚至连躲都不躲了……

激光没用了，这也就意味着，蜥鸟龙有恃无恐。眼看它越走越近，随时会发起进攻，怎么办？

只有一个法子。虽然我不想用，但是……没办法了。

我深吸一口气，将手伸进背包，拿出了最后的秘密武器。暗自叹了口气，将它打开，像扔手雷一样抛向那正在逼近的恶龙。它似乎也感到了不对，高高跃起——

将剩下的一大块人造肉叼在口中，一仰头，吞了下去。

六

我放弃了可以吃三天的食物，总算换取了恶龙一时的平静。

它又回到自己的角落里，卧在地上，静静地消化着从未享受过的美餐。人类可以支撑三天的食品，对它来说也许只够吃一顿半顿。我只希望食物能够在它胃里呆得时间久一点。让我在被它吃掉之前想出脱身之计来。

时间一分一秒地过去，大约半小时后，我感到身上发生了一些奇怪的变化。除了肚子饱了之外，伤口也不疼了，似乎都开始愈合了。头脑变得敏捷，身上的力量也在增长，甚至有一种神清气爽的感觉……

我想到了什么，找出刚才那包压缩食品的包装袋来一看，果然在成分里有"生命急救素（0.25%）"的字样。这生命急救素与时间机器并列为22世纪以来最重要的发明。它不是一般的化学或生物制剂，而是一种微小的智能纳米机器，能够修补伤口，杀灭细菌病毒，代替红细胞增加血液运氧能力，中和体液中的钠离子以取代对水分的需求，以及根据人体的实际状况进行其他调整。在野外应急的压缩食品中含有这种成分倒也不奇怪，还正好能帮助我应对紧急状况，真是天助我也！不过唯一的问题是……它只能帮助人吗？

我望向对面的蜥鸟龙，巴望为人体研制的生命急救素不适用于它，最好和它的免疫系统发生冲突，让它赶紧给我死翘翘！可现实又一次让我失望了。蜥鸟龙的伤口也有明显愈合的迹象，它站了起来，甩了甩头，挥舞了一下前肢，精神抖擞。更糟糕的是，它还在盯着我，歪着脑袋，小眼珠不住转动，一副好奇的样子。暂时还没有进一步行动，但是估计也快了。

没错，生命急救素让我的健康恢复到良好的水平，我还练过两年中国古拳法，但面对同样恢复了健康活力的、体重至少300千克的恐龙，这些连让我多活一秒钟都难。要和眼前的上古巨兽周旋，还得靠我那多进化了 6 500 万年的大脑。

要说我这脑子还真灵光，左顾右盼中无意间抬头向上看去，竟然发现了一个逃生的办法。我头顶 3 米处有一块明显凸出的岩石可以容身，而下面有一些石缝和岩面不平处可以搁脚，应该是能够爬上去的。但那家伙会不会也爬上去？我又看了对面的恐龙一眼，从它的体型断定没有这种可能。

只要爬到上头就安全了！我想，眼看蜥鸟龙也越来越躁动，不敢耽搁，转身就往上爬去，但山岩光滑，第一脚就差点滑脱。该死！我身为猿猴的后裔，不能连看家本事都丢掉了！我手脚并用，总算爬上去了一步，下一脚再踩在另一边的石缝里，再上一步……

我吃力地往上攀爬了几步，爬到一多半时，回头往下看去，又吓得魂飞天外。蜥鸟龙已经悄没声息地走到了我刚才呆的所在，就在我的正下方，仰着头好奇地看着我。鼻尖距离我的脚跟好像只有几厘米，只要稍微跳起来一点，就可以咬住我的脚，把我拽进地狱。我忙拼命往上攀去，祈求能及时逃出这恶魔的死亡之吻。总算又上了好几步，还有一米，半米，几分米……

我终于抓住了那救命稻草的石头外沿，但把脑袋伸上去，看清楚上面的结构时，不由得叫苦连天。原来在下面看不真切，其实那凸出的大石上方并不是一个平坦的台面，而一大半是坡状的斜面，斜斜地没入山体，人根本没法呆在上头。看起来只有先下去了……等等，下面有什么来着？

我终于意识到了自己的悲惨处境：我是上也上不去，下也下不来了。

七

5 分钟过去了。

这 5 分钟对我相当于 50 分钟，可以搁脚的地方非常狭小，我几乎只是用右脚的脚尖支撑身体，比芭蕾舞演员还要辛苦。但这是目前唯一能避开下面恐龙尖牙利爪的地方。可这样显然支撑不了多久，我到底该怎么办？！

雪上加霜的是，该死的蜥鸟龙跑到我这里来原来不光是想看我在干什么，它还有更迫切的生理需求。它蹲了下来，在我刚才呆的地方拉了一大泡屎。我就在这堆粪便的正上方，差点被臭气熏晕过去。这可恶的家伙，难道想把我熏下来吗！

就算熏不下来也呆不了多久了，我想，目前的法子只能是再吓唬那死恐龙一下，把它吓跑，最好吓死。可怎么吓它呢？激光那套已经不灵了，还有什么比这更令它害怕的？还有什么？

我的脑子疯狂地转了起来，倒还真让我想出了一个好办法。

我在智能表上按了几下，调出了一个视频，用三维外放模式投射到了洞穴中央。顿时出现了一群昂首阔步行走的巨龙。

这是一段科普视频，是前几天旅行社发送给我们的材料，内容低幼，是给小孩子看的，我只看了半分钟就关掉了。不过幸好没删，还存在数据库里，此刻正好可以调出来。

"在中生代的古老地球上，"一个浑厚苍凉的画外男低音响起了，这声音是电脑合成的，模仿一百年前一个姓赵的播音员，很有感染力，"生活着一群被称为'龙'的神秘生物。它们是地球所孕育的最庞大的陆地动物，曾统治这个世界一亿五千万年之久，在漫长的史前岁月里，演绎出一幅幅气壮山河的生命画卷……"

随着他的讲述，梁龙、腕龙、剑龙、三角龙、霸王龙等各式各样代表性的恐龙种群出现在洞穴中央。或走或卧，或捕猎或打斗，视频里没有出现蜥鸟龙这种小角色，但是身下的蜥鸟龙已经被吸引了全部的注意力，转过身好奇地看着这些远房兄弟。其中不少在几千万年前就灭绝了。

一群禽龙出现了，脚下的蜥鸟龙变得更加兴奋，甚至围着它们转起了圈子，一副跃跃欲试的样子，我估计禽龙是它的主要食物。我稍微调整了一下画面，让禽龙的影像投射到对面的石壁里，而且渐渐变小，仿佛正在走远。蜥鸟龙果然上当，跟着冲了过去，脑袋一头撞在了石头上，摔倒在地。可惜并无大碍，随即又爬了起来。

此时，男低音又响起了："……6 500万年前，一颗小行星终结了恐龙王朝，给地球的生物圈带来了一场灭顶之灾……"画面上，显示出大山一样的小行星穿越无边太空，飞向地球，冲进大气层。正是几小时前所发生的事。它以每秒几千米的高速撞击到了地球上，一个几十千米的大坑出现在日后加勒比海的位置，海啸席卷了整个墨西哥，数万亿亿吨岩石碎裂开来，飞向空中，越过几百千米距离，又变成火球坠下，整个地球颤抖着，被迅速扩散的黑色云团所吞没……

各个大陆上，一群群恐龙悲嘶着狼奔豕突。被地震摔倒，被岩石砸中，被大火烧成焦炭，在灰尘中窒息……蜥鸟龙刚才还在兴奋中，一下子被画风的突然转变吓得失魂落魄。视频中的合成画面对它来说完全是真实的。它大声怪叫起来，疯狂地上蹿下跳，想找到隐蔽地点，但它已经分不清视频和真实世界了。在光与影的变幻中，这可怜的蠢货一遍遍撞在石头上又摔倒，身上血花飞溅，就像一只想飞出玻璃瓶的苍蝇，非把自己撞死为止。我看着竟有点不忍心，但问题是，你不死我就得死啊！

眼看这招就要奏效，但忽然间，山洞又开始了剧烈的颤抖，见鬼，怎么偏偏这时候发生余震？

"啊呀！"

我本来已经是强弩之末，很勉强才能站住，此时更支撑不住，从落脚的石头上跌了下来，悲惨地摔在那一泡恐龙便上……

但此时我也顾不得污秽恶臭，地震还没有结束，坚实的山脉就像是积木搭成的，疯狂摇撼着。上头不时有石头碎屑坠下，堵在洞口的石块似乎在移动崩塌。整个山洞随时都可能化为乌有，我看到蜥鸟龙用一个奇怪的姿势缩成一团，把脑袋弯到了两腿之间，但已无暇管它了。我自己也只能捂着脑袋，龟缩在山洞的一角。心里忽然想到，如果我们俩被压扁后，骨头叠在一起，几千万年后变成化石出土，会被当成什么物种？

好在这次余震很快就结束了。我居然没受什么伤，抬头一看，惊魂初定的蜥鸟龙伸出头，和我对视，似乎也没出什么大事。再次死里逃生的喜悦从心底升起，我情不自禁地冲它笑了笑，感谢上苍又给了我们一次生命的机会……呃，好像哪里不对……

果然蜥鸟龙又站了起来，一步步朝我走来。我忙吩咐智能表继续放刚才的视频，但它压根不回答我，大概是被蜥鸟龙的粪水泡坏了……这次真的要被吃掉了吗……

我再次绝望地闭上了眼睛。

八

不知怎么，我也没一开始那么惊恐了。在凶残的恶龙面前，手无寸铁的我坚持了好几个小时，可毕竟人力难以胜天。那就这样吧，我想，不要再做无谓的挣扎，死得有尊严一点。反正就算没被它吃，我也逃不出去，也许只能死得更悲惨……

能感到蜥鸟龙已经站在了我跟前，但一直不见动作。我忍不住又睁开了眼睛。蜥鸟龙的确离我很近，但大概是我身上沾了它的粪便，它嗅了几下，似乎也感到恶心，不知如何下嘴，只是围着我打转。

同时，我也发现了一点不对：它头上那一圈浓密的蓝色羽毛全都消失了。

这家伙刚才乱窜中撞了好几次石壁，掉几根羽毛自然不稀奇，但不至于一下子都掉光了吧？掉到哪里了？我环顾四周，才发现答案就在眼前。

但这个答案……不可思议。

一个似乎是木头打磨的弯曲物体上插着很多根羽毛，就掉在我的脚下。看起来就像一个发箍或者一顶帽子，木头上还隐隐可以看到一些雕刻的粗糙花纹。

这是……一个人造物？

可这是人类诞生前 6 000 多万年。

难道这东西是某个穿越者留下的？还是——

我惊骇地忘记了一切，只是僵在那里。就在这时候，恐龙又做了一个奇怪的动作。它的左上肢不知怎么动了几下，爪子就"当啷"一声，掉在了地下。

我更惊得头脑一片空白。向那爪子看去，原来是某种类似手套的东西，上面的利爪连着下面的某种皮革，我还没看清楚是什么，另一只"爪子"也掉了下来。

我看到了这只蜥鸟龙真正的前爪，三根指头细长而灵活，明显可以干别的很多事情，比如制造和使用工具，而那只金刚狼式的"长爪"，只是佩戴在手上的工具；我还看清了，它身上的红色条纹，有一些花里胡哨的线条，不太像是自然生成的，仔细看来似乎是用什么颜料画上去的装饰；就恐龙来讲，它的脑袋有点太大了，头骨高高隆起，显示出后面有一个容量可观的大脑，它的目光看上去就像会说话一样——

难道这头恐龙——

有智能？！

我目光又扫向四周，发现了更多之前没有注意到的细节：洞里的石块和骨头形状各异，有的明显是打磨过的工具，几个头骨放得颇为整齐，像是装饰品，角落里的树叶精心铺成床铺的形状……毫无疑问，这种恐龙确实是智慧生物。

我感到一阵天旋地转，原来自己一直自命的智力优势只不过是可笑的幻觉，不由自主地双膝一软，几乎要跪倒在地，求这恐怖的旧日支配者饶命，但刚要跪下，蜥鸟龙已经反过来冲着我举起前肢，慢慢趴在地上，低垂头部，把屁股和尾巴翘得老高，口中发出某种低沉的声音。

这难道是吃掉猎物前的某种仪式？不，不像，这样毫不设防，对方明显可以攻击它最脆弱的地方，没有比这更傻的做法了。除非……除非它是在……

求饶？

不会吧，我不敢相信，明明是我被它逼得无路可逃，束手待毙，它如果是智慧生物，会不知道？

但是且慢，如果从蜥鸟龙的角度看呢？突如其来的恐怖风暴席卷天空，然后出现了一个怪物，像是来自地狱的小恶魔。最初，自己受惊之下，当然想立刻干掉对方。但对方的手上会发出可怕的强光，然后用食物喂饱自己，治好了自己的伤口，还让自己看到他降下天火，毁灭无数巨龙的异能……

没错，任何会思考的生物都会得出一个结论：对方是天神下凡，必须立刻表示顺服，否则只有死路一条……真是聪明反被聪明误呀。

蜥鸟龙顺服地伏在面前，我的大脑飞速转动着，思考着眼前的局面。从来没听说有任何古生物学家发现白垩纪的恐龙进化出了智慧的，但摆在面前的事实无法否定，看来是蜥鸟龙的一支在白垩纪最末期的几万年里产生突变，智力突飞猛进，达到了原始人的水平，已经能够制造简单的工具和装饰品，可是在它们能发展出更高级的文明之前，那颗小行星毁灭了一切……好险，差点这个星球就没人类什么事了。

在人类之前6 000多万年，地球上已经诞生了其他智慧生命，这是何等重大的发现！我激动地想，全世界所有的媒体都会争相报道，我的名字会和第一个发现恐龙的人一样家喻户晓！等等，第一个发现恐龙的人是谁来着……不管了，反正我的名字会家喻户晓！

　　我不由得兴奋地手舞足蹈起来，但一时过于兴奋，刚刚受伤的脚趾又踢到了石头上，一阵剧痛把我带回了现实：要是不能离开这鬼地方，就算发现人是恐龙进化来的也没用。

　　既然蜥鸟龙暂时不敢再攻击我，我总算可以把注意力转移到离开这里的问题上。我关闭了视频，调亮了手电光，再次照向出口处，却意外地发现刚才的余震后，原来那块山一样的巨石翻倒了，但是出口处还是被一堆新坠落的石块所堵死，绝大部分我根本不可能搬动。

　　等等，虽然我搬不动，但是……

　　我望向乖乖伏在地上的蜥鸟龙，嘴角慢慢露出一丝微笑。

九

咱们工人有力量，

嘿！咱们工人有力量！

每天每日工作忙，

嘿！每天每日工作忙，

盖成了高楼大厦，

修起了铁路煤矿，

改造得世界变呀么变了样！

……

　　伴着慷慨激昂的老歌，蜥鸟龙忙忙碌碌地清理着出口处的石块，用有力的前肢把一块块石头搬起来，从洞口运到洞穴深处放置。

刚才我稍做了几个动作示意，它就明白了，毕竟进化出了智商，它也知道如果不能出去，只有困死在这里，赶紧行动了起来。

我则趁机把被它弄脏的衣服脱下，换上了光屏 T 恤，这东西不但可以显示动画，还自带音乐，我便放音乐给它助威。倒不是我不想帮忙，有些小石头我还是可以搬动的，但是如果暴露出自己本质上只是一只身体孱弱的小动物，连大点的石头都抬不起来，蜥鸟龙又不是傻子，说不定就会看出猫腻，还是小心点好。

不过这上上个世纪的歌声还是蛮有效的，恐龙兄一开始有点害怕，但音乐不愧是全宇宙通用的语言，它很快扭起了屁股，喉咙里发出"咯哒咯哒咯咯哒"的声音，好像是打拍子应和，看起来很兴奋。大概它现在认为这场浩劫不过是神灵的考验，自己一定能离开这里吧。

但渐渐地，洞穴后部堆满了石头，外头还是没半点打通的迹象，好不容易搬开一块，上头的其他石头又压了下来，我的心也渐渐沉了下去，也许半座山都塌下来了，那根本就没有清空石头的可能。

但我深深吸了口气，感觉和外头的空气还是连通的，那么洞口的石头也许不会太多？否则空气也不会流动，不管怎么说，死马当活马医吧……

一个小时，又一个小时过去了，转眼间已经是（2116 年时间）下午 6 点多，距离时空门关闭，已不到 4 个小时。半个山洞里都堆满了石头，但洞口的石堆毫无减小的迹象。光屏 T 恤的电量也耗得差不多了，我只得把音乐声关了。蜥鸟龙耗尽了力气，也蔫了下来，动作越来越迟缓。终于，把一块大石放下后，它无力地坐在地上，喘着粗气，望着我，眼神中都是焦躁和怀疑。

它不会又凶性大发吧？我惴惴地想。当它发现我其实什么都干不了，也没法帮它脱困的时候，我的生命也就倒计时了。我觉得嗓子发干，我想告诉它，只要它肯听话乖乖干活，那就一定有好结果等着它……可惜语言不通，没法让它理解这些。

"orororrrrrr……"蜥鸟龙盯着我，忽然甩动着脑袋，发出一种难以形容的声音，像是祈求，又像是啜泣。我不知道该如何应对，蜥鸟龙又站起身，朝我走来。

"你、你干什么？冷静，兄弟，冷静，咱有话好好说……"我结结巴巴地说道，都不知道自己在说什么。

但这次，蜥鸟龙并没有攻击我的意思，而是从我身边走过，走到我身后的岩壁处，伸出一只爪子，指着它呜呜地叫了起来。

这是玩哪一出？我顺着它的目光看去，不由得大吃一惊。

在几块岩石的表面，刻画着很多图案，大部分只是石头表面上一些简单的线条，一些涂有颜料的也十分黯淡，不仔细看根本看不出来，以至于我在这里好几个小时都没注意到。但细细看来，这些原始图画其实十分生动活泼。寥寥几笔，就勾勒出巨龙漫步，翼龙高飞，还有鸟类和哺乳动物穿插其间。最多的当然是这种智慧蜥鸟龙，有的画面中，七八头蜥鸟龙在一起捕猎一头泰坦巨龙，一头勇敢的蜥鸟龙正在高高跃起，跳上巨龙的背脊；有的画面中，它们在围猎一群禽龙，手中拿着某种标枪状的武器，有几根已经刺进了禽龙的背上；有的画里，它们手执武器，手舞足蹈，不知在打仗还是跳舞；有的画里，一只蜥鸟龙身边围着很多蛋，几只小龙正在从蛋壳中爬出，显然是母亲和她的孩子……还有很多我不明其意的图案。天，这简直就是一幅白垩纪的《清明上河图》！

而面前的这头蜥鸟龙，望着这些岩画，哀伤地叫着，甚至把脑袋放在石面上摩挲着。显然，岩画里的那些蜥鸟龙和它关系密切。可能是它的祖先、族人，画中甚至可能有它和它的亲人的存在……

如今它们安在哉？

不用问了。也许它亲眼目睹了亲人的惨死，也许它是这场浩劫中还活着的最后一只智慧蜥鸟龙。

泪水渐渐湿润了我的眼眶，对我来说，最多是我个人死在这里，但我的人类同胞还有百亿之众，在六千五百万年后享受着文明开化的生活，甚至飞向宇宙深处；但并不比我们愚钝，甚至可能智力更高的一个古老种族，没有任何过错，却因为天体间的引力游戏，而注定被来自外太空的灾星彻底灭绝……

蜥鸟龙蹲在我身边，可怜巴巴地望着我，我不知不觉地把手放在了它的头顶，轻轻摸了它一下。等反应过来，我自己也被自己的动作吓了一跳，忙缩回了手。但它却靠了过来，用身体蹭了蹭我。它的身子十分暖和，并没有所谓冷血动物的感觉。

"兄弟，这不是世界末日，"我无力地试图安慰它，"一切都会好起来的。天上的黑云终会散去，大地会重新郁郁葱葱，鸟儿会飞翔在天空上，各种野兽会重新繁衍生息，这个世界会迎来新的盛世，你们……呃，你们会在遥远的未来被重新记起，被后来者永远怀念。我们还会发明神奇的机器，跨过亿万年时光来拜访你们……"

蜥鸟龙继续呜呜了几声，也不知听懂没有。但不管怎么说，它似乎感到了我的善意，表现得很是温顺。我想起来，包里还有一瓶太空彗星水，其实我早已口渴难当，但怕又被这家伙夺走，一直藏着不敢拿出来，此时一激动，便拿出来和它分享。蜥鸟龙认出了水的样子，快乐地叫了起来。

我把瓶盖拧开，指了指它的嘴巴，蜥鸟龙会意张嘴，我便将水小心地倒进它的嘴里，本来想给它喝一半，自己留一半，但没倒几下，蜥鸟龙已经用牙齿叼住瓶子，昂头将水一滴不剩地倒进喉咙，又嚼了好几下瓶子，感到无法下咽才吐到一边。我的水啊……

我正欲哭无泪，贪心不足的蜥鸟龙却指着瓶子，又叫了起来。身体语言十分清楚：我还要！

"我哪还有水！"我斥道，"这下我自己都没水喝了。要喝水，快把石头搬开，外面有的是水喝！"我伸手指着堵住洞口的石堆。蜥鸟龙或者明白了我的意思，或者以为再搬石头才有奖励，于是又干劲冲天地当起了苦力。

这一回，果然很快就有了转机。

蜥鸟龙搬开一块石头后，一股热烘烘的风吹了进来，终于打通了！

我兴奋地冲上去，用手电照着查看，却发现还有两块巨石在外头把通路封死了，打开的其实不过是两块巨石底部间一条狭窄的孔洞，大概够一条小狗钻过，但要是人钻出去就有点勉强，蜥鸟龙就别想了。而那两块巨石比最大的霸王龙还要大上三分，不论是我还是身边的恐龙，绝对没有移动一丝一毫的可能。

蜥鸟龙也看出脱困无望，焦躁地叫了起来。但你出不去，不代表哥们儿也不行嘛。此刻我也顾不得它，挤进石缝间，向外望去。过了十来个小时候，热量已经开始散去，但吹来的还是热风，尘埃云仍然笼罩世界，外头一片黑暗，太阳、月亮、星星都不见踪影，一派世界末日的感觉。但是隐隐可以看到远处有一点火光闪烁不定，难道是山火？

不，我很快反应过来，那"火光"正是时空之门的能量效应，它其实就在我前方两三百米的地方。只要能钻进那扇门，下一秒就可以看到 2116 年的阳光了！

我心花怒放，便扔掉碍事的背包，一低头钻进了那条石缝，尽量缩小自己的体积，挣扎着向外钻去。一开始还好，但左边一块巨石向右凸出了一大块，越往前就越卡，每多移动一厘米都要付出比以前多好几倍的力气，我将肺里所有的空气都呼出来，恨不得把肩膀缩进肋骨里，尽一切努力继续前进。又挪动了半米之后，眼看出口就在前面，我却再也动不了了。

我想叫，但是叫不出来，甚至空气都吸不上来。大事不妙，我的肺里几乎已经没了空气，心跳快得宛如疯狂的鼓点……

这么下去我会死的！我惊恐地放弃了逃出去的念头，想往回退，但是双手被牢牢卡在身体两边，抓不到可以借力的地方，两腿乱蹬，也使不上力气。难道就这么被卡死在这里？我想到一本近代武侠小说的情节，我既不想屠龙又不想抢屠龙刀，为什么让我和某个反派一个死法？

缺氧中，我渐渐开始神志不清，眼前冒出无数幻象，几秒之内，仿佛经历了无数人间的悲欢离合，一会儿好像回到了未来，和前女友复合，一会儿和她结婚，走进洞房，忽然间她的新男友冲了进来，却原来是一头青面獠牙的恐龙。那洞房也变成了山洞，他吃掉了前女友，也要吃掉我，我拼命往外爬，但它咬住了我的脚，要把我活活吃掉……脚上好痛……

我被痛楚拉回到眼前的世界，脚上的确感到剧痛。那忘恩负义的蜥鸟龙已经在后面啃起了我的脚踝，要把我活活吃掉！

十

我还没想明白被活活吃掉和被活活卡死哪个更悲惨，便感到自己的身子被一股大力拖向后方。粗糙的石头从我已经伤痕累累的身体上划过，疼得我龇牙咧嘴。但终于，我被拖了回来。

蜥鸟龙放下我的脚踝，俯低身子，若有所思地看着我。

我大口呼吸着，让新鲜空气浸润着自己的肺部，才慢慢恢复了些许神志。我依稀明白，要不是蜥鸟龙把我拖回来，我肯定就死在这条缝隙里了。可是它为什么要救我？它应该认为我无所不能，不是吗？

"你为什么要救我？"我忍不住问，"难道你明白我不是神？那你为什么还不吃我？"

当然，蜥鸟龙根本不知道我在说什么。但它昂起细长的脖颈，脑袋指着上方，鸣叫了两声，然后又低头，用一种看上去很恳切的目光看着我。我心中一动，把手电向上照去，才看到巨石在顶上和山体之间还有一个大缺口，别说人，就是恐龙也可以钻过。

妈的智障，我骂自己，连蜥鸟龙都看出来的事，怎么不抬头看看？没事钻什么小洞，为什么不爬到上方，从那里逃出去？

但我很快发现了问题所在：巨石斜着搭在山体上，上头离地四五米高，而下方是向内倾斜的表面，无论是人是龙，都很难爬上去。

新的希望又化为失望，我有气无力地坐到了地上。但蜥鸟龙靠了过来，发出一种新的叫声。

"叫个毛线啊，"我颓废地抱怨，"反正都是死路一条，咱俩谁也逃不掉。"

蜥鸟龙却搬来几块大石，堆成一个一米高的石堆，回身望望我，又望着上面的石缝，叫了几声，似乎想表达什么，然后它再次伏倒在地上。

忽然间，我想到了一件事，不敢相信地看着它。它冲我晃动着尾巴，好像是对我的猜测表示肯定。我犹豫地走近它，它温顺地趴在那里，一动不动。我小心翼翼地跨在了蜥鸟龙的背上，伸手抱住它的脖颈。那皮肤疙疙瘩瘩的，下面却是温热、跳动的脉搏，那种温热感让我莫名地想起小时候妈妈的怀抱。

蜥鸟龙起身，跃上石堆，然后将整个身子直起来，踮起脚，长长的脖颈仿佛变成了一具梯子，头部距离上面的缺口只有一米多了。我抱着它的脊背和脖子往上爬，最后踩在它的脑袋上，抓住了上面缺口的边沿，奋力一攀——

"起——啊呀！"

我手上虚浮无力，支撑不起身子，落在蜥鸟龙身上，一人一龙一起悲惨地摔倒在地……

我还在哼哼唧唧，蜥鸟龙已经爬了起来，冲我大声叫着，显然很是不满。我正心惊肉跳，怕它因此逞凶，它却再次伏倒在地，催促我赶紧再次爬上去。

我再次骑上了它的背脊，这次比之前更小心翼翼，但仍然摔了下来。

我一次次地摔在蜥鸟龙身上，但它却不肯放弃，耐心地当人肉，不，恐龙肉垫子，让我一次次踩在它头顶逃生。摔下来四次之后，我终于爬上了那个缺口。

"成功了！"我兴奋地叫了一声，俯身往下看去，蜥鸟龙仍然踮起脚，抬头看着我，发出呜呜的叫声，只有半截的尾巴像小狗一样晃动着。好像是说，我帮你上去了，该你帮我了。

我不禁犯难，我能有什么办法？蜥鸟龙以为我有什么了不起的神通，可我现在没有任何高科技的手段，不可能用手把这半吨重的大家伙给拉上来，也不可能让那些巨石移动半分。不，我什么也做不了，只能救我自己。

我低头看了一眼表上的时间显示，此时已经是夜里 8:30，距离时空门的关闭只有一个半小时了。

"对不起。"我喃喃说，心中五味杂陈。最后看了一眼曾和我在一个洞穴里呆过十个小时的蜥鸟龙，便回过头，沿着手电的光亮，奔向还在等候着我的时空门。

但身后，蜥鸟龙一直没有停止嘶叫。

十一

从坍塌的山岩顶上下来也不容易，我手脚并用，又花了好几分钟才脱离这片乱石区，此时地上落了一层厚厚的劫灰，至少有十几厘米深，下面不知是石头还是树根，经常容易被绊倒，我艰难地越过障碍，跌跌撞撞地冲向不远处的那点微光。

我要回家了！太空咖啡、纳米甜点和无上装机器女招待，我来了！

等等，你就这么走了？我心里响起了一个声音，刚才和你在一起的朋友，你就不管了吗？

什么朋友？那是一头食肉恐龙！刚才还想吃我呢！

那你是怎么出来的？是自己挪开那些石头还是自己飞上缺口逃出来的？它其实并没有把你当成神，只是想和你合作。是它救了你，现在轮到你救它了。

可我怎么救得了它？我对那声音抗议，也许它以为我很有本事，但其实我只是一只连它都不如的裸猿，我能有什么办法？

但你知道它在等你，等你回去救它，你知道的。

闭嘴！我焦躁地反驳，这不重要，重要的是我要回家了，要去大吃大喝一顿，舒舒服服地泡一个澡，然后……然后找前女友复合……没错，承认吧，我一直想和她复合……我一定能做到，我们要结婚，生一个可爱的孩子，不，两个……

我已经跑下了山坡，到了湖边，距离时空门只有一半的路程了。但蜥鸟龙的叫声仍然隐约可以听到。

但它会在这里等你，那尖刻的声音仍然不放过我，一直等你，一分一秒，一个小时又一个小时，一天又一天，它就这样可怜巴巴地守在石头下面，叫得喉咙都出血了，疑惑你为什么不会来，直到奄奄一息地倒下，死去……

废话！废话！废话！它只是一头爬行动物而已，我一个人类为它考虑那么多干什么？

现在你又说自己是人类了？那声音冷笑，人类是什么？不一样是爬行动物的后代吗？我们比它们更聪明还是更道德？更强壮还是更敏捷？如果不是遇到了这场大灭绝，它们就是人类。我们，什么也不是。

好，我承认，就算它有那么一点智商吧，就算它算是个不幸的智慧生物吧，可它已经死了6500万年了，我凭什么要为一头死了6500万年的恐龙负责？

没错，它已经死了6500万年，这也就意味着它会等你6500万年。也许它的骨头会被这座山埋葬，一点一滴地变成化石，即使变成了化石，它还是会等着你，变成石头的眼眶还是会凝望着你……等着你回到6500万年前去救它……

我打了一个寒战，停下了脚步。

蜥鸟龙的叫声已经听不到了，时空门就在我的面前，发出魅惑的光芒，距离我还不到3米，但这3米，我却难以跨越了。

我不能回去，现在还不能。

我深深吸了一口气，又看了一下智能表，距离时空门关闭还有1个小时又20分钟，让我想想看，利用这一个多小时能干什么，也许什么都干不了，但是……总要试试看。

我环顾四周，发现原本在这里的所有树木都已经被狂风连根拔起，但是四处散落着很多从别的地方带来又落下的东西，有翼龙和鸟的尸体，有许多乱石、树根、树叶，还有一条大蟒蛇……哦，那好像不是蛇，是植物藤条……

等等，藤条？

我灵机一动，仔细查看那根藤条，有手臂粗细，大约七八米长，似乎的确可以用，我把藤条抱起来，发现它比想象中重很多，只有拖曳着，吃力地把它拖回到洞穴上方。等回到刚才的地方，已经又过去了 20 分钟，我也累得浑身大汗。

蜥鸟龙还在原地可怜巴巴地等着我，见到我，又像见到多年不见的老友般激动地叫起来。我没空和它叙旧，把藤条的一个头设法绑在巨石一处凸出的边角上，另一头扔了下去，垂到离地一米多高处，蜥鸟龙确实聪明，立刻明白了我的意思，抓住藤条就往上爬，看它的身手，倒也不比我差多少……呃，其实比我强多了。藤条成功地支撑住了恐龙的重量，它越爬越高，转眼间，左爪已经抓到了巨石的边沿，右爪还握着藤条，就在这时候——

一道闪电般的强光从头顶落下，击中了它。

十二

"闪电"击中蜥鸟龙的左爪，令它发出一声惨呼，松开了石头，整个身体在藤条上晃荡起来。一道道"闪电"接二连三地落下，几乎是擦着我头皮打在它身上。我也不知道发生了什么，本能地向一旁闪避。

说时迟，那时快。蜥鸟龙终于被打了下来，身体沉重地落地，只发出一声闷哼。同时，我在慌乱中也一脚踏空，从数米高的地方摔了下去，又掉回到那该死的洞穴里，正好落在蜥鸟龙的身上，才没有摔断腿。

我被摔得七荤八素，带着一身的新伤旧患爬起来，才发现这场麻烦的来源：一架鸽子大小的智能蜂机，正在我头顶一米处盘旋着。

这家伙是从哪里冒出来的？我想了想才明白，一定是我刚才回到时空门附近，一架残留的蜂机发现我的踪影，重启了"保护游客"的任务，这个王八蛋也不提醒我一声，就跟在我后面，发现了蜥鸟龙接近我以后，立刻开始了对我的"保护"……

我低头看看，蜥鸟龙已经一动不动，难道死了？

"混账，你干了什么？"我问蜂机，它的 AI 系统有对话功能。

"游客您好，请使用文明用语。根据《时空旅行安全规定》第三条第六款，本机不得已对接近您的危险生物采取了电击驱赶和麻醉措施，目前该危险生物暂时被麻醉，但麻醉效力大约只有 20 分钟，请您迅速离开……"

"你这个白痴！为什么不问问我？"我大骂道，"这头恐龙是好人——不对，是好恐龙，也不是——我是说它是我的……我的……朋友！"

蜂机好像是愣了片刻，回复："游客您好，本机无法解析您的语义逻辑，请您迅速离开危险生物，返回本部时空后，我公司将建议专业机构对您的精神状况进行鉴定……"

我和这个愚蠢的 AI 又争论了几句，但毫无用处。自从那个什么狗的程序在围棋上战胜人类之后，为了防止人工智能取代人类的奇点，全球立法限制人工智能的发展水平，结果就是过了快一百年还是如此白痴。

说不了几句，蜂机忽然发出"嘀"的一声，发出另一条警告："游客您好，温馨提醒：目前距离时空门关闭只有 45 分钟了，请您抓紧时间游览，抓紧时间游览……"

"还游览个屁啊！"我怒吼道，"你个蠢货让我又被困在这鬼地方了！快想办法让我出去！"

"游客您好，请您不要着急，本机将竭诚为您服务，现在进行周边环境分析。"蜂机说，开始缓缓旋转，一束绿光在上下左右扫动，扫描着周围，收集信息，进行计算。我焦急地等着它的结果。过了宝贵的几分钟，蜂机终于开口了：

"游客您好，检测到地球对面发生小行星撞击，导致全球地壳活动异常，据历史数据匹配当为 K-T 事件，属于 SSS 级灾难，目前环境极度危险，游览终止，请立刻返回时空门……"

"用你说！我一来就知道了！"我忍无可忍，"我是让你带我离开这里！你能把我吊出去吗？还有这头恐龙。"

"游客您好，根据空气动力学原理，我无法承载您的重量。"

"那就把眼前这两块石头给我炸掉！"

"游客您好，这一命令需要 A 类控制权限，"蜂机回答，"请您说出控制密钥。"

"控……"我差点吐血，我哪来什么密钥？可能知道的导游和几个工作人员早就跑回 2116 年了。

好在蜂机自己帮我解决了问题："游客您好，由于发生了 SSS 级灾难，目前您是本时空中唯一的人类，根据《时间旅行安全规定》第八条第四款，您已自动获得 A 类控制权限。您的命令将立刻得到执行。"

"这还差不多。"我松了口气，"还不快干活？对了，不许再说'游客您好'了！"这几个字听得我无比烦躁。

"好的，A 类用户您好，"蜂机居然换了一个更长的表述，"本机即将发射 SK47 微核聚变导弹进行炸毁，请您撤到 100 米的安全距离之外，十、九、八……"

十三

"停！停！停下！"我大惊失色，想不到蜂机上装备了这种前军用大杀器，"我要能撤到 100 米外还要你干什么？不用核弹，我只是让你清除眼前的阻碍物，让我能离开这里，回到时空门！"我指着眼前的石缝。

"A 类用户您好，您的命令将立刻得到执行，现在开始进行等离子束切割。"蜂机终于理解了我的意思，从机头部位射出一道细细的电弧，像利剑刺入巨石内部，几秒钟后，刚才那块差点卡死我的凸出部位怦然落地。

"再扩大点，至少要一米宽，两米高。"我说。这条缝隙只够人钻出去，但对蜥鸟龙来说还嫌太小了。

"A 类用户您好，目前的缺口已经足够您离开，再扩大可能会引起——"

"我有 A 类控制权限！立刻执行！"我斥道。

蜂机没敢再抗议，而是又花了几分钟，用等离子束在巨石上挖出一个大洞，又用定向冲击波将切割下来的石块推开，等到完全打开通道，距离时空门关闭只有 30 分钟了。

我松了口气，又看到蜥鸟龙还躺在一边，问蜂机："它什么时候能醒来？"

"A 类用户您好，这头危险生物已经开始苏醒，本机建议您尽量远离它。"

果然，蜥鸟龙已经睁开了眼睛，还没搞明白怎么回事，困

惑地看看我，看看蜂机，又看看新打开的通路。蜂机又发出威胁的光芒。

"喂，别碰那头恐龙！"

"A类用户您好，好的。"蜂机终于乖乖领命。

"现在你可以离开这里了，"我转向蜥鸟龙，尽量温柔地说，"走吧，在外头找个地方活下去！"

"A类用户您……"

"我不是跟你说话！"

蜂机终于闭嘴了。但蜥鸟龙对它还心有余悸，发出咕咕的声音，缩在山洞最深的角落里，我跑到洞口，对它连连招手："没事的，来，快来！"

蜥鸟龙终于明白了，犹犹豫豫地跟了上来，我俩一前一后出了山洞，外头仍然天昏地暗，但头顶上的蜂机体贴地打开探照灯，周围数百米亮如白昼，现在可以看到这里有几具烧焦的恐龙尸骸。还依稀可以看到几个老鼠般的影子在巨龙的尸体间穿梭，一见到强光就躲了起来。我忽然意识到，它们是哺乳动物，这些不起眼的小家伙在毁灭世界的灾难中靠着啃食恐龙和其他大型动物的尸体活了下来，并在几百万年后开创出了一个全新的王朝，其中也许还有我的祖先……

蜥鸟龙自然没有我这般思古幽情，但它颤抖着，开始发出一种尖锐高亢的叫声，仿佛在召唤同伴。四周一片寂静，毫无应答：它的所有同族，大概都已经死去了。

过了一会儿，蜥鸟龙停止了无用的鸣叫，悲伤地垂下脑袋，走向边上一头小三角龙的尸体。这附近的死恐龙够它吃一辈子的。当然了，尸体会腐化，但是尘埃云挡住了太阳，很长时间内地球吸收不到多少阳光，周围的气温会迅速下降，很快会降到零度以下，这样肉类就可以保存很久，而大量在小行星撞击中蒸发的水汽也会以雨雪的形式降下，可以支撑它活很长一段时间。

然而蜥鸟龙并没有就地进餐，而是拖着那具三角龙的尸体，回头往洞穴方向走去。

"喂喂，你这是干什么？"我有些诧异。

蜥鸟龙回头看了我一眼，双臂比画着，发出一连串意义不明的叫声，然后进了山洞，我看看还有20分钟的时间，一转念又跟它钻了进去。

蜥鸟龙把尸体拖到一个角落，然后吃力地搬开一块大石，露出洞壁上一个内凹的龛室，里面铺着干土和树叶，大概有20个巴掌大小的白色椭球体躺在其中。

"你……你是……这是你的……"我目瞪口呆，说不出完整的话。

蜥鸟龙冲我叫了两声，好像是回答我的问题。然后将那些龙蛋捧起来，放在角落里那堆树叶上，小心翼翼地蹲下，张开双臂，分开两腿，伏在那些洁白的恐龙蛋之上。

它原来是……她？！

我终于明白了一切。

这个山洞，就是这头雌蜥鸟龙的家。在我来到之前，她已经生下了很多蛋，准备要孵化，也许她还有照顾她的配偶和其他亲人，但死于外界的风暴，她也受了重伤，好不容易才逃回来，赶紧把这些恐龙蛋收纳到更安全的"储物间"。所以她一开始对我疯狂的攻击，不光是对异种的敌意，更是为了保护自己的孩子。

后来，她不惜向我这个"小恶魔"示好，帮我逃走，都是为了自己的孩子，否则他们就算孵化出来也只有死路一条。但既然已经可以出去，她也就不用离开自己的家了，在外界天翻地覆的情况下，这里是她和她的后代唯一的避难所。附近的恐龙尸体可以供他们吃上很久。

那些恐龙蛋会孵化出小蜥鸟龙来，即便不能全孵化也会有十来头，想必它们长大后会相互扶持，度过这段艰难时光。可惜，别的蜥鸟龙也许都死光了，只剩下了它们，它们只能靠近亲交配繁衍下去。但只要它们能一代代繁衍下去，凭借发达的大脑，学会母亲教给它们的语言和技能，那么终有一天会复兴自己的种族。

我感动地唏嘘几声，这样一来，恐龙就还能活下去，也许还能再活几百年，上千年，虽然它们仍然注定灭绝，但至少还能——不对，不是这样的！

宛如一声惊雷在我脑中炸响。我猛然惊觉了一个可怕的事实。

十四

智慧蜥鸟龙本该灭绝，但我的穿越已经改变了时间线，这个聪明的种族很可能就不会灭绝，只要熬过这几年，几十年，最多几百年的艰难时光，它们就可以繁衍生息，迁徙到空旷的世界各大陆，不费吹灰之力地成为地球的主人，然后发明农业、军队、文字、科学……一切。

那人类呢？来自后世非洲猿猴世系的人类呢？在此时，我们的祖先还是那些昼伏夜出的原始老鼠，如果蜥鸟龙统治了世界，它们不是被当成肉畜饲养就是被当成害兽消灭干净，人类，不，猴子都不可能进化出来。

这意味着什么？

没有人会存在，没有人。

汉谟拉比、居鲁士、亚历山大、恺撒、秦始皇、成吉思汗、拿破仑……

摩西、释迦、孔子、柏拉图、耶稣、穆罕默德、李白、杜甫、莎士比亚、牛顿、爱因斯坦……

克娄巴特拉、圣女贞德、伊丽莎白女王、简·奥斯丁、南丁格尔、奥黛丽·赫本、苍井那个谁……

这一串串光辉灿烂的名字，以及名字后蕴含的一切，都根本不会在这个星球上出现。无人知晓，无人想念。

因为无人，压根就无人存在。

我猛地颤抖起来。蜥鸟龙似乎察觉了我的异样，抬起头对我叫了两声。照理说，动物在孵蛋时对接近的生物都会很警觉，但是我听得出来，蜥鸟龙的叫声毫无敌意，反而充满关切。

我该怎么办？该怎么办？

"A类用户您好，距离时空门关闭只有15分钟了。"不知过了多久，蜂机提醒我说。

"蜂机……"我如梦初醒，"你的微核弹还在吧，能彻底摧毁这个山洞吗？杀掉里面的所有……所有活物。"

"A类用户您好，这一点不能确定，有一些细菌可能在石缝深处，难以有效杀灭，另外还有一些地衣……"

"这就够了。"我打断它的絮叨，觉得自己呼吸都困难，"我们先离开这里，等到了安全距离，你就立刻发射导弹。"

蜂机表示从命，我默默叹息一声，向外走去。但才走了几步，背后又传来蜥鸟龙的叫声。我回头看去，只见它又爬了起来，挥舞着手臂，扭动着身体，交换着双脚，有些笨拙地跳跃着。

我愣了几秒钟，忽然明白过来：它——或者说她——是在道别和表示感谢，感谢我们帮助了她和她的儿女。

我的眼眶又湿润了。我不敢再看，回头向外走去。但心中，那个声音又在响起：人类有权利消灭一个智慧而淳朴的物种吗？它们和我们同根而生，是这个星球引以为傲的长子，也应当引领这个世界走向繁盛，只是因为一场意外的大难，才让我们这些原始鼠类的后裔继承了这个本不属于我们的世界……

是的，如果不干掉她和她的子女，也许所有人类的名字和成就都将从这个世界抹去，但那又如何？会增添千千万万其他的名字，也许这个世界会更辉煌灿烂，早在 6 000 万年前就走向文明的巅峰，也许……

但每一个种族都要生存下去，捍卫自己的种族是每一个人的义务。我不能背叛自己的族类，这是刻在我 DNA 上的命令。

呵，DNA！好像脱氧核糖核酸链条的随机漂变具有多么本质的意义似的，即便如此，我们和蜥鸟龙的 DNA 也仍然绝大部分是相同的，我们是同根生的兄弟姊妹。他们和我们，并非相距如此遥远。

"A 类用户您好，已经到达安全距离。"蜂机提醒我，"按照您之前的命令，微导弹即将发射，十、九……"

我望向已经隐入黑暗，什么也看不清楚的山洞，知道那里有一个延续了 1.5 亿年的家族最后的希望，和另一个即将统治 6 500 万年的家族最初的机会。

整个地球无限岁月的重负，仿佛都压在我的肩头。

为什么是我们？

为什么不能是他们？

"八、七……"

天地无情，以万物为刍狗。地球历史上，99% 的物种都已灭绝，也许蜥鸟龙不是第一个智慧物种，人类也未必就是最后一个。物竞天择，一笔乱账。谁没有权利活下来？又有谁能够笑到最后？

"六、五……"

但是我还是要干掉这些恐龙，我必须这么做。我想到一点，如果未来人类不存在了，时空之门也不会存在。哪怕仍然存在，我也会回到一个天知道会变成什么样子的 2116 年。我的亲人，朋友，邻居，前女友……统统会化为乌有。

"四、三……"

我必须干掉她。虽然她救过我，虽然她很善良，虽然这一切不过是我脑中的推想，也许她和她的子女几天后就会死于一次余震，也许他们会繁衍几代后自己灭绝，但我不能冒险，我要活下去，就必须干掉她，从开始困在山洞里一直是这么回事。事情本来就是如此简单。

"二……"

不用再想了，干掉她，了结这一切——

"一——"

他们统统会死去，发达的大脑会化为灰烬，血浆和蛋液混合在一起，骨头和内脏到处都是，被坍塌的山洞所埋葬，永远埋葬——

"预备，发射——"

"停止！"我大声叫了起来，"停止发射！"

那一刹那，我知道自己不能这么做。

但已经来不及了，一道耀眼的流星直扑百米外的山洞。一刹那后，山谷中仿佛升起了一个新的太阳，强光照得天地之间犹如白昼。

十五

随后是一声惊雷，落在地上的尘埃被狂风吹起，又将方圆几百米笼罩在一片灰霾中。

历史仍然沿着既定的轨道前进，恐龙灭绝了。

我呆立在一片霾尘中，心中不知是什么滋味。

但片刻后，我听到了山洞里蜥鸟龙惊恐的叫声，此时激起的沙土纷纷落地，霾尘也在散去，借着蜂机的光芒可以看到，山洞……仍然存在？

"A类用户您好，因导弹已经发射，接到您的命令时已无法阻止，也来不及调转方向，只能用高能激光束将其摧毁。"蜂机报告说。

"原来如此……"我如梦初醒，难得蜂机终于聪明了一回，"干得好，干得好！"

"A类用户您好，谢谢，为您服务是本机的……"

我忽然想到一件事，来不及听它的谦辞，慌忙转身，望向时空门的方向。但那里只有一片黑暗。原本像一盏闪耀明灯的时空虫洞，已经无影无踪。

历史真的改变了！？

我又觉一阵晕眩，发生了什么？难道就因为我的一个决定，人类真的已经从遥远的未来被抹去？

"时空门呢？"我问蜂机，"怎么会消失的！？"

"A类用户您好，距离时空门关闭还有5分28秒，"蜂机好像也很困惑，"照理不应该提前关闭的，可能是发生了故障，本机代表公司为对您造成的不便表示抱歉……"

我向原本时空门的方向跑去，指望它是被什么东西挡住了或者被蜂机的光照所掩盖。但越靠近看得越清，也越是绝望，毫无疑问，那扇回到2116年的大门已经消失了，也许整个2116年都消失了。

我究竟干了什么？干了什么？

等到了跟前，看到面前仍然是空空如也的死寂，我再也支撑不住，蹲在地上，埋头恸哭。未来的6 500万年，整个新生代的无尽岁月，就这样被我一个决定所抹去了。

奇怪的是，我首先想到的不是自己的命运，也不是人类、文明之类宏大的概念，而是前女友，她再也不存在了，应该说从来没有存在过。整个宇宙的亿万星河中，只有我一个人记得她的容貌、声音，还有她身体的温暖。

只有我一个人，一个很快也不会再存在的人。

我后悔吗？我一边哭一边问自己，但却不知道答案。

"A 类用户您好……"这时候，蜂机还在不识相地打岔。

"闭嘴！"

"可是 A 类用户……"

"滚！"

"A 类用户您好，"蜂机的声音强硬起来，"根据《时空旅行安全规定》第三条第九款，我必须提醒您，时空门距离关闭还有一分钟，请立即返回，否则一切后果自负！"

"你胡说八——"我抬起满是泪痕的脸，却怔住了，眼前，一个美丽的光之旋涡在转动着，通向时空的遥远彼岸。

不知什么时候，时空门又出现了？！

我来不及多想或者多问，生怕再起变故，一刻不敢耽搁，直接扑进夺目的光之海洋。

十六

整件事就这样蹊跷地结束了。

我和其他游客几乎是同时间回到了 2116 年，抬头望去，整个世界毫无改变。也没有人知道我在他们离开后的后十余个小时中发生了什么。大家以为我不过是晚到了一会儿。身上的各种伤痕也只是撤离时遇到地震所致。

我如实对调查机构和记者讲述了自己的遭遇，但却被当成是编故事蹭热度。我再三诅咒发誓，也才有一些人相信了不是我乱编的——而是我在哪里昏倒后的幻觉。

"最大的破绽，"他们斩钉截铁地说，"就是时空门关闭后，不可能再开启，即便是后来派人去救你，重新开启时空门，但也不会精确在同一地点或同一时间，更何况，你还是和其他人一起出来的，而不是被传送到另一个时间点。"

我无言以对。

雪上加霜的是，唯一可以证明这一切发生过的蜂机在随我穿越时空门后发生了故障，其记忆存储全部消失。到头来，只有一个人表示愿意相信我，就是我的前女友——对，前女友，我们终究没有复合——的现男友。这家伙是一个穷困潦倒的上世纪科幻小说家，借助上世纪末的生物技术活了一百多年，但科学知识早已落伍，写的书也没人看了，也不知前女友看中了他什么。他听了我的故事后要来拜访我，我几次拒绝后，终于还是让他到我家里来见了一面。

"设想一下，"他问了很多细节后说，"如果你的猜想是对的，智慧蜥鸟龙挺过了 K-T 事件，发展出了高度发达的文明，那又会怎样？"

"什么怎样？"我没好气地反问，"我不是说了，人类就不存在了吗？"

"当然，当然。不过它们可比我们早了 6 500 万年啊，哪怕需要再花 1 000 万年进化出技术文明也是在 5 000 多万年前了。如果它们能发展到今天，那又是什么样子呢？它们应该早已经能够发展出超光速航行、踏遍宇宙的各个角落了吧？"

"但宇宙里毫无他们的踪迹，"我说，又补充了一句，"地球上也没有。"

"再从另一个角度讲，"他笑眯眯地说，"它们的生物技术应该也很发达吧，很容易检测出彼此的基因差异很小，说明在若干年前来自同一个母体祖先。其实这种技术我们现在也有，只是误差比较大。但是它们的测量也许精度非常高，甚至可以锁定在 K-T 事件发生时的某一个个体。也就是说，它们会发现，在毁灭事件发生之际，唯有一个个体活下来了，它们的种族才延续下来。"

"那又怎么样？"

"它们不会对自己这个传奇的祖先好奇吗？不会想回到自己种族历史上最艰难的时刻看看发生了什么吗？你不会以为，它们发明不了我们能发明的时间机器吧？"

"你是说……"我模糊地想到了什么，但是又把握不住。

"也许它们当时也在，目睹了发生的一切，也许还做了什么。"

"可是除了那头蜥鸟龙和几个蛋，我什么都没看到啊！"

"为什么要让你看到？也许它们小心地隐藏起来，没有干预已经发生过的历史，这段历史正是它们存在的根基，但它们能做些别的。"

"所以，"我栗然一惊，"那个消失后又打开的时空门，难道是……"

"也许那不是我们的时空门，而是通向不同平行宇宙之门，从它们诞生的宇宙回到我们的宇宙；又或者并没有平行宇宙，但它们已经能够以超越因果链的方式维持自己的存在，可以允许历史被改写，让我们的时间线不至于被抹去……无论如何，它们以人类目前无法想象的某种超级技术帮你回来了，同时也删掉了蜂机的历史记录。这就证明了，我们的世界和它们的世界并非非此即彼。恐龙没有灭绝，我们也没有。"

"这……这也太难想象了。"

　　"在无垠的时空中，"他走到窗边，望着太空城外璀璨的星河，蓝宝石般的地球悬浮其间，"在无穷无尽量子宇宙的生灭之海中，会发生多少事情，我们本来就无法想象。"

　　不管听起来多么荒诞，但目前这就是唯一说得通的解释。我还有千千万万个问题，可惜目前由于安全因素，K-T 事件前后数万年内的时空旅行已经被严格禁止。我想，将来如果可能，一定要再回到那个时间点去搞清楚到底发生了什么。

　　我一定还要回到那个洞穴里，去拜访那位特别的朋友。

　　一定。

　　·思想实验室

　　1. 在时空旅行这段经历的最后，"我"并没有为了保护人类文明而剥夺蜥鸟龙文明发展延续的机会，而蜥鸟龙文明也给予了人类文明以生息繁衍的权利。如果是你，是否会做出和"我"一样的选择？你如何理解这两个文明的选择？

　　2. 探讨智慧文明间关系的科幻作品并不少见，例如《三体》中的智慧文明遵从黑暗森林法则，展开着殊死的博弈；《乡村教师》中的高级智慧文明，居高临下地检测其他星球的文明等级，决定是否摧毁这个星球；《星路》中的智慧文明默契地共同修筑星门，渴望实现向星海更深处探索的共同夙愿。除了这些小说之外，你还看过哪些探讨智慧文明间关系的小说、电影？说说你是如何看待不同物种、不同文明间的关系的。

　　3.作者在小说的结尾部分这样写道："我想，将来如果可能，一定要再回到那个时间点去搞清楚到底发生了什么。""我一定还要回到那个洞穴里，去拜访那位特别的朋友。"这样的结尾，显然是要为读者留下了想象空间。再一次的时间旅行，"我"回到当年的时间节点，又会发生怎样的故事？有兴趣的同学不妨续写一篇科幻小说，在展现你的想象力的同时，表达你对作品主题的认识与思考。